DAS KULTURELLE GEDÄCHTNIS • VERLAG •
ASTV NON VI

GEGEN SCHUSS

BAND 2

konzipiert & herausgegeben
von Thomas Böhm

Oswald Bauer

DER EHRBARE KAUFMANN

VERLAG DAS KULTURELLE GEDÄCHTNIS

Seiner lieben Frau,
der Kaufmannstochter,
gewidmet.

Der Verfasser

Inhaltsverzeichnis

1 Einleitung

Handelsgremium bedeutet soviel wie Handelskammer. Die Kaufmannschaften glichen früher geschlossenen Zünften und Gilden und heute noch bestehen in manchen deutschen Städten derartige Kaufmannsgilden als Innungen fort. Sie haben dieselben Rechte, die sonst nur den Handelskammern zukommen und in Süddeutschland werden derartige Körperschaften Handelsgremien genannt. In Hamburg führt das Gremium der zur See handelnden Kaufleute die Bezeichnung »ein ehrbarer Kaufmann«. Wir setzen diese drei Worte als Überschrift über unsere, dem Kaufmannsstande gewidmeten Betrachtungen. Sie gleichen einer Inschrift auf ehernem Postament und enthalten in ihrer Kürze das wesentlichste Erfordernis, um dem einzelnen mit Recht so bezeichneten, wie der Gilde, die diesen würdigen Namen führt und der gesamten Kaufmannschaft Ansehen und Achtung einzubringen. Gute Vorbildung, Fleiß, Geschäftsgewandtheit und Besonnenheit bilden daneben weitere Voraussetzungen, aber die Festigkeit im Charakter bleibt das Haupterfordernis. Man spricht auch viel vom »gebildeten« Kaufmann, aber das Wort »Bildung« teilt, wie ein Schriftsteller der Neuzeit treffend bemerkt, »mit den sogenannten geflügelten Worten das Schicksal, daß sein Gepräge, wie bei einer abgegriffenen Münze, sich verwischt hat und sein Sinn vieldeutig geworden ist«.

Auch in Wörtern, wie »tüchtiger Kaufmann«, »gewiegter Geschäftsmann«, liegt keineswegs ausgedrückt, daß der so bezeichnete durch das schmückende Beiwort allein Anspruch auf Achtung, Ehre und Ansehen erwirbt. Die Beobachtung im täglichen Geschäftsleben lehrt uns sogar, daß Kaufleute mit hervorragender einseitiger Geschäftsgewandtheit bisweilen diejenigen Eigenschaften vermissen lassen, die geeignet sind, neben allem Respekt vor ihrem Können auch Ansehen zu verleihen, weil die betreffenden innerhalb des Geschäftes und außerhalb desselben nicht nach guten Grundsätzen arbeiten und handeln.

Mit dem Ansehen des deutschen Kaufmannes wollen wir uns beschäftigen, und zwar nicht nur innerhalb der Abstufungen des Standes, sondern wir werden unsere Kreise weiter ziehen und untersuchen, ob das Ansehen, das der Kaufmann, der ehrbare Kaufmann, mit all seinem Können innerhalb der übrigen menschlichen Gesellschaft genießt, seinen Gesamtleistungen entspricht, mögen diese nun auf materiellem oder ideellem Gebiet liegen. Wir werden zu untersuchen haben, wo wir auf ein negatives Ergebnis stoßen, ob eigenes, oder ein Verschulden der Gesamtheit des Standes, oder eines Teiles desselben vorliegt, wodurch die Position des Kaufmanns in der Gesellschaft zu seinen Ungunsten verschoben wird.

Kaufmann bedeutet im gewöhnlichen Sprachgebrauch soviel wie Warenhändler. Auch ist, im engeren Sinne gefaßt – nach der Auffassung des Handelsrechtes – Kaufmann derjenige, der in Arbeitsteilung und mit eigener Berufsbildung gewerbsmäßig Güter (Waren) ein- und verkauft, also Handel treibt. Der Begriff »Kaufmann« ist aber nach dem Handelsgesetzbuch gegenüber den eigentlichen Warenhändlern noch wesentlich erweitert. Er umfaßt – wir nehmen nur einige Gruppen heraus, um die Weite des Begriffs zu kennzeichnen – die ganze Gruppe der Fabrikanten, Bankiers, Spediteure, Kommissionäre, Buchhändler, Apotheker, Viehhändler, Fleischer, Bierbrauer, Makler und andere. Kaufmann ist danach z. B. nicht der Prokurist, Handlungsbevollmächtigte, Aktionär (als solcher), dagegen z. B. jedes Mitglied einer offenen Handelsgesellschaft. Das deutsche Handelsgesetzbuch unterscheidet ferner zwischen Kaufleuten minderen Rechts, Minderkaufleute – wie Hausierer, Trödler, kleine Fuhrleute und Personen, deren Gewerbe nicht über den Handwerksbetrieb hinausgeht – und Vollkaufleuten, zu denen also, außer den Inhabern von Warengeschäften, jedes Mitglied der oben teilweise angeführten Geschäftsbetriebe gehören.

Wir verfolgen bei unserer andeutungsweisen Klassifikation lediglich den Zweck, uns vor Augen zu führen, wie weit der Begriff Kaufmann gefaßt werden kann und vielfach auch praktisch gefaßt wird; um zu zeigen, daß der Kaufmannsstand, als Ganzes betrachtet, beispielsweise beim Trödler beginnen und beim Großindustriellen, der gelegentlich einmal zum Handelsminister ernannt wird, aufhören kann.

Da wir vom Ansehen des Kaufmannes reden wollen, so haben wir alles, was sich Kaufmann nennt, also auch diejenigen, die sich, ohne selbständige Kaufleute zu sein, in kaufmännischen Stellungen aller Grade befinden, mit einzubeziehen. Diese Angestellten bereiten sich eben für die kaufmännische Selbständigkeit vor, gleichviel, ob es ihnen gelingt, sie zu erreichen oder nicht.

Dem Kaufmannsstande gerecht zu werden, ist darum so schwierig, weil er nach seiner so ungemein weitverzweigten Zusammensetzung, der allgemeinen Vorbildung seiner Glieder, der Art der Geschäfte, der gesellschaftlichen Formen und Gewohnheiten usw. ein so wenig geschlossenes Ganzes im Vergleich zu den übrigen Ständen zeigt. Wenn wir im allgemeinen Leben von einem Kaufmann sprechen, so stellt sich vor unseren Augen sofort eine lange, feingegliederte Stufenleiter auf und wir haben den oft aussichtslosen Versuch zu unternehmen, den betreffenden auf einer der unendlich zahlreichen Stufen unterzubringen. Dabei ist nicht nur seine Tätigkeit und Art der Beschäftigung in Betracht zu ziehen, sondern auch der von ihm bereits erreichte Erfolg – seine Position –, auch, wie angedeutet, vor allem die genossene allgemeine und praktische Vorbildung und – wie er sich gesellschaftlich gibt.

Viele andere Stände sind nach dieser Richtung zweifellos im Vorteil gegenüber dem Kaufmannsstande. Schon im Titel und in der Standesangehörigkeit liegt bei diesen ausgedrückt, welche Summe von Kenntnissen sich der einzelne zu erwerben hatte, bevor ihm ein bestimmter Charakter verliehen werden konnte, und eine gewisse, formale gesellschaftliche Erziehung pflegt als Begleiterscheinung zu seinem Beruf zugunsten des betreffenden ohne weiteres angenommen zu werden.

Eine derartige Voreingenommenheit zu seinen Gunsten wird der Kaufmann nicht zu erwarten haben.

Er wird sich auf jeder Stufe und bei jeder Situation stets von neuem gewissermaßen einer Prüfung seitens der Gesellschaft zu unterwerfen haben, damit er richtig einrangiert werden kann. Wir werden noch Gelegenheit finden, uns hierüber weiter auszulassen, denn was hier dem Einzelnen geschieht, findet auch Anwendung, wenn der Kaufmannsstand in seiner Gesamtheit zur Beurteilung kommt, wenn ihm Ansehen zu- oder aberkannt wird, auf das er mit Recht oder Unrecht Anspruch zu haben glaubt.

2 Die Vorbildung, Fachbildung und Fortbildung des Kaufmannes.

Der moderne Kaufmann mit höheren Ansprüchen bedarf sicherlich kein geringeres geistiges Rüstzeug für seinen Beruf, wie Angehörige anderer Stände; aber, allgemein betrachtet, bietet der kaufmännische Stand nach seiner unendlichen Vielseitigkeit und nach den angedeuteten Abstufungen innerhalb desselben tatsächlich gute Gelegenheit, auch minder Begabte in ihm unterzubringen. Es kommt nur auf die Stufe an, auf die er zunächst gestellt wird; es bleibt dem betreffenden überlassen und es wird ihm, wie bei kaum einem anderen Stande, Gelegenheit geboten, auf der Leiter in die Höhe zu klettern. Aber so niedrig er anfängt, er wird eben »Kaufmann«. So sehen wir denn täglich, daß der Kaufmannsstand einen Unterschlupf bietet, für solche, die zu einem »höheren« Beruf aus geschilderten Gründen nicht tauglich zu sein schienen und wer wollte leugnen, daß in solchen Erscheinungen etwas den ganzen Kaufmannsstand Herabsetzendes liegt?

Selbst beim heute angesehensten Stande im Staat, dem Offiziersstande, finden wir wohl ähnliche Verhältnisse. Wer auf dem Gymnasium Mühe und Not hatte, alljährlich seine Versetzung in eine höhere Klasse zu erreichen, dann auf Rat des Klassenlehrers einer »Presse« zugeführt wird, pflegt gern aus der Not eine Tugend zu machen und sich, sofern ihm das seine persönlichen Verhältnisse gestatten, der Armee zuzuwenden. Wenn es ihm mit Hilfe des berühmten Nürnberger Trichters gelungen ist, sich soweit mit Wissenschaften anzufüllen, daß die Prüfungskommission das Quantum als hinreichend ansieht, so wird er ein verhältnismäßig leichtes Unterkommen finden. Er ist damit ein Glied einer hochangesehenen Kaste geworden und der Offiziersrock deckt den anderen Gliedern der menschlichen Gesellschaft gegenüber seine mühevolle Vergangenheit vorläufig zu. Freilich muß anerkannt werden, daß seine Vorbildung immerhin ein höheres Maß erworbener Kenntnisse repräsentiert. Das bildet beim Kaufmannslehrling keineswegs eine bestimmte Voraussetzung. Selbst bei mangelhafter Volksschulbildung bleibt ihm die Möglichkeit unbenommen, sich einem niederen kaufmännischen Betriebe zuzuwenden. Aber auch dann »wird er Kaufmann« und das drückt das Ansehen des Kaufmannsstandes in den Augen anderer Stände, wie gesagt, zweifellos herab!

Am ehesten wird der Kaufmannsstand in der Gesamtheit und der einzelne ihm angehörende einer geringschätzenden Beurteilung ausgesetzt sein von solchen, die den Wert einer materialen Bildung – Reichtum an Kenntnissen – überschätzen, während diese doch nur als Hilfsmittel der allgemeinen oder harmonischen Bildung angesehen werden kann. Beim Kaufmann – wir denken bis jetzt stets an den Kaufmann von der untersten bis zur höchsten Sprosse der Stufenleiter – kann die materiale Bildung, wie schon erwähnt, ungemein verschieden ausfallen; sie wird aber vom

Tage des Eintrittes in den Beruf durch die Fachbildung ergänzt und erweitert.

Schon allein die fachliche Ausbildung des Kaufmannes kann im Laufe der Jahre sich sehr vielseitig gestalten, je nach der praktischen Begabung des einzelnen. Wir sehen alltäglich, daß junge Leute gegenüber abstrakten, wissenschaftlichen Stoffen nahezu versagen, aber im praktischen Leben bald Gutes und später oft Großes leisten. Es haben deshalb diejenigen Unrecht, die dabei beharren, auf das im kaufmännischen Fach Erlernte auch dann geringschätzend herabzusehen, wenn der betreffende später alle Zweige des kaufmännischen Wissens beherrscht, eben nur darum, weil er von vornherein nicht einen bestimmt abgeschlossenen Schulbildungsgang in seinen Beruf mitgebracht hat.

Wir sagten schon, für wie ungemein wichtig wir es halten, daß der Kaufmann von heute, wenn die Umstände und seine Begabung es gestatten, über eine Summe allgemeiner Kenntnisse verfügt, die wir als eine abgeschlossene Schulbildung bezeichnen – Besuch eines Gymnasiums oder besser Realgymnasiums bis zur Obersekunda oder das Reifezeugnis einer solchen Anstalt. Wem das aber versagt ist, der hat innerhalb des kaufmännischen Berufes wie in kaum einem anderen Gelegenheit, durch Erwerbung umfassender Fachbildung etwas zu gewinnen, was den Mangel an mitgebrachter materialer Bildung, wenn auch nicht ersetzen, so doch, da wir vom Ansehen reden, ausgleichen kann. Ein Kaufmann, der beispielsweise im Warengeschäft seine Lehre durchgemacht hat, sich im Bankfach umschaute, einige Jahre im Fabrikgeschäft oder auf der Reise tätig war, dann mehrere Jahre im Auslande seine Sprachkenntnisse befestigt und erweitert und Land und Leute kennen gelernt hat, wird sich getrost Angehörigen anderer Stände an die Seite stellen können, die zwar über eine größere Summe von Kenntnissen verfügen, ihm aber an formaler Bildung – Befähigung zum Auffassen, Beurteilen, Darstellen – nachstehen. »**Der Kaufmann muß eine gründliche allgemeine Bildung besitzen, die ihn auf oder besser über den Bildungsstand seiner Kundschaft stellt.**

Er muß befähigt sein allen Erscheinungen des politischen, wirtschaftlichen und sozialen Lebens mit Verständnis zu folgen. Selbstverständlich ist das Vorhandensein einer umfassenden Fachbildung und gereifter Erfahrungen in allen, seine Branche berührenden Verhältnissen; u. a. muß ihm die Gewinnung der Rohstoffe, Herstellungsweise der Fabrikate, Einkauf und Verkauf derselben bekannt sein«. (Aug. Glahn)

Mit der Auffassung, daß nur der als gebildeter Mensch angesehen werden kann, der imstande ist, den Homer in der Ursprache zu lesen, hat zwar die Neuzeit ziemlich aufgeräumt. Man ist mehr realistisch geworden und steht ein, daß das multa dem multum unterzuordnen ist, daß jeder für seinen Stand vor allen Dingen das lernen soll, was er in ihm gebraucht. Diese Richtung gewinnt mit der Zeit Einfluß auf alle Berufsstände, sie empfiehlt eine Arbeitsteilung, um für das Fach tüchtig zu machen. Das Ausland ist uns längst darin vorausgeschritten, und zwar sehr zum Ansehen des Kaufmannes in vielen Ländern. Der Einwirkung von der höchsten Stelle im Reich nur haben wir es zu danken, daß die Schulreform bei uns schneller in Fluß gekommen ist, als man vor 20 Jahren hätte ahnen können.

Gerade diejenigen Berufsstände, bei denen die akademische, zumal humanistische Bildung Erfordernis für die Erwerbung eines bestimmten Grades oder für die Anstellung im öffentlichen Dienst bildet, pflegen in Deutschland noch heute mit ziemlicher Geringschätzung auf den Kaufmann und seinen Stand herabzusehen. Die Gründe haben wir bereits kennen gelernt: Überschätzung des eigenen Bildungsganges, Unterschätzung des Wertes der kaufmännischen Fachbildung und der Bildung durch das Leben selbst, aber auch eine, wir gestehen es ein, wohlberechtigte Unsicherheit gegenüber dem Begriffe »Kaufmann«. Dieser rangiert mit fast allen Berufsständen, auch den niederen, er hat keine Diplome vorzuzeigen, die ihm seitens der Gesellschaft das Erreichte als etwas Bleibendes bestätigen, und seine Früchte wachsen auf realem Boden. Ein Grund mehr, auf ihn herabzusehen. Der Erwerb und die ihm nachgehenden Stände erfreuten sich im Altertum niemals besonderen Ansehens und obendrein genoß der alte Handelsgott Merkur bei Kaufleuten und Dieben gleichmäßige Verehrung. Und dennoch verschmähen heute die ältesten, vornehmsten Adelsgeschlechter nicht, ihren alten Stammbaum mit dem vom modernen Kaufmann Erworbenen neu zu vergolden.

Wir haben uns bis jetzt nur mit dem Kaufmannsstande in seiner Gesamtheit beschäftigt und gesehen, daß mangelhafte allgemeine Vorbildung oder, sagen wir, ein Mangel an genossenem mündlichem, schulgerechtem Unterricht den Grund abgibt, weshalb Angehörige anderer Stände den Kaufmann – wiederum allgemein gesprochen – nicht als vollwertig neben sich anerkennen wollen. Wir möchten vorläufig weiter dabei bleiben, alle Stufen des Kaufmannsstandes zusammenzuhalten, da wir gerade dadurch das verhältnismäßig geringe Ansehen, über welches der Kaufmann Ursache zu haben glaubt, sich zu beklagen, am besten verstehen lernen. Den Wert der kaufmännischen Fachbildung, von unten anfangend, haben wir gestreift. Aber wir haben dabei noch außer acht gelassen, wie gerade beim Kaufmann, auch aus den untersten Schichten hervorgegangen, später ein selbständiges Studium zur Weiterfortbildung einzusetzen pflegt, und zwar mit umso eifrigerem Bestreben, als die vorhandenen Lücken lebhaft empfunden werden. Eine derartige Selbstbildung zeitigt oft die überraschendsten Erfolge. Eine gewisse Einseitigkeit, auch wohl Selbstüberschätzung mag nicht ausbleiben; aber häufig finden wir die Erscheinung, daß im vorgerückteren Alter manches spielend bewältigt wird, in welches dem einzelnen einzudringen früher – häufig auch durch ungeeignete Lehrmethoden – unmöglich erschien.

Dem Einsehen, daß ein Manko vorliegt, folgt oft ein eifriger Trieb, nicht nur das auszugleichen, sondern sich auch über sein Fach hinaus weiter allgemein fortzubilden, und als Erfolg treffen wir gerade bei Autodidakten aus dem Kaufmannsstande oft eine Selbständigkeit, eine Gewandtheit des Geistes, eine Kraft, das Erlernte auch zu verwerten, die man bei manchem mit schulgerechtem Wissen Ausgestatteten vergeblich sucht. Wir finden glänzende Beispiele von Autodidakten in der Geschichte – man denke nur an Franklin –, zumal aber in Handel und Industrie, daß Männer, die erst im späteren Leben sich mit ihrer allgemeinen Selbstbildung befassen konnten, andere Zeitgenossen, auch solche mit akademischer Bildung, durch die vorgenannten Eigenschaften, durch ungetrübten weiten Blick, also Befähigung zu richtigem Auffassen und Beurteilen der Dinge und schöpferische Kraft, die Kennzeichen wahrer Bildung, in den Schatten stellten.

Der Wert einer in den Beruf mitgebrachten guten Schulbildung soll sicherlich nicht unterschätzt, aber er darf auch nicht derart überschätzt werden, daß Angehörigen anderer Stände die Berechtigung zuerkannt wird, einem Kaufmann, der durch die Schule des Lebens und durch fortwährendes Arbeiten an sich selbst seine derzeit hohe Stellung würdig auszufüllen versteht, den Mangel an einer gewissen Schulbildung vorzuhalten. Der Begriff »Bildung« ist überhaupt ein Schlagwort von so vielseitigem Sinn geworden, daß man im Einzelfalle erst zu sondieren hat, was der es Anwendende darunter eigentlich versteht, oder was er anderen aufdrängen will, gleich ihm darunter zu verstehen.

Um die Schwierigkeiten verstehen zu lernen, die sich dem nach Ansehen in der menschlichen Gesellschaft ringenden Kaufmann entgegenstellen, haben wir die ganze gewaltige Gruppe von Leuten, die Kaufleute genannt werden und sich gerade auf den untersten Stufen gern so nennen, obschon ihnen eigentlich andere Bezeichnungen gebühren, an anderen Ständen gemessen und dabei manches Entschuldbare gefunden dafür, daß der Kaufmann in seiner Gesamtheit von anderen Berufsständen nicht vollwertig mit ihnen befunden wird. Der Kaufmannsstand läßt sich aber nur sehr schwer und mangelhaft klassifizieren und wenn wir vom »eigentlichen Kaufmann« mit höheren Ansprüchen an Vorbildung, Wissen und Können reden – und dieser soll uns fortab als Maßstab dienen –, so fehlen uns auch hier die schärferen Unterscheidungen, die es ermöglichen, dem Kaufmann innerhalb der Gesellschaft auf jeder Stufe einen einigermaßen angemessenen Platz anzuweisen. Sich seinen Platz zu gewinnen, dafür hat er im Gegensatz zu vielen anderen Ständen, die auf ihn herabzusehen gewohnt sind, selbst zu sorgen, und zwar auf jeder der von ihm erreichten Stufen.

Der sich einer akademischen Laufbahn Widmende, mag er die Universität, eine Forstakademie oder eine Polytechnische Hochschule beziehen – gerade unter den Berufsständen mit akademischer Bildung begegnen wir am häufigsten einer mehr oder weniger ausgesprochenen Nichtachtung des Kaufmannes – bringt heutzutage in der Regel kein besseres oder wesentlich besseres geistiges Rüstzeug mit für seinen Beruf, als der Kaufmann für die Lehre. Viele junge Kaufleute lassen sich heutzutage nicht mehr das Reifezeugnis für den einjährigen Dienst als abgeschlossene Vorbildung genügen. Unter den Abiturienten, zumal des Realgymnasiums, finden wir eine von Jahr zu Jahr steigende Anzahl junger Leute, die sich dem Kaufmannsstande widmen und die kaufmännischen Hochschulen weisen eine alljährlich steigende Frequenz auf. Diese Hochschulen bilden immer noch erst die theoretische Vorbildung für das Fach, der die oft langjährige praktische Ausbildung im In- und Auslande erst zu folgen hat. Aber, von den kaufmännischen Hochschulen abgesehen, beginnt für den in die Lehre tretenden jungen Kaufmann dann ebensowohl die berufliche Fachbildung wie bei dem sich für einen akademischen Beruf vorbereitenden Studenten. Er wird freilich mehr »Handwerk« im Fach zu lernen und zu leisten haben, als dieser – nur wenige Berufe, selbst nicht die höchststehenden, sind von »Handwerk« frei –, er wird aber auch viel weniger kostbare Zeit auf den Bierbänken zubringen und im übrigen manches Fach in der Lehrzeit für sein Selbststudium »belegen« (praktische Technologie, Maschinenkunde, Grundbegriffe der Nationalökonomie, Stenographie, Fortbildung in modernen Sprachen usw.), soweit ihm das seine freie Zeit gestattet. Manche Söhne von Kaufleuten mit Fabrikbetrieb beziehen dann ein Technikum oder eine dem Fach dienende Anstalt – Webeschule, Spinnereischule usw. – und in der Regel wird ein mehrjähriger Aufenthalt in einem oder mehreren geeigneten fremden Geschäften für notwendig gehalten, den Gesichtskreis zu erweitern. Demselben Zwecke dient das Hinaussenden auf die Reise. Wenn auch andere Stände an dem ewigen Handlungsreisenden, der bis in die reiferen Jahre nicht von der »Landstraße« herunterkommt und an seinen oft unberechtigten Eigentümlichkeiten Anstoß nehmen, eine gute Schule bildet die Reisezeit doch. Gar mancher Akademiker würde über viele Dinge im Leben ein unbefangeneres Urteil gewinnen, wenn es ihm vergönnt gewesen wäre, gleich dem Handlungsreisenden in die verschiedensten Verhältnisse hineinzuschauen und Menschenkenntnis zu erwerben. Eine praktische Hochschule bildet weiter für den jungen Kaufmann der heute fast unerläßliche Aufenthalt in fremden Ländern.

Wenn die Herren vom grünen Tisch, vom Schulkatheder, von der Armee oder von der Bar, die gewohnt sind, das Wort »Kaufmann« etwas wegwerfend in den Mund zu nehmen, nur einmal Gelegenheit fanden, den jungen Kaufmann auf seinem Wege nach England, Frankreich, Amerika, nach spanischen und anderen Hafenplätzen oder fremden Kolonien zu begleiten, ihre Ansicht über den Kaufmann, zumal über seinen Bildungsgang, würde doch etwas anders ausfallen. Zumal aber, wenn dabei berücksichtigt wird, wie sich der Kaufmann dort oft unter schwerem Ringen irgend eine Position zu verschaffen, sich den vollständig neuen Verhältnissen anzupassen hat und in der Regel dem Mutterlande Ehre macht – das beweist das Urteil des Auslandes über den deutschen Kaufmann –, alles zu dem Zweck, sein Wissen zu erweitern, praktische Sprachkenntnisse zu erwerben und das Erlernte in und für Deutschland, wenn auch zunächst zum eigenen Vorteil, zu verwerten.

Freilich, wer darauf eingeschworen ist, daß nur in der humanistischen Bildung und in der Freude am abstrakten Gedanken das Heil besteht und nur seinen Idealen Bedeutung beizumessen ist, der wird auch hier für verständnisvolle Beurteilung nicht zu gewinnen sein. Der Kaufmann hat vor allen Dingen der Wirklichkeit gerecht zu werden. Viele andere Stände tun das nicht minder, aber wir werden noch sehen, daß oft auch ein schwärmerischer Idealismus, nicht selten von egoistischen Wünschen und Erwartungen begleitet, verhindert, dem Kaufmann und seinen Leistungen auch für die Gesamtheit gerecht zu werden und ihm ein Ansehen zuzuerkennen, worauf er gerechten Anspruch zu haben glaubt.

3 Der Kaufmann in der Gesellschaft.

Es bleibt eine nicht abzuleugnende Tatsache, sagt das »Berliner Tageblatt« in einem Artikel vom 21. November 1905, daß dem deutschen Kaufmann in seinem Heimatlande nicht derjenige Grad von Achtung gezollt wird, der ihm bei seiner Stellung im wirtschaftlichen Leben der Nation zukommt, trotzdem er das Hauptverdienst an unserem Aufschwung zum Welthandelsvolk hat.

Das Ausland, zumal England, schätzt seinen Kaufmann besser ein und weil hier seine Verdienste um die Allgemeinheit höher bewertet werden, brauchen wir uns nicht zu wundern, wenn die Würdigung des deutschen Kaufmannes erst auf dem Umwege über fremde Länder erfolgt und uns gewissermaßen überrascht. Dort weiß man nicht genug die Zuverlässigkeit, die Gewandtheit, die Zähigkeit und Umsicht des deutschen Kaufmannes zu rühmen. Dabei sind es gerade die deutschen Geschäftsreisenden, die der Beurteilung unterstehen und vorwiegend unterstehen müssen, deren Vorzüge vor den einheimischen man preist – die Geschäftsreisenden, deren Verdienste in volkswirtschaftlicher Hinsicht niemand unterschätzen sollte, deren wichtiger Tätigkeit in Deutschland aber, zumal in nichtkaufmännischen Kreisen, nicht diejenige Bedeutung beigemessen wird, die sie verdient.

Die Zugehörigkeit zum Kaufmannsstande bietet an sich keinen wesentlichen Anhalt, um beurteilen zu können, welchen Bildungsgang der einzelne durchgemacht hat, in welchen Kreisen er verkehrt und ob er auf den »guten Ton« gestimmt ist. Derartige Zweifel kommen bei der Beurteilung von Mitgliedern vieler anderer Stände fast vollständig in Wegfall. Dort entscheidet schon der Titel und die Standesangehörigkeit. Man weiß, was der betreffende gelernt, in welchen Kreisen er verkehrt hat. Das genügt vorläufig, ihm auf der menschlichen Stufenleiter einen bestimmten Platz anzuweisen. Der junge Kaufmann, mag er verhältnismäßig noch so viel Wissen in sich aufgestapelt haben, aus noch so guter Familie stammen und die besten gesellschaftlichen Formen sich angeeignet haben, er hat sich seinen Platz erst zu erringen, aber bei jedem gegebenen Anlaß von neuem – es sei denn, er trage Epauletten oder wenigstens die Berechtigung dazu auf seiner Visitenkarte. Anderenfalls wird man ihm gegenüber zunächst eine abwartende Stellung einnehmen, vorsichtig sondieren, wie er sich gibt, ob er imstande ist, in der Unterhaltung einen höheren Flug – d. h. was andere Stände darunter verstehen – einzunehmen und dann nach seiner Position forschen.

Die Zahl der Arbeiter, die er oder sein Vater beschäftigt, der Klang der Firma, deren Mitinhaber er ist, ein längerer Aufenthalt im Auslande, tadellos sitzende, sorgfältig gewählte Kleidung, zurückhaltendes und doch selbstbewußtes Auftreten und gute gesellschaftliche Manieren können manches dazu beitragen, ihm in der Gesellschaft, im Verkehr mit anderen Ständen eine gewisse Gleichberechtigung für den gegebenen Moment zu verschaffen, aber sein Examen hat er beim nächsten Anlaß vor anderen Menschen von neuem zu bestehen. Es fehlt der Titel, die Charge, der Grad; man weiß nicht recht, wo man ihn unterbringen soll. Der Kaufmann gilt zunächst nicht für voll, auch dann noch nicht, wenn er beispielsweise bei einer Tafelrunde mit Offizieren, akademisch Gebildeten verschiedener Stände, Beamten in höheren Stellungen Gelegenheit gefunden hat, sein Licht leuchten zu lassen und taktvolles Benehmen zu zeigen. Es fehlt das Diplom! Auch kein Ordensbändchen im Knopfloch, nichts, was ihn einigermaßen einrangiert, er ist eben nur Kaufmann!

Die leidige deutsche Titelsucht und die gesellschaftliche Schwäche, nur den Titel anzuerkennen, bringen dann auch solche Kuriosa hervor, daß der Kaufmann mit einem Direktortitel sofort auf eine höhere Stufe gestellt wird, wenn er diesen Titel auch nur dadurch erlangt hat, daß seine eigene Fabrik in eine Aktien-Gesellschaft umgewandelt worden und aus dem früheren alleinigen Inhaber ein Direktor geworden ist. Vor dem Kaufmann als »Konsul« macht man noch eher seine Verbeugung, mag der Titel auch bisweilen von irgend einem minimalen Staatengebilde, das man nur mit Hilfe eines Vergrößerungsglases auf der Landkarte auffinden kann, käuflich erworben sein und schon längst mit a. D. auf der Visitenkarte prangen. Es ist ein Titel da! Die Schwäche desjenigen, der ihn so errungen und fortträgt, ist geboren aus der Schwäche der übrigen Gesellschaft, und wenn der frühere Inhaber eines Fabriketablissements nunmehr »Direktor« desselben, aber dadurch kein anderer geworden ist, in den Augen der Frau des Hauses, die ihn zu ihrer Gesellschaft einlädt, ist er tatsächlich ein anderer geworden – er hat einen Titel bekommen! Daß für die Verleihung des Titels »Kommerzienrat« nicht stets Verdienste des Kaufmannes, sondern in der Regel auch materielle Leistungen zu diesen oder jenem Zwecke die Voraussetzung bilden, trägt auch nicht zum Ansehen des deutschen Kaufmannes bei.

Im Kaufmannsstand steckt sicherlich ein stark idealistisches Streben. Der Kaufmann ist beispielsweise Patriot wie die besten im Lande. Er ist es aus Überzeugung und als Schutzwehr gegen die Sozialdemokratie hat kein anderer Berufszweig soviel geleistet, wie die Industrie. Auf ihr ruhen die größten Lasten der sozialen Gesetzgebung und sie trägt sie willig, verständnisvoll, in patriotischer Hingebung und ohne Murren – fast zu ergebungsvoll. Man sollte meinen, daß die übrige Gesellschaft dem Kaufmann für die willig übernommenen ganz beträchtlichen Pflichten auch entsprechende Rechte einräumen müßte; aber nein, dafür stecken die sogenannten angesehenen Stände doch zu sehr in ihrer überkommenen gesellschaftlichen Befangenheit. Sie drängen den Kaufmann immer mehr auf den realen Boden. Die Früchte, die dort wachsen, sind für ihn erreichbar. Gesellschaftliche Position ist in Deutschland, schon aus den seither geschilderten Gründen, schwer für ihn zu erringen, darum heißt es, sich vor allen Dingen das zu schaffen, was in seinem Bereiche liegt, ihm Ersatz bietet und ebenfalls schließlich zur Anerkennung des Mannes führt, eine materielle Position. Er begibt sich auf den Boden der Wirklichkeit, läßt sich das in derselben Zeit Erreichbare genügen, läßt, als Durchschnittsmensch betrachtet, unerfüllbare Wünsche und Hoffnungen fahren und wird dadurch oft mehr zum Realisten, als er es unter anderen gesellschaftlichen Verhältnissen sein möchte und würde. Er wird gezwungen, die Dinge und Menschen zu nehmen, wie sie nun einmal in Deutschland sind, und dadurch zu einer Lebensauffassung gedrängt, sich gegenüber großen allgemeinen Fragen des öffentlichen Lebens, idealen Bestrebungen überhaupt, mehr passiv zu verhalten, als es der Kaufmann in anderen Ländern, zumal in England tut. Dort ist der Kaufmann gleichberechtigtes Glied der höheren gesellschaftlichen Kette. In Deutschland lernt er mehr und mehr einsehen, daß nur im Erfolg seine Position liegt, die es ihm ermöglicht, Herabsetzungen mit einem gewissen Gleichmut zu ertragen.

Der Kaufmann wird darum vorläufig noch gut tun, bei der »Teilung der Erde« nicht wie der Schiller'sche Poet »in weiter Ferne« zu verweilen, er mag sich nur in nächster Nähe halten, damit er nicht zu kurz kommt. Denn, ihn wird Zeus nicht in seinen Olymp als Entschädigung aufnehmen und ein Kaufmann mit leeren Händen würde in der übrigen Gesellschaft, die sich ja auch, trotz ihrer Ideale, recht zahlreich zur Teilung herangedrängt hat, eine zu bejammernswerte Figur abgeben.

Aus den geschilderten Verhältnissen heraus läßt es sich verstehen, wenn der Kaufmann in Deutschland seltener ins Vordertreffen rückt, wenn die Geister aufeinanderplatzen, bei Fragen des öffentlichen Lebens, wo er seine Anschauungen und Erfahrungen zur Geltung bringen sollte. Hier nimmt er meist eine passive abwartende Stellung ein und überläßt anderen Ständen, die sonst auf ihn herabzusehen geneigt sind, auch hier die führende Rolle. Das geschieht sehr zum Schaden seines eigenen Ansehens, aber auch des Gemeinwohles der Nation.

Der Prozentsatz erfahrener Kaufleute in Stadtverordneten-Kollegien, in den deutschen Parlamenten ist ungemein niedrig. Ein paar Großindustrielle von hervorragender Stellung bilden z. B. im Reichstag die Vertreter des Kaufmannsstandes. Sonst ist das Kaufmanns-Element in den Parlamenten so dünn gesät, daß in allen Fragen von geschäftlicher Bedeutung gewöhnlich Sachverständige aus dem Kaufmannsstande nicht vorhanden sind. Mancher Beschluß wäre dort anders ausgefallen, wenn eine größere Anzahl kaufmännisch erfahrener Parlamentarier ihr Gutachten hätten in die Wagschale werfen können. An schönen Reden fehlt es nicht; Berufsparlamentarier, die an ihrem Mandat kleben, sind hinreichend vorhanden, auch Juristen, die dafür sorgen, daß die Gesetze in richtiger Form unter Dach kommen, aber an kaufmännischen Sachverständigen fehlt es, an Leuten, welche bei Schaffung von Gesetzen, die tief in das wirtschaftliche Leben der Nation einschneiden, mehr auf Qualität als auf Form der Gesetze, mehr auf praktische Ergiebigkeit als auf schöne und geistreiche Form der Verhandlungen Einfluß gewinnen. Diese Teilnahmslosigkeit der Geschäftswelt, wenn es sich darum handelt, sich in irgendeiner Weise mit öffentlichen Arbeiten zu beschäftigen, muß man bedauern, aber man lernt sie nach dem Vorgesagten wenigstens einigermaßen verstehen. So wie die Verhältnisse bei uns liegen, glaubt der Kaufmann nichts Besseres tun zu können, als seine Kräfte dem eigenen Vorwärtskommen, seiner realen Position zu widmen. Aber das muß sich auf die Dauer schwer rächen, sowohl vom Standpunkte des Ansehens der Kaufmannschaft, als auch seiner eigenen Interessen. Auch im öffentlichen Leben wird der Kaufmannsstand als eine quantité négligeable behandelt und darum hört man nicht nur vonseiten der Landwirtschaft häufig die Parole: »**Der**

Kaufmannsstand muß bluten!«; sowohl in sozialpolitischen, steuerpolitischen als in handelspolitischen Maßnahmen wird alles auf die Schultern der Geschäftswelt abgewälzt. Daß in Industriestaaten die Vertreter der Landwirtschaft in den ersten Kammern in angemessener Anzahl vorhanden sind, daran sind wir seit langem gewöhnt, aber daß Industrie und Handel neuerdings ebenfalls eine entsprechende Vertretung ihrer Interessen fordern, erscheint anderen Ständen als eine Ungeheuerlichkeit! Das liegt in erster Linie an der allzulang bewahrten Passivität des Kaufmannsstandes. Sein Ansehen wird dadurch nicht gefördert.

Wir sind damit auf das Gebiet der Politik gelangt, haben aber hier gesehen, daß nur der Anspruch auf Ansehen und Wertschätzung hat, der sich selbst nicht zu niedrig bewertet. Das aber geschieht seitens der Kaufmannschaft. Wie der Kaufmann als einzelner im täglichen Leben stets gezwungen ist, sich Ansehen und Achtung zu erringen, wo man sie ihm versagen will, so soll sich das auch auf die Gesamtheit übertragen. Selbstachtung ist nötig, aber man muß auch anderen zeigen, daß man sie besitzt und nicht gewillt ist, seine Interessen beiseite schieben zu lassen! Dieses Zeigen der Selbstachtung muß natürlich in der richtigen Weise geschehen. Darüber werden wir sogleich noch reden. **»Selbständigkeit und Festigkeit im Charakter des Kaufmannes sind wichtige Pfeiler des ganzen Baues. Den richtigen Weg erkennen und ihn bis zum Ende ohne Zögern zu beschreiten, das führt zum Ziel. Ein tadelloser Ruf ist notwendig, um dem Publikum Vertrauen einzuflößen«**. (Aug. Glahn.)

Von dem Leben in der Öffentlichkeit abgesehen, können wir am Kaufmann oft zwei Seiten entdecken, die seinem Ansehen in der Gesellschaft nachteilig sind: Einmal ein Mangel an selbstbewußtem Auftreten, oder aber – das Gegenteil, gespreiztes Wesen und Neigung zum Protzertum.

Für beide Erscheinungen liegen die Erklärungen nicht weit. Daß es dem Kaufmann oft an einem ruhigen Selbstbewußtsein fehlt, im Vergleich zu anderen Ständen, hat teilweise seine Ursache in allem, was wir bereits über deutsche gesellschaftliche Verhältnisse gesagt haben, die den Kaufmann nicht nach Verdienst zur Würdigung gelangen lassen, teilweise aber auch in dem Beruf des Kaufmannes – obschon der Kaufmannsstand in anderen Ländern nicht wesentlich anders geartet ist wie in Deutschland und doch dort von den höheren Ständen als gleichberechtigt anerkannt wird.

Wir sehen bei anderen Berufsklassen, daß die Erziehung durch den Beruf und innerhalb des Berufes dem einzelnen Gliede auf die Dauer selbstbewußtes Auftreten verleihen kann. Im Offiziersstande z. B. geht schon aus dem Gefühl, des Königs Rock zu tragen, ein oft etwas übertrieben zur Schau getragenes Selbstbewußtsein hervor. Aber auch durch die Erziehung in diesem Beruf wird auf forsches, schneidiges Auftreten hingewirkt und durch die Art der Tätigkeit gefördert. Auch bei Gliedern anderer Stände, wo der einzelne als Behörde fungiert oder sich wenigstens in unabhängiger, autoritativer Stellung befindet, wie bei den Richtern, Beamten usw., oder in Berufen, mit denen eine einseitige Überlegenheit durch die Spezialität ihrer Tätigkeit und ihres Könnens verbunden ist (Geistliche, Ärzte, Lehrer, Ingenieure usw.), übertragen sich die Gewohnheiten im Auftreten innerhalb des Berufes auf den Verkehr mit der Außenwelt.

Der Kaufmannsberuf ist ein freier Beruf wie wenig andere. Das ist eine der Lichtseiten des Standes, daß seine Glieder, soweit sie selbständig sind, im Beruf keine Befehle von oben auszuführen haben. Es liegt bei den weitaus meisten kaufmännischen Berufszweigen wenigstens in der Hand des einzelnen, ob er den Inhalt der einlaufenden Briefe als Befehle für sich und seine Firma betrachten will oder nicht. Aber, wenn er seine geschäftlichen Erfolge fördern will, so hat er doch stets sein Augenmerk darauf zu richten, daß im Einzelfall, auch wenn er den Wünschen seines Geschäftsfreundes nicht nachkommen will, Verstimmungen hintenan gehalten werden und der Wert einer Verbindung, auch wenn er in dem vorliegenden Falle nicht erkennbar ist, nicht in Frage gestellt wird. Der Kaufmann hat zwar keine Vorgesetzten, aber sein eigenes Interesse treibt ihn, so zu handeln, daß sich seine Geschäftsfreunde nicht von ihm abwenden. Daraus entwickelt sich aus dem Kaufmann ein Mann des Kompromisses, des zeitweiligen Entgegenkommens und des Bestrebens, es innerhalb seiner Kundschaft wenigstens mit niemand auf die Dauer zu verderben. »**Ein gewisses konziliantes Wesen, das der Industrielle und Kaufmann nur zu leicht zur Schau trägt, liegt daher in seinem Beruf begründet. Handel und Wandel bringen es mit sich, daß man in kleineren Dingen nachgeben muß, wenn man Größeres erreichen will**«, sagte jüngst ein namhafter Industrieller in seinem Vortrag.

Das drückt sich dem Wesen des Kaufmannes sowohl in der Gesellschaft, wie im öffentlichen Leben aus. Und im politischen Leben sehen wir z. B., daß diejenige Partei, der man nachsagt, eine Kompromißpartei zu sein, die nationalliberale, die größte Anzahl industrieller und Kaufleute zu ihren Mitgliedern zählt.

Aber unsere Betrachtungen sollen sich nicht mehr als unbedingt notwendig auf politischem Boden bewegen. Vielmehr wollen wir jetzt dem zweiten von uns erwähnten Vorwurf nachgehen, daß der Kaufmann zum Protzentum und seinen häßlichen Erscheinungen neige und dadurch sein Ansehen herabdrücke.

Es muß ohne weiteres zugegeben werden, daß Industrielle und Kaufleute bisweilen ihren Erfolg in einer keineswegs angenehm wirkenden Weise zur Schau tragen und etwas ganz anderes als »ruhiges Selbstbewusstsein« zeigen. Es sind gewöhnlich solche, die aus der niederen Sphäre des Kaufmannsstandes hervorgegangen, sich in verhältnismäßig kurzer Zeit ansehnliches Vermögen erworben. Sie haben daher keine Zeit gefunden oder sich genommen, das über dem Erwerb stehende gebührend zu berücksichtigen, die Pflege des inneren Menschen und, in zweiter Linie, Aneignung guter gesellschaftlicher Formen. Bei ihnen muß man freilich erleben, daß ihr ganzes Auftreten darauf gerichtet ist, in Ermangelung eines besseren zu zeigen, unbewußt, »was sie sind« – Leute von schlechten Manieren – und bewußt, »was sie haben«. Auch das zeugt von geringer

Selbsterziehung und wird auf die Mehrzahl der Kaufleute abstoßend wirken. Aber sehen wir uns doch einmal bei anderen Ständen um.

Vor einigen Jahren machten wir, der Schreiber dieser Zeilen mit seiner Frau, eine Reise in die Sommerfrische, wobei wir eine größere deutsche Residenzstadt berührten. Dort wohnten zwei Jugendfreunde von uns, Vettern, beide verheiratet und beide ein und derselben höheren Beamtenklasse angehörend. Nach vorausgegangenem Besuche erfolgte eine Einladung zu einem größeren Diner, das bei dem uns besonders nahestehenden Freunde zufällig am nächsten Tage stattfinden sollte. Tags darauf befanden wir uns an einer Tafel, an der samt und sonders Beamte, ziemlich aus derselben Rangklasse, mit ihren Frauen saßen. Ich führte die Frau des Hauses, eine vertraute Freundin der meinigen, zu Tisch und bald war die Unterhaltung, ohne Zutun des kaufmännischen Ehepaares, in Fluß.

Man sprach vom Fach, aber mehr noch von Personalien und die Damen beteiligten sich besonders lebhaft an dieser interessanten Aussprache. Nicht nur die Anwesenden, sondern mehr noch die abwesenden bekannten Assessoren, Räte usw. aus verschiedenen Kollegien wurden durchgegangen; wie lange der einzelne schon Rat, wie seine Chancen, »Ober« zu werden und welche Orden im nächsten Jahre für diesen und jenen fällig, alles das wurde mit großer Gründlichkeit erörtert. Über die Stellung der höheren Räte wurde mit derselben Gewissenhaftigkeit gesprochen. Auch hier spielte Anziennität und Ordensfrage die Hauptrolle.

Mein Freund stand, wenigstens dann und wann, unter dem Eindruck, daß es nicht besonders taktvoll sei, in Gegenwart eines Kaufmannes diese schrecklich einseitige, der übrigen Tischgesellschaft aber augenscheinlich eminent wichtige und interessante Unterhaltung zu führen und suchte das Gespräch auf allgemeines Gebiet zu lenken. Aber vergebens; man empfand diese Ablenkung geradezu als eine Störung und bald schwamm die Unterhaltung wieder in dem seichten Gewässer der Rang- und Ordensfragen, bis die Tafel aufgehoben wurde. Als aber wir Herren dann bei Bier und der Zigarre saßen und das alte, von mir über die Maßen langweilig empfundene Gesprächsthema noch immer nicht verschwinden wollte, da überkam mich fast eine Sehnsucht nach dem behäbigen Kommerzienrat R., einem früheren Schlosser, mit seiner schönen Perlenkrawattennadel und dem großen Brillanten im Fingerring, beide zusammen ein kleines Vermögen wert. Ich war ihm sonst gern aus dem Wege gegangen, weil er auch in anderen Dingen seinen Erfolg so offen zur Schau trug. Aber so ungemein wichtig, wie diesen Herren die Orden und Titel waren dem Kommerzienrat seine Mittel, seine Equipagen und Diamanten denn doch nicht und an natürlichem Gefühlstakt erschien er mir jetzt ihnen mindestens ebenbürtig, ja überlegen. Eine Unterhaltung von allgemeinem Interesse verstand er jedenfalls besser zu führen und selbst zu leiten, als diese einseitigen Herren Beamten.

4 Gesteigerte Ansprüche an den modernen Kaufmann.

Dem Kaufmann von heute sind nicht nur ungleich höhere Ziele gesteckt, der Gang seiner Ausbildung im Fach ist auch ein wesentlich anderer geworden, wie in früheren Zeiten, ja noch vor etwa 30 Jahren.

Die Entwicklung des Einzelnen kann sich heutzutage viel eher individuell gestalten, dadurch, daß der Kaufmann bei seiner Ausbildung weniger »Handwerk« im Fach zu leisten hat, als ehedem und daß die Ziele und der Blick des deutschen Kaufmannes sich beträchtlich erweitert haben, seitdem Deutschland in Industrie und Handel reif geworden ist, mit der ganzen Welt in Wettbewerb zu treten.

Man vergegenwärtige sich nur einmal wieder den Gang der Ausbildung des kaufmännischen Lehrlings in unserer Jugend. Vier Jahre dauerte gewöhnlich die Lehrzeit und man wird nicht übertreiben, wenn man sagt, daß die erste Hälfte dieser Lehre fast ausschließlich mit mechanischen Arbeiten ausgefüllt wurde. Die ein- und ausgehende Korrespondenz wurde, dem Handelsgesetz gemäß, in dafür gehaltene Bücher abgeschrieben. Das bildete zunächst einen wesentlichen Teil der Beschäftigung des Lehrlings; Kopiermaschinen, die heute in höchster Leistungsfähigkeit vorhanden sind, kannte man noch nicht und man sagte sich, daß durch die Vielschreiberei die Handschrift des Lehrlings gebessert werde und auch der Briefstil nach Vorbildern mit der Zeit sich entwickele. In der Tat konnte man damals viel eher von »schöner« kaufmännischer Handschrift sprechen, als es heute vielfach noch der Fall ist. Alle eingelaufenen Briefe wurden nach Erledigung in der Mitte gefaltet und auf der Außenseite sorgfältig mit Datum, Namen des Absenders usw. überschrieben, mit den verschiedenen Buchungsvermerken versehen und in alphabetisch geordneten Wandfächern aufgehoben. Vorgedruckte Brief-Schemata allgemeinen Inhaltes kamen nur selten zur Verwendung, damit der Lehrling auch an solchen, täglich wiederkehrenden Briefen seine Beschäftigung hatte. Das »Nachschlagen« und »Suchen« in der Vergangenheit, auf die die Tages-Korrespondenz Bezug nahm, füllte ebenfalls einen Teil der Zeit des Lehrlings aus und erst in der zweiten Hälfte der Lehrzeit wurden ihm die Führung einfacher Bücher, Listen, Hilfskassen und die leichtere, nicht schematische Korrespondenz übertragen. War die Lehrzeit beendigt, so konnte er sich immer noch einige Jahre als »bezahlter Lehrling« betrachten.

Das hat sich gewaltig geändert, seitdem die Schreibmaschine erfunden, die Stenographie zu allgemeiner

Anwendung beim Kaufmann gelangt, das Registrierwesen zu höchster Vollkommenheit und Einfachheit ausgebildet ist und Vervielfältigungs-Apparate von erstaunlicher Leistungsfähigkeit dem Kaufmann zu Gebote stehen. Den Amerikanern haben wir für die meisten Errungenschaften auf diesem Gebiete zu danken, der Lehrling aber insbesondere dafür, daß das mechanische Beiwerk im Fach auf ein Geringes im Vergleich zu früheren Zeiten zusammengeschrumpft ist, daß der enge Kreis, der ihm früher lange gezogen war und aus dem er oft nicht heraus konnte, sich erweitert hat und sein Blick sich auf höhere, seine Denkkraft und sein Urteil in Anspruch nehmende Dinge richten kann. Gewöhnliche Schreibarbeiten mechanischer Art werden heute mit Vorliebe untergeordneten Persönlichkeiten übertragen, die keiner kaufmännischen Vorbildung bedürfen.

Die heutige Art der Geschäftsführung, zumal beim Groß-Kaufmann und im Kartellwesen, würde sich geradezu unlohnend gestalten, ja unmöglich sein, wenn mit dem alten kaufmännischen Apparat gearbeitet werden sollte. Und so kann man wohl sagen, daß der menschliche Geist zu jeder Zeit diejenigen Erfindungen hervorbringt, die den gesteigerten Anforderungen an die Leistungsfähigkeit in den verschiedenen Berufen entsprechen.

Zumal die Erfindung des Telephons und seine Ausbreitung über den ganzen Erdball hat die Art des Geschäftsbetriebes gründlich umgestaltet, freilich auch an die schnelle Dispositionsfähigkeit und die Nervenkraft des Kaufmanns hohe Ansprüche gestellt. Nicht nur hat er immer mehr ein Mann des sicheren Urteils, der schnellen Entschlüsse zu werden, er sieht auch täglich mehr die Zeit heranrücken, »wo er eine länder- und völkerbeherrschende Stellung im Getriebe der Menschheit« einnehmen wird und die Aufgabe bekommt, seinen Teil am Welthandel zu meistern, so gut er es eben kann. Die moderne Entwicklung des Verkehrs und der zunehmende Reichtum der Verkehrsmittel stellt beständig wachsende Anforderungen an die Kenntnisse und Leistungsfähigkeit des Kaufmannes; um ein gutes Auskommen zu finden, ist gegenüber früheren Zeiten ein größeres Maß von Arbeit und Wissen notwendig und die

Führung eines großen Geschäftes ist an hohe Voraussetzungen – gründliche Allgemeinbildung, umfassende Fachbildung und gute Charakter-Eigenschaften – des Kaufmanns geknüpft.

Stellt schon die ganze wirtschaftlich-soziale Entwickelung besondere Anforderungen an jeden Einzelnen, so steht der Kaufmann und Industrielle im Vordergrund, wenn es gilt, den veränderten Verhältnissen sich anzupassen und neue Errungenschaften sich dienstbar zu machen. »**Stillstand ist Rückschritt**« war schon lange ein treibendes Mahnwort für den Kaufmann und ist es heute mehr wie je geworden. Wir sehen aber an der Eifersucht, mit der das Ausland auf den deutschen Kaufmann und seine gehobene Stellung blickt, daß er seiner Aufgabe im Großen und Ganzen gewachsen ist.

Schon beim Werdegang des jungen Kaufmannes sind an Denk-, Urteils- und Tatkraft im Vergleich zu früher hohe Anforderungen gestellt. Er kommt von vornherein mehr in das direkte Geschäftsgetriebe hinein, seitdem das umständliche und lähmende Beiwerk im Fach für ihn mehr verschwunden ist. Aber von Jahr zu Jahr mehren sich auch die Ansprüche an das in den Beruf von ihm mitzubringende Wissen und immer mehr wird es nöthig, daß er fortgesetzt darauf Bedacht nimmt, an seiner Weiterbildung durch Selbststudium zu arbeiten.

Von der Schulbildung darf er vieles, aber nicht alles erwarten. Sie bietet Lücken für den Beruf, auch selbst die Handelsschulbildung; das dort Erlernte hat er jedenfalls gründlich in sich zu verarbeiten, klar zu durchdringen und in die Praxis zu übertragen.

In den meisten Geschäften, wenigstens in den Großgeschäften, werden heutzutage fast alle Briefe mit der Schreibmaschine nach stenographisch aufgenommenem Diktat geschrieben. Das setzt voraus, daß der Diktierende, statt des früher gar üblichen Konzeptierens, den Inhalt der Briefe in angemessener Kürze und höflicher Schreibweise, aber ohne irgendetwas zu übersehen, mündlich und wörtlich genau vorzutragen versteht. Es ist dies eine

Schnellarbeit im Vergleich zu früher, wo der Korrespondent sich die Zeit nehmen konnte, sich jeden Satz vor der Niederschrift gründlich zu überlegen und zu prüfen, daß nichts Wichtiges ausgelassen wurde. Sie erfordert Gewandtheit und scharfen Überblick, unter der Berücksichtigung, daß oft große Mengen von Briefen hintereinander diktiert werden müssen, anscheinend geringfügige Auslassungen oder schiefe Darstellungen aber beträchtlichen Schaden nach sich ziehen können.

Wie sehr sich die geschäftlichen Verhältnisse gegen früher geändert haben, kann man leicht an dem Beispiel ersehen, daß das Zustandekommen eines Geschäftsabschlusses zwischen einer Firma in Frankfurt a. M. und einer solchen in Chicago auf brieflichem Wege vor 30–40 Jahren unter günstigen Verhältnissen etwa 4 Wochen Zeit in Anspruch nahm. Dasselbe Ergebnis läßt sich heute bequem innerhalb 24 Stunden herbeiführen unter Zuhilfenahme des Kabels und unter Umständen des Telephons.

Wir erwähnen alles das, und könnten noch Vieles hinzufügen, um zu zeigen, daß man wohl Ursache hat, vom »modernen« Kaufmann zu reden, der zwar täglich nach wie vor seines Glückes Schmied sein muß, der aber dazu nicht nur anderen und besseren Handwerks-Gerätes bedarf, als sein kaufmännischer Vorfahre, sondern auch höherer Intelligenz, schnellerer Auffassung und Beherrschung der jeweiligen Lagen und Entschlußfassung in kürzester Frist, selbst in den wichtigsten Dingen.

»Das Leben des Kaufmannes ist ein fortwährender Kampf mit den verschiedensten Verhältnissen, wobei sich die Front stets verändert. Da gibt es kein Zusehen und Abwarten, da heißt es – nur handeln, und wer das nicht begreift und danach arbeitet, ist eben kein Kaufmann im modernen Wortsinn.«

Im 13ten und 14ten Jahrhundert, zu den Zeiten der Hanse, stand schon einmal deutscher Handel auf einer Höhe, daß er die Herrschaft über den europäischen Handel durch die Einigkeit und eifersüchtige Wahrung seines Übergewichtes behauptete, das auf seinen Vorrechten, seiner Tüchtigkeit und Kapitalkraft beruhte. Noch heute läßt sich die Wahrnehmung machen, daß bei der Kaufmannschaft in den größeren Hansestädten wie Hamburg und Bremen, überhaupt in Städten mit vorwiegendem Übersee-Verkehr, oder in solchen mit großer kaufmännischer Vorvergangenheit, es schon die Tradition mit sich bringt, daß die Würde des Standes besonders hoch gehalten wird, auch durch Pflege eines auf Selbstachtung beruhenden Standes- und Selbstbewußtseins. So nimmt beispielsweise der Kaufmannsstand in Städten wie Bremen, Hamburg, Leipzig, Köln eine höhere Stellung ein, wie in manchen anderen bedeutenden Städten Deutschlands ohne große Handels-Tradition. Er erreicht dort nicht nur, daß ihm diejenige Achtung zuerkannt wird, die ihm wegen seiner wichtigen Stellung im wirtschaftlichen Leben der Nation zukommt, man findet sogar bisweilen ein gewisses Übergewicht des kaufmännischen Ansehens anderen Klassen, selbst den höheren gegenüber, wie wir das von England bereits seit Langem gewöhnt sind.

Die Stellung Deutschlands als Welthandels-Nation ist noch verhältnismäßig jungen Datums, wenn auch einzelne namhafte deutsche Seeplätze seit Jahrhunderten ihren Anteil am Welthandel gehabt haben. England hat noch heute im Weltverkehr bei weitem die führende Stelle und wird sie sicherlich noch lange behalten. Ihm hat sich seit Anfang dieses Jahrhunderts die sich gewaltig entwickelnde nordamerikanische Union zugesellt und seitdem Deutschland politisch und wirtschaftlich mächtig erstarkt ist, beträchtlichen Kolonial-Besitz sein eigen nennt und eine Handels-Flotte besitzt, die außer von England von keiner anderen Nation erreicht wird, konnte von unserem Kaiser das Wort ausgesprochen werden: »**Unsere Zukunft liegt auf dem Wasser!**« Der deutsche Kaufmann ist mehr und mehr in den Welthandel hineingezogen worden und steht vor der Aufgabe, sich ehrenvoll zu behaupten und seinen Anteil zu vergrößern.

Die Einführung des Dampfes als Betriebskraft auf Landwegen, namentlich aber zur See, die Telegraphie, zumal die unterseeische, die Schnelligkeit und Leistungsfähigkeit des Schiffs-Materials haben eine neue Zeit anbrechen lassen und den

Gedankenaustausch der Völker zu einem fast unmittelbaren gemacht. Drahtlose Telegraphie und das auf erstaunlich weite Strecken verwendbare Telephon haben mit dazu beigetragen, daß die Länder näher aneinander gerückt sind; große Hindernisse, die trennende Landmassen dem Seeverkehr entgegenstellten, konnten hinweggeräumt werden. Mit der Durchstechung der Landenge von Suez wurden die alten Bahnen nach dem Osten wieder geöffnet und der Nordostsee-Kanal schuf einen näheren und sicheren Weg zwischen Ostsee und Nordsee. Das Problem einer unmittelbaren Verbindung des Atlantischen mit dem Stillen Ozean vermittelst des Panama-Kanals harrt noch seiner Lösung. Die Gründung des »Weltpost-Vereins« hat ebenfalls zur Hebung des Weltverkehrs wesentlich beigetragen. Die Interessen aller Völker der Erde werden in seinen unmittelbaren Bereich gezogen. Neue Zeiten sind angebrochen und erfordern neue Menschen, zum wenigsten solche, die es verstehen, den neuen Verhältnissen sich geschickt anzupassen und neuen großen Aufgaben gerecht zu werden.

Vor solchen Aufgaben befindet sich auch der deutsche Kaufmann. Die Engländer zumal müssen uns hier als vorbildlich gelten und sind es tatsächlich in mancher Hinsicht noch. Sie haben lange weltkaufmännische Tradition, die wir noch nicht besitzen, großzügige Geschäftsauffassung und großkaufmännischen Geist, der sich nicht so leicht ins Kleine verliert. Das geht uns vielfach noch ab; und wie kann es auch anders sein? Der Hamburger Groß-Kaufmann besitzt schon mehr englische Art der Geschäftsführung und weiteren Blick, wie der sonstige deutsche Durchschnittskaufmann, weil er schon lange Anteil am Welthandel genommen hat. Infolge der gewaltigen Ausdehnung des englischen Kolonial-Besitzes, der an Areal etwa das 90fache und an Bevölkerungsziffer mehr als das 10fache des Mutterlandes ausmacht, befindet sich der englische Kaufmann in allen Weltteilen zu Hause.

Außer Europa umspannen die Besitzungen Englands ungeheure Flächen von Asien, Afrika, Amerika und Australien; den letzteren Erdteil kann England fast ganz sein eigen nennen. Die englische, nicht die französische Sprache muß als die eigentliche Weltsprache bezeichnet werden; sie wird gesprochen und verstanden in den fortgeschrittenen Wirkungsstätten des Kulturmenschen, wie in den Wüsten, Steppen und Wäldern fast aller Kontinente und Inseln der Erde und eignet sich, wegen ihrer leichten Zugänglichkeit und ihres einfachen Gefüges, zur Weltsprache wie keine andere bekannte –, die vollendete Kenntnis und Aussprache bietet freilich größere Schwierigkeiten, als derjenige ahnt, der sie nur oberflächlich und schulgerecht beherrscht. Mit Selbstgefühl nennt sich der englische Kaufmann »Merchant«. Seine Handelsflagge weht in allen Meeren des Erdballes. Als Handelspionier ist er der bewaffneten Macht in allen Erdteilen meist vorangegangen, hat Faktoreien gegründet, denen Handelskolonien, die wiederum den Keim zu wirklichen Kolonien bildeten, folgten. Niemals verliert er, im Gegensatz zu manchem deutschen Kaufmann, den Zusammenhang mit dem Mutterlande. Er ist stolz, ein Mitglied der großen britischen Nation, des Welthandelsvolkes zu sein und seine geschäftlichen Gewohnheiten werden natürlich durch diese großzügigen Verhältnisse beeinflußt.

Weniger mitteilsam als der Deutsche und wohl weniger anpassungsfähig, muß dem Engländer große Verläßlichkeit zugesprochen werden. Gerechtigkeitssinn, Selbständigkeit der Anschauungen vereinigt mit Unternehmungsgeist und Zähigkeit bilden Grundzüge des Charakters des englischen Kaufmanns. Sein Nationalstolz artet wohl einmal in Hochmut und Übermut aus, aber da er zuverlässiger Freundschaft fähig ist, wenn er den Wert des Anderen erkannt hat, und ihm, wie gesagt, kleinliche Beurteilung von Menschen und Verhältnissen ferner liegt als dem deutschen Kaufmann, so kann noch heute mit Recht behauptet werden, daß er diesem als Vorbild in manchen Stücken dienen kann. Wohl hält er zähe fest an alten Gewohnheiten, solange er sich nicht davon überzeugt hat – das dauert freilich manchmal lange –, daß neue besser sind. Dann aber muß sicherlich das Gewohnte dem Besseren weichen. Ein Feind jeder Überstürzung trotz des ihm eigenen weiten Blickes, ist sein Ziel meist auf das ihm Nächstliegende gerichtet. Seine Stellung im Lande, in der Gesellschaft, ist bekanntlich eine hochgeachtete; er braucht den Vergleich mit Niemand zu scheuen und er hält ebenso sehr auf die Würde seines Standes, wie die übrigen angesehensten Bevölkerungsklassen.

So und viel glänzender noch lautete das Urteil über den englischen Kaufmann, als Verfasser in jungen Jahren nach längerem Aufenthalt in England sich nach Frankreich einschiffte, um dort sich weiter zu bilden. In jugendlicher Begeisterung sah er wohl manches Licht, ohne die Schatten wahrzunehmen. Er hatte sich in englische Lebensführung und Beurteilung der Dinge ganz eingelebt, in seinen geschäftlichen Stellungen waren ihm anständige Behandlung und Würdigung seiner Leistungen auf jedem Posten niemals vorenthalten worden, und auch mit manchem jungen Engländer hatte er gute Freundschaft geschlossen. Aber auch heute noch ist in großen Zügen sein Urteil über englische Geschäftsführung und den englischen Kaufmann dasselbe geblieben, wenn auch vor dem kühlen, nüchternen Blick heute manches anders aussieht, wie in den Jahren des jugendlichen Überschäumens und manche Seite des deutschen Kaufmanns beim Vergleich mit seinem Kollegen altenglischer Tradition eine viel freundlichere Beleuchtung gefunden hat.

Jedenfalls hat Niemand mehr bedauert, wie der Schreiber dieser Zeilen, daß vor einigen Jahren die uns allen bekannten Ereignisse eine Entfremdung zwischen den beiden Nationen herbeiführten, die sich auch auf die geschäftlichen Beziehungen auszudehnen schienen. Bei einer gelegentlichen Reise nach England konnte er in kaufmännischen Kreisen der City von London überall wahrnehmen, wie groß die vorhandene Verstimmung gegen Deutschland war und wie sehr man zu einer solchen berechtigt zu sein glaubte. Den Gründen dafür – sie liegen auf beiden Seiten – nachzugehen, würde uns von unserem Thema allzusehr ablenken. Aber der Wunsch, daß es beiden kulturell so hochstehenden Nationen, die besseres zu tun haben, als sich gegenseitig durch gehässige Zeitungsartikel und ätzende Witzworte anzufeinden, gelingen möchte, wieder Wege der besseren Verständigung zu finden, wird hoffentlich zum gegenseitigen Besten bald Erfüllung finden.

Das Nationalgefühl der Deutschen hat noch keine lange Vergangenheit aufzuweisen. Wie der Engländer im allgemeinen innerlich davon überzeugt zu sein pflegt, daß es auf dieser Erde nichts Besseres gibt, als sein Volk, seine Art, seine Gewohnheiten, wie er gelegentlich schonungslos mit Mängeln aufräumt, die er erkannt, im übrigen aber fest an alten Gewohnheiten und Bräuchen hält, so fanden wir beim Deutschen vor noch nicht zu langer Zeit ganz entgegengesetzte Äußerungen des nationalen Charakters. Der Deutsche von früher hatte bekanntlich nichts eiligeres zu tun, als in fremden Ländern, und mochten sie noch so wenige vorbildliche Einrichtungen aufzuweisen haben, sein Deutschtum abzustreifen. Das mußte sein Ansehen und dasjenige des deutschen Kaufmannes in den Augen anderer Nationen herabsetzen, denn dieser ist es vornehmlich, der das Deutschtum im Auslande repräsentiert.

Die Gründe für das Darniederliegen des deutschen Nationalgefühles sind oft genug besprochen worden, mögen aber auch hier mit wenigen Worten gestreift werden. Im Herzen Europas liegend, ist Deutschland oft der Spielball fremder Nationen gewesen. Im Innern zerrissen durch seine unglückliche Kleinstaaterei mit ihrer Interessen-Politik, getrennt durch die Verschiedenartigkeit seiner Konfessionen, hat Deutschland als Einheit selten einen höheren Flug nehmen, geschweige dahin gelangen können, dem Individuum jenes Maß von Freiheit zu gewährleisten, das es in anderen Ländern besaß.

Deutschland war im Vergleich zu manchen von diesen ein armes Land. Auf seine eigenen Hilfsquellen angewiesen, hat Deutschland doch für die ganze Welt die große Tat vollbracht, die Freiheit des Geistesgedankens auf religiösem Gebiet zu erringen. Der dreißigjährige Krieg brachte Deutschland soweit zurück, daß es zweier Jahrhunderte bedurfte, um in materieller Hinsicht den Stand des 16ten Jahrhunderts wieder zu erreichen und die Kulturarbeit mußte fast von Neuem begonnen werden. Man rufe sich nur ins Gedächtnis zurück, daß die Einwohnerschaft nach Beendigung des Krieges fast auf ein Viertel herabgesunken war; ganze

Gegenden waren zur Einöde geworden, Handel und Gewerbe für lange Zeit gelähmt. Aber für Deutschland selbst hatte der furchtbare Krieg nicht einmal das wohltätige Ergebnis, daß die Gegensätze auf religiösem Gebiet damit verschwanden. Die politischen und religiösen Gegensätze überdauerten den Krieg und sind, zumal die letzteren, für die Entwickelung Deutschlands von unheilvollem und lähmenden Einfluß geblieben. Nun hat Deutschland zwar und trotzdem unendlich Vieles und Großes auch auf anderen Gebieten geleistet. Der deutsche Kaufmann aber bei seinem Zuge nach dem Auslande nahm hauptsächlich die Gegensätze aus der Heimat mit in die Fremde. Er war in erster Linie Hamburger, Preuße (gar Rheinpreuße oder Echtester), Bayer, Hannoveraner. Dabei war er gewohnt, mehr an die Begriffe der Sonderstellung dieser Länder, als an ihre Zugehörigkeit zum großen deutschen Staatenbunde zu denken, dessen Glieder sich unablässig befehdeten. Selbst die deutsche Sprache bildete kein Kennzeichen für die Zugehörigkeit zu einem Deutschland, das nur in losem Verbunde existierte, denn auch Österreicher rc. redeten dieselbe Sprache. Und doch war diese fast das einzige Bindemittel, das Deutsche im Auslande vereinigte.

Dort fand man meist politisch geschlossene Einheit vor mit entsprechendem Nationalgefühl, und man lernt es begreifen, daß Vergleiche mit der politischen Zerfahrenheit in der Heimat nicht zugunsten der letzteren ausfielen, auch daß das Ansehen des Deutschen im Auslande Einbuße erleiden mußte. Daß Deutschland zu denjenigen Ländern gehörte, die einen sehr hohen Prozentsatz von Auswanderern an das Ausland abgaben, trug ebenfalls nicht zum Ansehen des Deutschtums bei. Das ist alles anders und besser geworden, und die Gründung des deutschen Reiches hat in erster Linie die große Wandlung herbeigeführt, daß der Deutsche im Auslande, und der deutsche Kaufmann zumal, sich als Angehöriger der großen deutschen Gesamtnation fühlen gelernt hat und das Bewußtsein in sich trägt, daß nirgendwo seine Rechte mehr verkümmert werden können. – Das mehr und mehr und etwas plötzlich erwachende deutsche Nationalbewußtsein mag bisweilen auch beim deutschen

Kaufmann noch etwas seltsame Blüten treiben, aber daß es endlich vorhanden, darüber wollen wir uns freuen, und wünschen, daß es mit der Zeit in richtige, feste Bahnen gelenkt wird.

Das Urteil des Auslandes über die Deutschen und den deutschen Kaufmann insbesondere hat in den letzten Jahrzehnten eine erfreuliche Änderung zu dessen Gunsten erfahren. Man lernt dort die Tüchtigkeit, die Energie und Zuverlässigkeit des deutschen Kaufmanns immer mehr würdigen. Große Anpassungsfähigkeit an die verschiedensten Verhältnisse sind dem deutschen Kaufmann von jeher eigen gewesen und in Aneignung und Beherrschung fremder Sprachen zeigt der Deutsche im allgemeinen sowohl dem Briten, wie dem Romanen gegenüber eine ziemliche Überlegenheit. Vor allem gibt sich der deutsche Kaufmann wenigstens die Mühe, in die verschiedenen lebenden Sprachen einzudringen, falls er glaubt, von ihrer Kenntnis Nutzen zu haben. Daß der bessere deutsche Kaufmann französisch und englisch mehr oder weniger gut in Schrift und Sprache beherrscht, gehört zu den fast selbstverständlichen Voraussetzungen, und spanisch, auch italienisch wird sehr häufig in deutschen Geschäften vom einheimischen Personal korrespondiert und auch gesprochen. In dieser Hinsicht sind sowohl der Engländer wie der Franzose schwerfälliger. **»Ich kenne eine Sprache, aber diese wird auf der ganzen Erde gesprochen und verstanden!«**, sagte einmal ein angesehener englischer Kaufmann mit nationalem Selbstgefühl zu dem Schreiber dieser Betrachtungen. Das war sehr aufrichtig und wahr gesprochen, aber, wenn auf den englischen Kaufmannsstand verallgemeinert, ist ein solcher Standpunkt doch wenig geeignet, dem englischen Kaufmann im Konkurrenzringen mit dem deutschen den Vorrang zu sichern.

Der Engländer ist kein großer Linguist und war es früher noch weniger als heute. Er ist gewöhnt, daß überall, wohin er auf der Erde seinen Fuß setzen mag, jeder gebildete Mann ihn leidlich versteht und wenigstens englisch mit ihm »radebrechen« kann. Das glaubte ihn in der Vergangenheit der Notwendigkeit zu entheben, selbst in fremde Sprachen einzudringen. Umgekehrt liegen die Verhältnisse z. B. bei dem Russen. Seine Sprache ist, im Gegensatz zur englischen, ungemein schwierig zu erlernen und von verhältnismäßig geringer Bedeutung für den Weltverkehr. Sie wird darum nur selten dem Lehrplan des jungen Kaufmanns anderer Länder einverleibt und der im Verkehr mit dem Auslande stehende Russe wird gezwungen, sich umfassende Sprachkenntnisse zu erwerben. Daß ein russischer Kaufmann außer seiner eigenen Sprache noch polnisch, schwedisch (finnisch), deutsch, französisch, englisch und andere, und zwar bei seinem angeborenen Sprachtalent mit ziemlicher Vollkommenheit beherrscht, gehört keineswegs zu den Seltenheiten. Der Deutsche nimmt eine Mittelstellung ein, wenn auch die deutsche Sprache bei anderen Nationen in den letzten Jahrzehnten bedeutend mehr studiert wird, als es früher geschah.

Erst kürzlich veröffentlichte ein hervorragender amerikanischer Kaufmann, nach dem »Berliner Tageblatt« in einer wirtschaftlichen Revue einen langen Artikel, in dem er seine Landsleute auf die besonderen Vorzüge hinwies, die der deutsche Kaufmann, insbesondere der Geschäftsreisende, vor seinen Berufsgenossen aus anderen Nationen voraus habe. Und diese Darlegungen fanden die volle Zustimmung der objektiv urteilenden britischen Sachverständigen.

Man darf nun zwar als selbstverständlich voraussetzen, daß für außerdeutsche, zumal überseeische Touren besonders gewandte, sprachkundige Persönlichkeiten mit guten Lebens- und Geschäftsgewohnheiten ausgesandt werden, Leute, die sich selbst in jeder Hinsicht in der Gewalt haben, um auf andere überzeugend und überredend einwirken zu können.

5 Der deutsche Geschäftsreisende.

Handwerk und Kaufmannsstand, beide haben ihre Wanderjahre, und wenn auch die besten Vergleiche bekanntlich hinken sollen, so wäre es doch nicht allzu schwer, zwischen Zweck, Wesen und Endziel dieser beiderseitigen Wanderjahre eine Parallele zu ziehen. Wir wollen hiervon Abstand nehmen. Beim Kaufmann bedeutet das erste »Hinaus« aus der engen Welt des Kontors »ins feindliche Leben« einen sehr wichtigen Schritt. Befreit von dem täglichen Gängelbande der Vorgesetzten und nur in mehr oder weniger losem Zusammenhang mit der Heimat, heißt es jetzt, sein Glück versuchen, den unvermeidlichen Kampf mit dem Egoismus der Menschen aufzunehmen und durchzukämpfen, Menschenkenntnis zu erwerben und seine eigene Kraft und sein Können im persönlichen Verkehr zu erproben. Mancher kehrt nach Jahren zurück, ausgerüstet mit Erfahrungen für seine Selbständigkeit, mit Grundsätzen, die ihm bei emsiger Tätigkeit dauerndes Fortkommen verbürgen; andere lernen die Wanderschaft von so verlockender Seite kennen, daß sie ihre Kreise immer weiter ziehen, in der Neuzeit gar zu Weltreisenden werden und es sie erst im reiferen Alter gelüstet, den Wanderstab an den Nagel zu hängen. Hier und da geht aber auch einer zugrunde im Ringen mit der feindlichen Welt und mit seinen eigenen Trieben, so wie es das Geschick und nicht in letzter Linie die für das Reiseleben mitgebrachten persönlichen Eigenschaften zuwege bringen. Jeder fertige Kaufmann hat einmal den Reisepfad betreten oder sollte es wenigstens haben. Wir wünschen das nicht nur ihm, sondern auch denen, die einmal Geschäftsreisen für ihn zu machen haben.

Die Qualifikation zum Reisen ist manchem gewissermaßen angeboren, wogegen andere mit Schwierigkeiten aller Art zu kämpfen haben, ihren Posten richtig auszufüllen.

Gewisse Eigenschaften können dem Reisenden von großem Vorteil sein. Ein angenehmes Äußeres z. B. ist, nach Goethe, der beste Empfehlungsbrief, der aber vom Schöpfer nicht allzu vielen Menschen mit auf den Weg gegeben wird. Und wie die Bibel sagt, »**daß niemand vermag seiner Länge eine Elle anzusetzen, ob er gleich darum sorge**«, so ist es auch um die Schönheit bestellt. Weitere Eigenschaften und Geistesgaben, wie Gefühlstakt, heiteres verbindliches Wesen, Kaltblütigkeit und ein gewisser Gleichmut in den verschiedensten Lebenslagen, vor allen Dingen eine gute Körperkonstitution, sind gewiß höchst schätzenswerte Mitgaben für die Reiselaufbahn, aber auch diese Eigenschaften sind durch eigene Anstrengung teils überhaupt nicht, teils nur bis zu einem gewissen Grade vom Menschen zu erreichen. Eine gute Gesundheit ist von großer Wichtigkeit, wie wir später noch sehen werden, nicht minder auch eine glückliche Vereinigung eines charaktervollen und elastischen Wesens, wie man es bei wirklich tüchtigen Reisenden nicht allzu selten anzutreffen pflegt. Ein solcher Reisender vergibt sich nichts, ist aber doch nicht starrköpfig, er hält den Standpunkt seines Hauses hoch, ohne den Kunden vor den Kopf zu stoßen; im Verkehr mit Höherstehenden und Mehrwissenden ist er bescheiden, ohne seine Haltung zu verlieren, ebensowenig aufgeblasen, als herablassend dem geringen und einfachen Mann gegenüber, weder Schwadroneur, noch wortkarg, heiter und maßvoll witzig, wo es angebracht, aber gesetzt und gemessen im anderen Falle.

Das sind sehr zu schätzende Mitgaben für die Reise, umso mehr, als die zu besuchende Kundschaft hinsichtlich Charakter, Bildung, Manieren, kaufmännischer Erziehung, Temperament, Lebensgewohnheiten usw. die verschiedensten Elemente in sich schließt. Sympathie und Antipathie spielen bekanntlich im persönlichen Verkehr eine gewaltige Rolle. Wer mir sympathisch ist, hat gewiß auch größere Aussichten, geschäftlich bei mir Erfolge zu erzielen, als jemand, der bei allen sonstigen guten Eigenschaften eine gewisse Abneigung gegen sich erzeugt und wachhält. Und doch ist damit keineswegs gesagt, daß nicht dieselbe Persönlichkeit, der ich gern auf den Rücken sehe, wieder anderen eine recht sympathische Erscheinung ist. Das sind ja bekannte Tatsachen, aber sie können uns als Erklärung dafür dienen, daß zwei in mancher Beziehung verschieden angelegte Naturen auf der Reise gleich gute Erfolge erzielen. Da muß schließlich »das Werk den Meister loben« und andauernd gute geschäftliche Resultate sprechen jedenfalls für die Art und Weise, wie der Betreffende seine Geschäfte macht.

Wir haben an verschiedenen Stellen bei unseren Darlegungen durchblicken lassen, daß es gerade der Geschäftsreisende ist, der Veranlassung gibt, daß andere Stände vom Kaufmannsstande geringer denken, als er es verdient, und möchten daher eine kurze Zeit gerade bei diesem Berufszweige innerhalb des Kaufmannsstandes verweilen. Zunächst muß gesagt werden, daß der Stand der Handlungsreisenden im ganzen ebenso sehr wie die Kaufmannschaft überhaupt, soweit das Ansehen in Frage kommt, darunter zu leiden hat, daß die Frage: »Wer ist Geschäftsreisender?« genau so nur durch eine längere Ausführung beantwortet werden kann, wie es auf die Frage: »Wer ist Kaufmann?« von uns geschehen ist. Ein junger Mann, der soeben seine Lehrzeit in einem Materialwarengeschäft einer kleinen Provinzstadt beendigt hat, und geschickt wird, von den benachbarten Landbewohnern Aufträge für den Hausbedarf in Mehl, Kaffee und Graupen hereinzuholen, ist ebenso wohl »Handlungsreisender« wie sein Kollege, den ein Welthandlungshaus entsendet, um neue Handelsverbindungen, sagen wir etwa mit Japan oder einem Distrikt des asiatischen Kontinents, zu erschließen und dabei noch Nebenblicke zu tun, ob sich dieser oder jener Artikel nicht vorteilhaft von dort importieren oder gar dort anbauen läßt. – Bei dem einen finden wir als Vorbildung Elementarschulkenntnisse und persönlichen Verkehr mit der Ladenkundschaft der Provinzstadt und des platten Landes, bei dem anderen wohl das Reifezeugnis eines Realgymnasiums, eine Fachbildung und Routine, wie sie die berufliche Erziehung in ersten Häusern der Großstadt und längerer Aufenthalt in verschiedenen Ländern des Auslandes bietet, gesellschaftliche Gewohnheiten der höheren Stände und weltmännisches Auftreten.

Der eine ist »Kommisvoyageur« in des Wortes kleinster Bedeutung, der andere »Voyageur de commerce« im höheren volkswirtschaftlichen Sinne.

Als Handelsreisenden, Geschäftsreisenden bezeichnet man allgemein den Kaufmann, der als Handlungsbevollmächtigter vom Prinzipal zum Abschluß von Handlungsgeschäften an auswärtigen Orten verwendet wird. Nicht Jeder ist, wie erwähnt, für diesen kaufmännischen Berufszweig zu verwenden. Dieser Erkenntnis geben nicht selten sonst recht befähigte Prinzipale dadurch Ausdruck, daß sie sagen: »**Ich selbst eigne mich nicht für die Reise!**«

In anderen Ständen findet man ähnliche Erscheinungen. In der Juristerei z. B. bedarf es längerer Selbstprüfung des jungen Referendars, für welchen Zweig er sich nach seiner Individualität entscheiden soll. Nicht jeder Jurist spürt die für einen Rechtsanwalts-Posten erforderliche Schneidigkeit und was sonst zu diesem Beruf gehört in sich, und nicht jeder Jurist will sich damit bescheiden, zeitlebens etwa an einem größerem Amtsgericht die einseitige Tätigkeit eines Grundbuchrichters zu bekleiden.

Eine gewisse Begabung für den persönlichen Verkehr muß, wie gesagt, dem Geschäftsreisenden eigen sein, ebenso ein gewisses unerschrockenes Draufgehen, obschon manche anderen Stände in dieser Eigenschaft, die sie bei anderen Klassen »Schneidigkeit« nennen, schon etwas Typisches des Kommisvoyageur erblicken werden, das ihm in ihren Augen nicht zu seinem Vorteil anhaftet.

Die Bedeutung des Instituts des Handlungsreisenden beruht auf der Macht der persönlichen Einwirkung. Niemand kann sich dieser, allgemein gesprochen, auf die Dauer ganz entziehen. Andererseits bringt es die Unvollkommenheit der menschlichen Natur mit sich, daß sich bei ausschließlich brieflichem Verkehr leicht Mißtrauen einschleicht. Aus den Briefzeilen wird nicht nur das herausgelesen, was sie enthalten, sondern man liest auch das zwischen den Zeilen Stehende. Auch ist nicht jeder derartig Herr über sein Temperament, daß nicht einmal brieflich etwas einfließt, was er besser oder lieber nicht gesagt hätte. Das Geschriebene wirkt aber fort, es wird gelesen und wieder gelesen, nach besonderen Gründen geforscht, scharf repliziert und wenn auch entschuldigende Worte folgen –, eine Verstimmung bleibt vorhanden, die gewöhnlich erst beseitigt wird, nachdem Absender und Empfänger sich persönlich gesprochen haben.

So gestaltet sich auch bisweilen der Verlauf einer durch brieflichen Verkehr heraufbeschworenen Differenz im gewöhnlichen Privatleben. Wieviel häufiger und schärfer aber noch im Geschäftsverkehr, wo es sich um materielle Interessen handelt, wo die Parteien sich meist persönlich nicht kennen und alles der brieflichen Erledigung vorbehalten ist, wenn nicht das persönliche Moment einmal einsetzen kann. Versehen im Geschäftsleben werden sich auch niemals ganz vermeiden lassen, aber oft längerer brieflicher Erörterung bedürfen, sie ins rechte Licht zu stellen. Der Kaufmann hat, wie schon früher erwähnt, besondere Sorgfalt darauf zu verwenden, daß die Verbindungen auch konserviert und dauernde Verstimmungen hintenangehalten werden. Das zu bewirken, bildet die vornehmste Aufgabe des Geschäftsreisenden im höheren Sinne. Er ist der Vermittler zwischen dem Prinzipal und seinem Geschäftsfreund, das Bindeglied zwischen Lieferant und Abnehmer. Schon aus diesen Gesichtspunkten heraus ist die Stellung des Handlungsreisenden als eine notwendige Einrichtung zu betrachten. Der seine Stellung so auffassende Geschäftsreisende wird seinem Hause von großem Nutzen sein können, denn die Bestellungen der Abnehmer erfolgen als Ausfluß der Zufriedenheit der Kundschaft und werden dann gern dem Reisenden erteilt, der beauftragt ist, sie entgegenzunehmen.

Aber nicht nur die Gabe der Schlichtung von Differenzen und Beseitigung von Verstimmungen muß der Geschäftsreisende besitzen, er hat auch gegen Einflüsse von außen sowohl den Besitzstand seines Hauses zu wahren, als auch seine Gewandtheit darauf zu richten, ein Mehrer desselben zu werden, also

Bestellungen direkt oder indirekt zu erzielen. Die gesamte Konkurrenz im betreffenden Fach ist fortgesetzt gegen seine Firma und ihn selbst am Werk, das Gegenteil herbeizuführen, ebenfalls unterstützt durch das persönliche Eingreifen ihrer Reisenden. In diesem Konkurrenzringen bedarf er großer Menschenkenntnis, denn mit der Überredungsgabe allein ist es nicht getan und der Kommisvoyageur mit seinem typischen Wortschwall, den man mit kleinen Bestellungen abspeist, um ihn loszuwerden, war stets nicht nur der am wenigsten erfolgreiche, sondern auch der schlechteste Repräsentant des Standes reisender Kaufleute. Jeder Abnehmer will besonders angefaßt werden je nach Temperament, Charakter, gesellschaftlichen Gewohnheiten; mit wenigen Blicken muß die jeweilige Situation erfaßt und nach ihr gehandelt werden, um zu dem Ziele zu gelangen: vor allen Dingen zu einer persönlichen Unterredung mit den maßgebenden Persönlichkeiten zugelassen zu werden und das zu erreichen, was wir oben als notwendige Aufgabe des Reisenden hingestellt haben.

Das Schlimmste, was dem nach Erfolgen strebenden Geschäftsreisenden vorkommen kann, nachdem er eine mehr oder weniger lange Reise zu einem bestimmten Zweck unternommen hat, ist, nicht empfangen zu werden oder wenigstens da nicht, wo die hauptsächliche Entscheidung ruht. Dann muß er gewappnet sein, allen möglichen Ausflüchten zu begegnen, aber auch mit großer Geduld, um, was ihm für den Augenblick aus stichhaltigen Gründen versagt bleibt, später noch zu erreichen.

An dieser Stelle sei es uns gestattet, an die Herren Prinzipale, Disponenten, kaufmännischen Direktoren, überhaupt solche kaufmännische Beamten, die für den Einkauf, wie auch für den Verkehr mit den Reisenden angestellt sind, ein ernstes Wort zu richten. Der Geschäftsreisende muß sehr oft die Wahrnehmung machen, daß Firmen, die selbst einen oder mehrere Reisende auf der Tour und das größte Interesse daran haben, daß diese überall empfangen und gebührend behandelt werden, dennoch alle Rücksichten gegenüber den Geschäftsreisenden, die sich bei ihnen anmelden lassen, bei Seite setzen und berechtigt zu sein glauben, diese geringschätzig oder gar brutal zu behandeln. Man würde es kaum für möglich halten, wenn man es nicht in jungen Jahren, als man noch selbst den Reisepfad betreten, erlebt hätte, daß Geschäftsinhaber, die es für selbstverständlich betrachten, daß ihre eigenen Reisenden gut aufgenommen werden, die Sendboten anderer Firmen unhöflich behandeln, unter allerlei Ausflüchten vermeiden, sie persönlich zu sprechen oder mit wenigen Worten herrisch abweisen. Es liegt in einem Verhalten, andern zu verweigern, was man selbst verlangt, zunächst ein großes Stück falscher Egoismus und Rücksichtslosigkeit, aber auch vielfach ein Beweis, daß es an guten Umgangsformen fehlt. Über diesen Punkt werden wir uns noch zu unterhalten haben, aber wenn der Kaufmann verlangt, daß ihm Achtung gezollt wird, so soll er sie vor allen Dingen dem redlichen Streben innerhalb seines Berufes nicht versagen und nicht auch noch an seinem Teil dazu beitragen, daß jungen Geschäftsreisenden, die sich eine solche Behandlung glauben gefallen lassen zu müssen, die Selbstachtung abhanden kommt.

Wir wissen sehr wohl, daß man nicht mit jeder Firma und mit jedem Reisenden Geschäfte machen kann, auch daß Umstände eintreten können, wo man nicht in der Lage ist, die reisenden Vertreter selbst zu empfangen. Für beide Fälle gibt es aber zum Mindesten höflich-überzeugende Formen der Ablehnung und die Selbstachtung des Reisenden wird nicht verletzt, wenn er die durch Gründe belegte Überzeugung mitnimmt, daß in diesem Einzelfalle die Verhältnisse so liegen, daß eine weitere Unterhandlung zwecklos ist und er wird mit ebenso höflichem Bedauern und guter Haltung den Rückzug antreten. Kaufleute, die aus Prinzip ablehnen, Reisende zu empfangen, stehen sich übrigens selbst in der Regel im Lichte. Sie retten sich zwar einige Zeit und gehen gewissen Unbequemlichkeiten aus dem Wege, werden aber nicht genügend auf dem Laufenden bleiben und manchmal ins Hintertreffen geraten.

Als der Schreiber dieser Betrachtungen noch in jungen Jahren für das eigene Geschäft des Vaters Reisen machte, hat er sich schon damals eine Behandlung nicht bieten lassen, die mit seiner Selbstachtung nicht vereinbar war und es ist ihm auch gelungen, manchen Geschäftsinhaber und Disponenten zu überzeugen, daß ihr Verfahren ebenso unzweckmäßig sei, als unschön und nach guten Sitten unkorrekt. In manchen Fällen hatte er auch die Genugtuung, entschuldigende Worte zu hören und damit wieder gehobenen Hauptes seine Straße ziehen zu können. Freilich, fehlerhafte Charakteranlage läßt sich nicht so leicht korrigieren, und wem es zur Freude gereicht, andere zu verletzen, wird diesem traurigen Vergnügen nicht ohne weiteres entsagen. Solche Menschen soll es auch in anderen Ständen geben.

Wir hatten jüngst Gelegenheit, uns mit dem ehemaligen Inhaber eines weit und breit renommierten Hotels, in dem vorwiegend Geschäftsreisende verkehrten, über seine Tätigkeit in der Vergangenheit zu unterhalten. Er hatte vordem ein Hotel für die sogenannten besseren Stände besessen, aber seine liebsten Erinnerungen hingen an den Jahren seines Verkehrs mit der Geschäftswelt, mit den »jungen aufgeregten Leuten«, wie er sie nannte. Ihnen hatte er den besten Teil seines Lebens gewidmet und daß er an ihnen seinen jetzigen Reichtum verdient, mochte ihn besonders dankbar stimmen. Wir messen seinem Urteil über seine Lieblinge auch keine übertriebene, weittragende Bedeutung bei. Aber daß er seine Freunde aufgeregte Leute nannte, liefert uns eine Erklärung für das Anderen manchmal etwas absonderlich erscheinende Auftreten des Geschäftsreisenden, denn das liegt in der Art seiner Tätigkeit zum Teil begründet.

Wir sagten schon, daß die Bedeutung des Reisenden auf der Macht der persönlichen Einwirkung beruht. Diese recht wirkungsvoll zu gestalten, bringt es mit sich, daß man ein und dieselbe Persönlichkeit möglichst lange auf der Reise beläßt, um die erworbene Bekanntschaft besser fruktifizieren zu können und der Betreffende ist bei wachsendem Erfolge sehr oft gern damit einverstanden. Nun ist das Reiseleben an und für sich mit beträchtlichen Aufregungen verbunden, die täglich zurückzulegenden, oft nicht unbedeutenden Fahrstrecken: der Verkehr mit Hotel-Personal und Eisenbahn-Beamten, der fortwährende Hotelwechsel, Musterwirtschaft und dergleichen (Erholungsbedürftige anderer Stände gebrauchen schon nach einer mehrtägigen Reise aus der Sommerfrische gewöhnlich einige Tage, um sich von den Strapazen der Rückreise einigermaßen zu erholen) ergeben dies von selbst.

Jahraus, jahrein table d'hôte-Gast im Hotel zu sein (in der Neuzeit machen die Geschäftsreisenden, wenigstens in großen Städten, allerdings von der table d'hôte seltener Gebrauch), der tägliche und schwer zu vermeidende Genuß alkoholischer Getränke vermindert nicht die ständige Erregung. Der fortwährende persönliche Verkehr mit der Kundschaft, die meistens das Unangenehme auftischt, das Angenehme aber für sich behält, läßt den Reisenden aus der Erregung auch nicht herauskommen, umsoweniger, je bekannter er wird. Dann entwickeln sich, sehr zum Vorteil der geschäftlichen Beziehungen, häufige Zusammenkünfte am Abend mit den Geschäftsinhabern. Auch da ist der Geschäftsreisende für seine Firma tätig und oft am erfolgreichsten, aber die Nachtruhe bringt er zum Teil zum Opfer. Sehr oft wird diese auch dadurch beeinträchtigt, daß man von den Eisenbahnzügen abhängig ist, Nachtzüge benutzen muß, wenigstens erst nachts ins Hotel gelangt und nicht gleich schlafen kann, oder in aller Frühe sich wecken lassen muß, zu einer Zeit, wo andere noch 3–4 Stunden in den Federn liegen können. Dieses aufopferungsvolle Leben mit allem, was drum und dran hängt, eine Reihe von Jahren zu führen, ruiniert die Nerven, und nicht selten wird der Einzelne die Schädigung seines Nervensystems erst dann gewahr, wenn er die Reiselaufbahn beendigt und irgendwo seßhaft wird. Dann braucht er oft längere Zeit, sich wieder emporzurichten, wenn es ihm nicht schlimmer ergeht.

Eine gewisse Aufregung ist nun einmal mit dem Stand des reisenden Kaufmannes untrennbar verbunden, das läßt sich nicht ändern, solange die Eisenbahnzüge noch mit Gepolter auf Rädern dahinsausen und solange es der Nervenkraft bedarf, um andere Menschen davon zu überzeugen, daß es für sie vorteilhaft ist, die Ausführung ihrer Bestellungen gerade dem anzuvertrauen, der sie in heißem Bemühen von ihnen erstrebt.

Der Stand der reisenden Kaufleute ist nicht nur sehr ehrenwert und notwendig und eine Teilerscheinung des gesamten Kaufmannslebens, er ist auch ein Stand, von dem man sagen kann, er bildet seine Leute. Das Reiseleben gibt dem Einzelnen nicht nur Gelegenheit zur Erwerbung von Menschenkenntnis, gewandtem Auftreten, es bildet auch den Charakter. Man findet viele tüchtige, weitblickende Leute unter den Reisenden, die selbst einmal gute Chefs werden, denn um daheim richtig und gut disponieren zu lernen, ist es von großer Wichtigkeit, selbst aus eigener Erfahrung die Ansprüche der Kunden, ihre Absonderlichkeiten und teilweise Neigungen zur Chikane kennen zu lernen, aber auch, was einem Reisenden zugemutet werden kann und soll und was nicht. Wer selbst gereist hat, wird die Leistungen seiner Reisenden stets richtiger einschätzen, als derjenige, der nicht vom Pult heruntergekommen ist. Der hat auch kein Meisterstück geleistet, der den Verlockungen des Lebens nicht unterlegen ist, weil er ihnen nicht ausgesetzt war, wohl aber der als gefestigter Charakter aus ihnen Hervorgehende. Wir brauchen nicht erst zu betonen, daß das Reiseleben hohe Ansprüche an die Charakterfestigkeit des Einzelnen stellt, denn in dem großen Heere derer, die den Reisepfad betreten, finden sich auch Elemente, die dem Stande zur Unehre gereichen, von den anderen gemieden werden und Schuld daran tragen, daß dem Stande als solchem manches zur Last gelegt wird, was Einzelne an ihm sündigen.

Letztere bilden den Typus des ein wenig berüchtigten commis-voyageur. Es sind dies meist Leute, die von Haus aus wenig Gutes gelernt und nichts hinzugelernt haben, die stets auf der Oberfläche des Lebens sich bewegen, dem Genusse leben und mit souveräner Verachtung auf alles herabblicken, was den Menschen über das Tagesgetriebe erhebt. Sie sind Verächter guter Sitte und guter Umgangsformen, aber auffällige Kleidung ist bei ihnen beliebt. Vor ihrer Schwadronage verstummt die Unterhaltung anderer; ihr Gedankengang erhebt sich nicht über Hotelverpflegung und Bierkenntnis und im Konzertlokal hört man während einer leisen Adagiostelle ihre laute Kritik. Sie verfügen über gute Lokalkenntnis an jedem Platz, den sie berühren, zumal nach Mitternacht, und brechen jede Gelegenheit vom Zaun, fade und zynische Witze an den Mann zu bringen. Sie nennen sich mit Vorliebe »Reiseonkels« und haben ihre helle Freude an peinlichen Situationen, die sie veranlaßt haben. Ihre gewaltigen Reiseerfolge bekommt jeder zu hören und daß ihnen eine Anzahl Flaschen schwerer Wein die Zunge noch nicht lähmt, beweist, wie viel sie vertragen können. Sie tragen die Hauptschuld daran, daß das Wort commis-voyageur in Deutschland teilweise einen häßlichen Beigeschmack bekommen hat und an sie und den Einfluß ihrer Gesellschaft denken wir, wenn wir uns fürchten, unsere Söhne einmal, wie es empfehlenswert ist, auf die Reise zu senden.

Wie gesagt, werden sie von den besseren Reisenden gemieden und es gibt glücklicherweise genug Handlungsreisende auf der Tour, mit denen sich eine interessante, belehrende und anregende Unterhaltung führen läßt.

6 Über den Wert guter Umgangsformen bei dem Kaufmann.

Erstaunlich bleibt auch heute noch, daß der Pflege guter Umgangsformen in Deutschland nicht derjenige Wert beigemessen wird, wie es in manchen Ländern des Auslandes geschieht. Das gilt von fast allen Ständen, aber wir haben uns hier mit dem Kaufmann zu befassen.

Wie wir im Laufe unserer Darlegungen bereits einmal Gelegenheit gehabt haben, zu sagen, ist der Kaufmann in der Gesellschaft das, was er in jedem gegebenen Augenblicke aus sich zu machen versteht, und daraus geht hervor, daß für ihn Kenntnis der Umgangsformen der guten Gesellschaft von größter Wichtigkeit ist! Wir schreiben das nieder mit dem Bewußtsein, daß mancher, der gerade von sich rühmt, kein Formenmensch zu sein, uns entgegnen möchte, daß die Form nur äußerliches Beiwerk ist und nicht bei Bemessung des Wertes und des Charakters eines Menschen maßgebend sein sollte. Das ist ja freilich richtig, ändert aber nichts an dem Vorgesagten, denn wir haben es eben mit dem äußeren Eindrucke zu tun, den der Kaufmann in den Kreisen der übrigen Gesellschaft zunächst machen möchte, und der jedenfalls so lange ausschlaggebend ist, als man noch nicht Gelegenheit gehabt hat, den Kaufmann nach seinem geistigen Werte und seinen Charaktereigenschaften kennen zu lernen. Mag man die Form nur mit der Schale einer Frucht vergleichen und bei Beurteilung des Kernes nach der ihn umgebenden Schale noch so oft Trugschlüssen ausgesetzt sein, man wird darum doch nicht aufhören, nach dem Aussehen der Schale auf den Kern zu schließen.

Man kann bekanntlich auch ein guter Mensch und doch ein schlechter Musikant sein. Der mit musikalischen Fähigkeiten oder anderen gesellschaftlichen Vorzügen Ausgestattete wird aber jedenfalls in der Gesellschaft ein leichteres Fortkommen finden, als derjenige, welcher dieses ebenfalls äußerliche Beiwerk vernachlässigt hat. Im Auslande hört es der Deutsche mit berechtigtem Stolze, wenn von seiner Nation als dem Volke der Denker gesprochen wird. Weniger angenehm berührt es, wenn hinzugefügt wird, daß ihm die Fähigkeit abgehe, das, was er dachte, wirklich praktisch zu verwerten; aber der Vorwurf, daß der Deutsche weniger als Angehörige mancher anderer Kulturstaaten auf die gesellschaftliche Form gebe, wird meist mit einem gewissen Gleichmut hingenommen.

Dieser Vorwurf aber, wenn unsere Leser ihn als solchen gelten lassen wollen, würde sich hauptsächlich gegen den deutschen Kaufmann richten, denn weit zahlreicher, als die Angehörigen anderer Stände zusammen genommen, sind die deutschen Kaufleute im Auslande vertreten, mögen sie nun vorübergehend ausziehen, um neue Handelsbeziehungen anzuknüpfen, oder um ihre Ausbildung in ausländischen Geschäften in sprachlicher und kommerzieller Hinsicht zu vervollkommnen.

Allein nach den großen englischen Welthandelsplätzen, der Hochschule des Kaufmannes, gehen bekanntlich alljährlich Tausende junger deutscher Kaufleute. Wie sehr auch deren Urteile über englisches Wesen, Lebensweise, Handel und Wandel, gesellschaftlichen Verkehr usw. nach der Rückkehr nach Deutschland auseinandergehen mögen, in einem Punkte pflegen sie doch übereinzustimmen: daß in allen Kreisen der englischen Gesellschaft, über die ihnen ein Urteil zusteht, der Kenntnis und Pflege der allgemein üblichen guten Formen größerer Wert beigemessen wird, als »bei uns zu Haus«. Und einstimmig rühmen sie den vortrefflichen Einfluß, den die Beobachtung der Form auf die Gestaltung des öffentlichen Verkehrswesens, wo alt und jung, reich und arm, hoch und niedrig an einander vorüberziehen, auszuüben vermag. Man fragt sich nicht gegenseitig nach seinem Schmerz – in punkto Gemüt ist der Deutsche dem Engländer überlegen –, aber man sucht sich gegenseitig auch möglichst wenig Schmerz zu bereiten. Das ist der Einfluß der Form und des Taktes, und darin – gestehen wir es nur ein – werden wir von den Engländern übertroffen.

Mancher Kaufmann rühmt sich, wie gesagt, kein Formenmensch zu sein, aber man fühlt sich versucht, ihm die Frage vorzulegen: »Aber warum denn nicht?« Denn manches, was der Kaufmann zu erlernen hat, ist von minderer Wichtigkeit, als daß er verstehe, durch Beherrschung guter gesellschaftlicher Manieren sicher seinen Weg zu gehen. Sein Ansehen in der Gesellschaft, auf das er Anspruch erhebt, wird sicherlich mehr dadurch gehoben, als durch mancherlei oberflächliches Wissen, das zu zeigen er keine Gelegenheit findet. Zumal der im Auslande als Repräsentant des Deutschtums auftretende Reisende sollte sich alles das zu eigen machen, was die gute Gesellschaft aller Länder so ziemlich gleichmäßig als Kennzeichen guten Tones betrachtet.

Der Verfasser muß bekennen, daß er in der Fremde sich oft seiner Landsleute geschämt hat, wenn er sah, wie sie an der Tafel des Boarding-Houses oder auf dem Schiff Speisen mit dem Messer hineinschaufelten, den Fisch mit diesem Instrument zerschnitten oder noch gröbere Verstöße begingen. Die Blicke der Tischgesellschaft sprachen beredt über seine Aufnahme und die hinterlassenen Eindrücke lassen sich später schwer verwischen, auch wenn man gefunden, daß man es mit einem charaktervollen, kenntnisreichen Manne zu tun hat. Zum mindesten setzt sich jeder, der nicht auf gute Umgangsformen hält, in den Augen derjenigen Menschen herab, die solche Formen besitzen und Wert auf sie legen, und da wir wünschen, das Ansehen des Kaufmannes in der Gesellschaft gesteigert zu sehen, so glaubten wir, über diese notwendige Disziplin nicht hinweggehen zu sollen.

Unsere Beobachtungen im Auslande haben wir vor 30 Jahren gemacht. Durch die gesteigerte Lebensführung des Deutschen in dieser beträchtlichen Zeitspanne hat sich manches zu Gunsten derselben gewendet, und wir gestehen, daß in kaufmännischen Kasinos Deutschlands, wo wir uns an Tafeleien in den letzten Jahren beteiligen konnten, ein Verstoß gegen allgemein anerkannte gute Sitte kaum jemals zu Tage trat, und wenn er sich zeigte, von anderen als solcher ebenso bemerkt wurde, wie in den besten ausländischen Kreisen. Freilich pflegt in diesen Kasinos die Elite der Kaufmannschaft zu verkehren und Wahrnehmungen bei manchem anderen Anlaß haben uns gezeigt, daß in dieser Hinsicht doch noch manches zu wünschen übrig bleibt. Sonst fehlt es dem Kaufmann keineswegs an Geschmeidigkeit, Anpassungsfähigkeit und Lebens-Routine, so daß es ihm nicht schwer fallen kann, sich die guten Formen der besseren Gesellschaft anzueignen. So lange es aber noch deutsche Professoren gibt, die Formwesen als unwichtiges Beiwerk betrachten, wird die Selbsterziehung eintreten müssen, wo nicht die Schule belehrend hilft und die Familie nicht schon vorbildlich auf die jungen ins Leben tretenden Leute einwirken kann. Es ist ein wichtiges Kapitel für den nach Ansehen ringenden Kaufmann, denn gleich der

Schönheit bilden gute Manieren einen Empfehlungsbrief, den jeder unbewußt zur Schau trägt.

Wer daran gewöhnt ist, es nicht für unwichtig zu halten, sich zeitweilig mit der Außenseite seines eigenen Menschen zu beschäftigen, und wer fleißige Umschau hält, wie sich andere geben, denen er sich innerlich, soweit Wissen und Können in Frage kommt, gleichwertig, ja wohl überlegen fühlt, der wird sehr häufig zu der Erkenntnis kommen, daß das äußerliche Beiwerk doch eine etwas größere Rolle spielt im Verkehr der Menschen, als er bisher geahnt hat. Er wird in Verfolg dieser Erkenntnis an manchen Ecken glatt vorbeischiffen, die ihm früher im Wege standen. Für jede gesellschaftliche Situation, z. B. die richtige Kleidung zu tragen und in der Wahl derselben guten Geschmack zu entwickeln, der sich, allgemein gesprochen, mit Einfachheit und peinlicher Sauberkeit, aber Vermeidung alles aufdringlichen deckt –, das wird von manchem, der sich wegen Zurücksetzung in der übrigen Gesellschaft beklagt, für eine überflüssige, kaum des Nachdenkens werte Angelegenheit betrachtet. Wer im Promenadeanzug erscheint, wo andere den Gehrock tragen, und den Frack anzieht, wo er ihn besser im Schrank hätte hängen lassen, in grellen Farben prangt, wo andere schlichte Einfachheit der Kouleur für angemessen erachten, der mag sich damit trösten, ein braver Mensch zu sein, aber er soll sich nicht darüber wundern, wenn andere gesellschaftlich ein wenig von ihm abrücken. In Wirklichkeit zwar eine untergeordnete Angelegenheit, aber vom Standpunkt unseres Themas doch der Erwähnung wert. »Kleider machen die Leute« bleibt äußerlich auch noch heute wahr, aber in der Gesellschaft sind es weniger die prächtigen, als die der Situation angepaßten Kleider. Damit Schluß über diese äußerliche Sache, die wir aber glaubten der Vollständigkeit wegen einschalten zu sollen.

7 Hebung des kaufmännischen Standesbewusstseins.

Es gab eine Zeit, es war zu Anfang der 50er Jahre des vorigen Jahrhunderts, wo nach den Stürmen und der Verwirrung der vergangenen Jahre sich eine müde Depression über die deutsche Nation gelegt hatte und eine gewisse Mutlosigkeit selbst die Besten erfaßte. Damals meinte ein hochherziger deutscher Fürst, die Zeit sei gekommen, wo ein berufener Dichter dem Volke einen Spiegel seiner Tüchtigkeit vorhalten solle zur Freude und Erhebung. Und Gustav Freytag glaubte durch die Schilderung des Kaufmannsstandes mit seinen Lebensrichtungen den Anregungen seines hohen Auftraggebers am besten entsprechen zu können. Sein Roman »Soll und Haben« hatte außerordentlichen Erfolg. Freilich belehren uns die Literarhistoriker, daß die Tendenz des Romanes, das kaufmännische Bürgertum gegenüber anderen Kreisen zu verherrlichen, mit einer fast herben Absichtlichkeit hervortrete. Dem sei wie ihm wolle.

Der deutsche Kaufmannsstand hat große Wandlungen seitdem durchgemacht und von den im Freytagschen Roman geschilderten Patrizier-Verhältnissen, den Beziehungen, wie sie zwischen seinem Ideal, dem Kaufmann Schroeter und dessen Personal bestanden, ist nicht viel mehr übrig geblieben. An die Stelle der Mutlosigkeit der Nation ist aber ein kräftiges Ringen getreten, an dem sich alle Kreise beteiligen, und ein neuer großer Stand, der Arbeiterstand, ist auf dem Plane erschienen, um der gesamten Wirtschaftsordnung und dem Staatswesen aller Kulturvölker den Krieg zu erklären. Das wirtschaftliche Leben hat ungeheuren Aufschwung genommen und der Kaufmann, zumal der Industrielle befindet sich vor neuen, ungeahnt großen Aufgaben. Der Dichter der Neuzeit geht mit Vorliebe an die Aufdeckung und rücksichtslose Bloßlegung vorhandener sozialer Schäden, statt das vorhandene Gute herauszuheben.

Wer eine großzügige Geschäftsauffassung hat – und wir möchten wünschen, daß sie uns recht bald den weltkaufmännischen, weiten Blick verleihe, der Deutschland allein die Grundlage einer gedeihlichen wirtschaftlichen und politischen Weiterentwickelung geben kann –, der wird nicht so leicht in diesen Fehler verfallen. Sein natürlicher Stolz, seine Freude am Erfolge werden sich stets in bescheidenen Grenzen halten, und er wird seine Angestellten als seine Mitarbeiter betrachten. Weiß er doch am besten, daß es im Leben recht schwer fällt, durch eigene Arbeit allein besondere Prosperität zu erreichen. Dazu gebraucht er der Mithilfe von Geschäftspersonal und Arbeitern und die Erkenntnis, daß vielfach Glücksfälle mitsprechen, deren weitere Gestaltung zu seinen Gunsten oft sein wesentlichstes Verdienst gebildet hat, wird ihn vor Überhebung dem Personal gegenüber bewahren.

Auch der Untergebene regt häufig durch seine Betrachtungen neue fruchtbringende Ideen in uns an. Die Disziplin braucht nicht darunter zu leiden, wenn der Chef zeigt, daß er mit seinen Angestellten – und hat er Arbeiter, auch mit diesen – menschlich fühlt und eine gewisse Achtung, die er einem jeden von ihnen entgegenbringt, wird auf ihn zurückstrahlen. Nicht immer ist nur das richtig, was man selbst tut und anordnet und wie oft erlebt man, daß auch Erfolge dadurch erzielt wurden, daß der Chef guten Anregungen sein Ohr nicht verschloß, nur weil sie nicht von ihm ausgingen. Menschen, gedankenlosen Maschinen gleich, sind schlechte Mitarbeiter; aber sie werden dazu gestempelt, wenn jedes selbständige, aber auch selbst einmal unangebrachte Vorgehen durch brutale, unhöfliche Rügen unterdrückt und dem, der sie empfangen die Selbstachtung genommen wird.

Auch im Verkehr mit Lieferanten und Abnehmern soll der Kaufmann seine Würde nicht verlieren. Sehr treffend äußerte sich ein Kaufmann in einer Frankfurter Zeitschrift, die uns vor Jahren einmal zu Gesicht kam, daß jeder, der im Erwerbsleben steht, ein Janus-Gesicht trägt, daß er Käufer und Verkäufer in einer Person ist. Der Hochmut, den er als Käufer an den Tag legt, wird vielleicht den Käufer, der bei ihm kaufen will, ebenso anstecken, wie er als Verkäufer von der »Kriecherei« derer angesteckt worden ist, die darauf angewiesen sind, an ihn zu verkaufen. Hochmut und Kriecherei, alles färbt eben ab und in keinem Stande wird der Hammer so rasch zum Amboß, der Amboß so rasch zum Hammer, wie im Kaufmannsstande! Namentlich in Zeiten niedergehender Konjunktur schlägt oft die Überhebung des Kaufmanns, sowohl wie die charakterlose Nachgiebigkeit des Verkäufers, der Würde des Standes die schwersten Wunden.

Jeder, der im praktischen Leben steht, wird die Wahrheit des Gesagten bestätigen. Und welche Blüten treibt dann manchmal das Geschäftsleben! Da bestimmt der Käufer oft rein willkürlich die Zahlungsfrist, da werden Aufträge annulliert, die längst gegeben sind, weil irgend ein finanziell schwach gewordener Konkurrent nachträglich billigere Preise stellt, da wird mit den unglaublichsten Zahlungsmitteln, Wechseln auf außereuropäisches Ausland, Koupons, die erst nach Monaten fällig sind, bezahlt, da wird Barskonto nach vielen Monaten abgezogen und der Verkäufer wagt nicht dagegen anzugehen, um nur ja nicht den »guten« Kunden zu verlieren. Hier ist der Zuruf nach berühmtem Muster am Platz: **»Kaufleute, wahret die Würde eures Standes!«**

Und warum können solche Vergewaltigungen, denn um solche handelt es sich doch, straflos geschehen? Weil – und hier sind wir endlich an dem Kernpunkt der Frage angelangt – sich stets genug konkurrierende Kaufleute finden, die sich jede ungerechte Bedrückung gefallen lassen, um das Geschäft in die Hand zu bekommen. Der andere aber hat nicht den Mut und die Würde, das Geschäft fahren zu lassen.

Die Würde des Standes geht verloren, weil es unwürdige Elemente darin gibt, die den Erwerb über alles setzen, die als Verkäufer ihre Charakterlosigkeit in hochwillkommene

Geschäfte umsetzen wollen; die Würde des Standes geht aber auch verloren, weil es unwürdige Elemente darin gibt, die als Käufer jede Charakterlosigkeit willkommen heißen, weil von charakterlosen Verkäufern günstiger zu kaufen ist. Deutscher Kaufmann, wahre in solchen Fällen die Würde deines Standes und bedenke dann, daß andere Güter im Leben denn doch erstrebenswerter sind, als der auf diese Weise errungene blanke Mammon! Wer durch brutale Ausnutzung einer momentan günstigen Position seiner Würde sich entäußert, um das Geschäft und den Kunden nicht zu verlieren, gehört ebensowenig in die Reihe derer, die berechtigt sind, für höhere Achtung des Kaufmannsstandes einzutreten, als derjenige Kaufmann, der herrisch auf sein Personal herabsieht und dasselbe bis aufs äußerste für seine Zwecke ausnutzt.

Mancher Kaufmann entschuldigt seine rücksichtslose Art im Verkehr mit seinem Personal, mit Lieferanten und Arbeitern mit der beliebten Zeitkrankheit, der »Nervosität« und einem Übermaß von Arbeit, die diese Nervosität hervorgerufen habe. Man soll ihn anders beurteilen, als er sich gibt, denn er steckt bis über den Kopf in der Arbeit und die Erregung des Tages gewinnt bisweilen Herr über sein Temperament, das sich dann in einer Weise entladet, wie wir es im Geschäftsleben bei vielbeschäftigten Leuten, zumal an leitender Stelle, kennen. Diese Entschuldigung müssen wir wohl oder übel gelten lassen. Sehen wir doch tatsächlich jahraus jahrein in stetig zunehmendem Maße, wie arbeitsfreudige Menschen aus dem Kaufmannsstande, die Männer der Industrie, Kaufleute in leitender Stellung, Disponenten, Bankbeamte die Bäder bevölkern oder sich an still gelegenen Orten während einer gewissen Zeit eine Periode des Müßiggangs auferlegen und notgedrungen auferlegen müssen, um für die übrige Zeit des Jahres die verloren gegangene Lust und Kraft zur Arbeit wieder zu gewinnen. Schwere körperliche Leiden drücken sie bisweilen darnieder und gewisse Krankheiten, wie die Zuckerkrankheit und andere Stoffwechselkrankheiten werden von den Ärzten geradezu als Specialleiden der vielbeschäftigten Industriellen bezeichnet. Aber auch das Heer der Nervösen aus dem Kaufmannsstande wird immer größer. Man bedarf einer regelmäßigen allgemeinen Ausspannung, um die Arbeitsmaschinen wieder für die gewohnte Arbeitsleistung brauchbar zu machen.

8 Über die Arbeit und Lebensführung des Kaufmanns.

Die Arbeit ist den im vorigen Kapitel angeführten Kaufleuten nicht zum Segen geworden und doch wird mit vollem Rechte »vom Segen der Arbeit« gesprochen. Man soll die Arbeit nur nicht an und für sich für diese fatalen Mißstände verantwortlich machen. Auch unsere Vorfahren haben gearbeitet und zwar während des ganzen Jahres. Es kommt nur darauf an, wie gearbeitet wird und aus welchen Motiven. **»Wer aus Pflichtgefühl oder aus Liebe zu den Seinen arbeitet, fühlt sich, bei äußerer Unfreiheit, innerlich frei, am freiesten dann, wenn die Art der Beschäftigung seiner Natur und Neigung zusagt.«** (Jentsch, *Volkswirtschaft.*)

Warum aber hört man denn so häufig von erschöpfender Arbeit reden und warum kann die Arbeit tatsächlich eine Quelle der Erschöpfung, zumal für den im Erwerbsleben stehenden Kaufmann und zum Anlaß werden, daß der betreffende oft in der unangenehmsten Weise auf seine Umgebung drückt und auf alle, die mit ihm in geschäftliche Berührung kommen? Die Arbeit, die ihm sein berufliches Pflichtgefühl diktiert, ist es sicherlich in der Regel nicht allein und nur selten lediglich das Pensum, das er sich aus Liebe zu den Seinen auferlegt. Wir müssen weiter prüfen, zunächst die Beweggründe, die uns zu einer Körper und Geist zerrüttenden Arbeit antreiben. Wenn wir dann Umschau halten unter der Zahl der Persönlichkeiten, deren Tun und Treiben uns im Laufe der Jahre vor Augen gestanden, wenn wir uns erinnern an zahlreiche liebe Bekannte und Freunde aus Industrie und Kaufmannschaft, die im tatkräftigsten Mannesalter ihr Ende fanden, nachdem sie schon jahrelang sich und anderen zur Last lebten, dann werden wir sagen müssen, die Arbeit aus erwähnten Motiven ist es gewöhnlich nicht, die uns krank oder wenigstens zu unleidlichen Menschen macht, sie war es nicht, die unseren Freunden ein verhältnismäßig frühes Ende bereitete. Es sind meist andere Beweggründe, die uns zur Arbeit anspornen, die unseren Körper allmählich zu einer Ruine, den Geist zu einem ruhiger, reiflicher Überlegung nicht mehr fähigen Werkzeug und den ganzen Menschen zu einem Druck für seine Umgebung machen.

Sehr häufig hört man von erstaunlich großem Erfolge, den der früh Dahingeschiedene in kurzer Zeit erzielt hat. Ihn zu erreichen, hat er seine ganze Kraft eingesetzt und auf der Höhe brach er zusammen. Für ihn und seine Angehörigen wäre es besser gewesen, wenn er ein langsameres Tempo genommen, seine Kraft teilweise in den Dienst anderer ihn ablenkender edler Bestrebungen gestellt und mehr der Familie gelebt hätte, die ihn wenig und dann meist erregt und verärgert zu Gesicht bekommen hat.

Auch andere Beweggründe zur Arbeit beim Kaufmann sind vielfach unedler Natur. Das fortwährende Schielen nach den Erfolgen anderer, die Genußsucht, die Neigung zum Luxus und zu einer über die Verhältnisse hinausgehenden Lebenshaltung wären zuerst zu nennen. Unzufriedenheit mit dem eigenen Erfolge, weil andere es viel weiter gebracht haben, pflegt zu rastloser Arbeit anzutreiben; aber es wird auch zuviel verbraucht und zuviel gelebt, und eine übermäßige aufreibende Arbeit muß geleistet werden, um die Mittel zu gewinnen zu wiederum erschöpfendem Genuß. So kennzeichnet ein berühmter Psychologe der Neuzeit die Ursache der Nervosität bei vielen Männern von heutzutage. Diesem verhängnisvollen Zirkel läßt sich nur bei großer Energie entrinnen, denn nicht alle besitzen die Charakterfestigkeit, lieb gewordenen Gewohnheiten zu entsagen. Lieber vermehrte, aufreibende Arbeit – solange es geht. Diejenigen, die nach solcher Richtschnur arbeiten, innerhalb des Kaufmannsstandes, vermehren ebenfalls nicht das Ansehen desselben.

Daß der Kaufmann zuviel verbraucht, daß er häufig über seine Verhältnisse lebt und zu sehr zum Genußmenschen geworden ist – man führt als typisch die »Soiree beim Kommerzienrat« an –, ist ein Vorwurf, der den Kaufmann nicht allein trifft. Man kann ihn füglich auf alle Stände ausdehnen, und unser Kaiser hat es zu wiederholten Malen nicht für überflüssig gehalten, die Offiziere vor überhandnehmendem Luxus zu warnen und ihnen Rückkehr zu einfacher Lebensweise zu empfehlen.

Wenn es bei den meisten Ständen genügen mag, wenn sie die oft ertönenden Mahnungen, nicht über ihre Verhältnisse zu leben, auf sich einwirken lassen, so kann eine solche Mahnung für den Kaufmannsstand, der seine Pflicht erfüllen will, nicht dringend genug betont werden, denn er muß unter seinen Verhältnissen leben. Wir wollen damit nicht etwa ausgedrückt haben, daß es für Angehörige anderer Stände nicht ebenfalls ratsam ist, bei ihren Ausgaben stets des Sprichwortes eingedenk zu sein: **»Spare in der Zeit, so hast du in der Not.«** Der Kaufmann aber, der diese Mahnung ungehört verhallen läßt, steht nicht auf dem Standpunkte voller Pflichterfüllung und wir gehen soweit, zu sagen, daß der dem Kaufmann oft gemachte Vorwurf, daß er mehr wie die Glieder anderer Stände bemüht sei, **»Schätze zu sammeln«**, von diesem Gesichtspunkte als eine Standestugend hinzustellen ist, als eine gebieterische Notwendigkeit, will er seinen Pflichten gegen sich selbst und seine Familie nur einigermaßen gerecht werden.

Wenn ein Kaufmann somit sagt: **»Ich komme aus mit dem, was mir mein Geschäft abwirft«**, so wird man ihm mit Recht entgegnen müssen, daß es für ihn die höchste Zeit sei, seine Ausgaben einzuschränken, falls das Geschäft seine einzige Einkommensquelle bildet. Die Einnahmen des Kaufmanns sind Wechselfällen unterworfen, deren Abwendung in vielen Fällen nicht in der

Macht des Einzelnen liegt. Weder er selbst, noch andere garantieren dem Kaufmann sein Einkommen. Seine persönliche Tüchtigkeit vermag zwar manche ungünstigen Wechselfälle zum Besseren zu wenden, wie aber gestaltet sich die Lage, wenn er arbeitsunfähig werden oder gar einer Krankheit erliegen sollte? Eine Jahrespension steht den Hinterbliebenen nicht zur Verfügung.

Ein Blick in den Prospekt einer Lebensversicherungs-Gesellschaft wird uns belehren, daß der Kaufmann in erster Linie sein Leben versichern soll, um seiner Familie einen unangreifbaren Rückhalt für die ernste Eventualität seines Todes zu bieten. In der Tat ist die Lebensversicherung in den verschiedenen Formen in Deutschland noch viel zu wenig bekannt und angewendet. Sie ist nicht durch das Spar-System zu ersetzen, denn der regelmäßig erhobene Einwand, dass es lukrativer sei, sein Geld selbst zurückzulegen, fällt durch den Hinweis, daß Niemand eine Bürgschaft hat, ob die unerbittliche Hand des Todes nicht schon morgen den guten Absichten des Sparens ein Ziel setzt! Der Kaufmann darf sich aber nicht mit dem Bewußtsein zufrieden geben, sein Leben mehr oder weniger hoch versichert zu haben. Das sind Rücklagen für den Todesfall; aber um sich zu sichern gegen Zwischenfälle, wie andauernd schlechten Geschäftsgang, eigene Erwerbsunfähigkeit, Krankheiten in der Familie, ungewöhnliche Verluste und Schicksalsschläge anderer Art, ist es nicht mehr wie einfache Pflichterfüllung, wenn der Kaufmann seine Ausgaben dauernd so gestaltet, daß sie an seine Einnahmen nicht heranreichen.

In vielen Fällen, wo mit negativem Erfolg gearbeitet wurde, konnte nach dem Zusammenbruch der Firma konstatiert werden, daß zu große Aufwendungen für den persönlichen Bedarf Jahre hindurch dem Vorwärtskommen hinderlich gewesen waren; oft aber auch bildete bei einer persönlichen Genügsamkeit ein unüberlegtes planloses Hasten die Ursache des Zusammenbruches. Arbeit soll, wie erhaltend, auch regenerierend wirken und sie tut es auch, wenn sie den Kräften angepaßt wird. Fehlt das letztere Moment, so geschieht die Arbeit auf Kosten des Körpers und auch des Erfolges, denn nichts ist unerläßlicher für den leitenden Geschäftsmann, den Kaufmann, der anderen Ständen durch seine Persönlichkeit imponieren will, als daß er im Stande ist, seine Beschlüsse mit Besonnenheit und im Bewußtsein ihrer Tragweite zu fassen. Das ist für den Kaufmann von heute umso notwendiger, aber auch umso schwieriger, als die veränderten Verhältnisse ihm immer weniger Zeit zu ruhiger Überlegung lassen. Aber wir leben nun einmal im Zeitalter der Nervosität und, von der eigentlichen Arbeit abgesehen, ist das geschäftliche Getriebe ohnehin, wie wir noch sehen werden, danach angetan, Leuten mit nervöser Disposition die Ruhe zu rauben. So sehr wird der Segen und der fortgesetzte Wert der Arbeit verkannt, daß mancher Kaufmann kein erstrebenswerteres Ziel kennt, als sich durch Erringen von Erfolgen zu einer Zeit, wo er noch arbeitsfähig ist, zur Ruhe setzen zu können. Schon darin, daß dieses Ziel dem Betreffenden so sehr verlockend erscheint, liegt das Eingeständnis, daß ihm die Arbeit, der er sich mit Anspannung aller Kräfte, oft durch die geschilderten Faktoren getrieben, hingegeben hat, doch im Grunde genommen eine Last gewesen ist. Und dennoch dieses Ringen durch Jahrzehnte hindurch, diese sorgenvolle, ängstliche Kontrolle des materiellen Erfolges oft mit dem steten Hinblick auf den Tag, wo man in die Lage kommen kann, ein dem vorigen Leben diametral entgegengesetztes zu beginnen, sich dem »dolce far niente« zu ergeben.

Der Anhänger dieser Lebensauffassung gibt es in kaufmännischen Kreisen nicht wenige, weder Maßhalten im materiellen Streben, noch vernünftige Auffassung über den Wert fortgesetzter maßvoller Arbeit sind weit verbreitet. Man muß zugeben, daß derjenige, der ein in der geschilderten Weise vollbrachtes, arbeitsvolles Leben mit allen Erregungen, die das Tagespensum ihm gebracht hat, hinter sich hat, Verlangen nach Ruhe haben kann, oder auch, daß er dem Triebe der Selbsterhaltung folgen muß, sich in sonst noch recht arbeitsfreudigen Jahren die Ruhe zu gönnen.

Aber man muß weiter zurückgreifen und sagen: hätte der Betreffende Zeit seines Lebens die Arbeit in dem oben angedeuteten Sinne aufgefaßt, würde er sie bis in ein wesentlich höheres Alter nicht entbehren wollen. Auch in der Ruhe wird ein Verlangen nach Arbeit in ihm vorhanden sein. Wohl ihm, wenn er dann wenigstens den Trieb in sich fühlt, seiner ihm zur Notwendigkeit gewordenen und nun eingeschränkten Arbeit eine andere Richtung zu geben, sie in den Dienst edler Bestrebungen zu stellen, sich einer großen Angelegenheit der Menschheit anzuschließen, sei es auf humanem, sozialem oder anderem selbstlosen Gebiete. Dadurch würde er als Kaufmann auch dem Ansehen seines Standes nützen. Aber sehr oft fehlen, wie gesagt, derartige Interessen, denen sich andere Stände mehr widmen als der kaufmännische. Wären sie früher vorhanden gewesen, so würde der Betreffende unmöglich das einseitig und lediglich aufs Materielle gerichtete Geschäfts-Interesse haben können. Dann tritt nicht selten der Fall ein, daß der seiner gewohnten Tätigkeit Entrissene sich nun auf ein neues, ihm unbekanntes Gebiet begibt, dort von neuem Lehrgeld zahlt, aber nun, wenn es ihm möglich, einigermaßen *con amore* arbeitet, wie er es Zeit seines Lebens hätte tun sollen. Aber es kommt auch vor, daß er sein eigenes Ich dem Selbststudium übergibt und zum grübelnden Hypochonder wird. Wenige bilden Ausnahmen.

Wir haben den kaufmännischen »Wühler« geschildert, der oft gegen sein wahres Interesse arbeitet und dessen einseitiges Wirken ebenfalls nicht danach angetan ist, ihn und seinen Stand im Ansehen bei den übrigen zu erhöhen. **»Überarbeitung, zumal erzwungene, führt zu geistiger und körperlicher Abstumpfung und Verkümmerung«**, das ist ein Satz, den sowohl der Arzt, wie der National-Ökonom unterschreibt. Die Arbeit, die unter dem geschilderten, sich selbst geschaffenen Zwang getan wird, wirkt um vieles erschöpfender, als die unter dem Gebote einfacher Pflichterfüllung geleistete.

Treibende Momente im Kaufmannsleben gibt es ohnehin genug. Als ein wesentlich beunruhigendes Moment im kaufmännischen Erwerbsleben muß die Konkurrenz Erwähnung finden, und wir haben bereits gesehen, welche Blüten sie treiben kann. Sie spornt den Industriellen, den Kaufmann zu einem größeren Maß von Arbeitsleistung an, als ohne Vorhandensein jeglichen Wettbewerbs verlangt werden würde. Das ist volkswirtschaftlich nicht nachteilig, wenn auch der Einzelne Schaden davon hat. Erfahrungsgemäß pflegt die freie Konkurrenz zu einem Siege der begabteren Kräfte über die schwächeren zu führen (s. *Grundlagen der Nationalökonomie* von Wilhelm Roscher). Wirtschaftlicher Fortschritt ist nur durch Bestehen von Konkurrenz zu erreichen. Also auch hier ein Zwang zu vermehrter Arbeitsleistung, der sehr drückend werden kann. Ein gezwungenes fortwährendes Hinblicken nach den Leistungen der Konkurrenz und die damit verbundene Ruhelosigkeit gestaltet das Geschäftsleben schwieriger und unter Umständen aufreibend. **»Die freie Konkurrenz entfesselt alle wirtschaftlichen Kräfte, die guten und bösen; Gewissenlosigkeit, laxe Geschäftsmoral, unsolide Arbeit, betrügerische Reklame und Humbug können dabei leicht auf Kosten der Ehrlichkeit, Tüchtigkeit oder auch genügender Kenntnis obsiegen.«** Und wer wollte leugnen, daß bei einem solchen Treiben das Ansehen des Kaufmannsstandes in der übrigen menschlichen Gesellschaft, die geneigt ist, alles in einen Topf zu werfen, schweren Schaden leiden muß. Bezweckt und erzielt auch das »Gesetz gegen unlauteren Wettbewerb« bei mancherlei Auswüchsen der Konkurrenz dem soliden Kaufmann und Industriellen schützend zur Seite zu stehen, so bieten sich doch noch genug Gelegenheiten für die Gewissenlosigkeit, ihr Spiel zu treiben, ohne den Strafrichter fürchten zu müssen.

Im übrigen läßt sich sagen, daß, wer Vertrauen zu seinen eigenen Leistungen hat und gern anerkennt, daß auch der Konkurrent dieselbe Existenzberechtigung hat wie er selbst, daneben aber erwägt, daß das Können auch des befähigtsten Konkurrenten an einer gewissen Grenze Halt machen muß, daß derjenige einen loyalen Wettbewerb nicht nur nicht allzusehr fürchten, sondern zugeben wird, daß diesem auch gute Seiten abzugewinnen sind. Man wird sogar oft die Wahrnehmung machen, daß, je besser eine loyale Konkurrenz prosperiert, umsomehr die eigenen Chancen steigen, denn in diesem Falle pflegt sich der Wettbewerb weniger intensiv zu gestalten und weniger Verlockung zu bieten, Mittel in Anwendung zu bringen, die besser unbenutzt geblieben waren. Vertreibt oder erzeugt der Konkurrent ähnliche Artikel wie wir, so arbeitet er, ohne es zu wollen, oft für uns mit, hilft die Wege ebnen, neuen Erzeugnissen Eingang zu verschaffen und gibt uns manche Anregung. »**Man soll von der Konkurrenz lernen**« und »**Konkurrenz belebt das Geschäft**« sind alte Worte, die aber immer wieder beherzigt zu werden verdienen. Besser ist dies jedenfalls, als sich das aufreibende Ziel zu stecken, auf den Ruin unbequemer Konkurrenz hinzuarbeiten, was nicht selten mit schweren eigenen Schädigungen bezahlt werden muß, von dem wenig beneidenswerten Behagen an dem Ruin Anderer noch abgesehen.

»**Wenn ein Kaufmann über die Konkurrenz schimpft und den Kampf des Erwerbslebens im Privatleben fortsetzt – eine Blüte des kaufmännischen Lebens, die das Ansehen des Standes ebenfalls verringert –, so bekundet er damit unbewußt die Überlegenheit des Konkurrenten und seinen eigenen beengten Geist. Da dem Konkurrenten dieses Gebühren nicht unbekannt bleiben kann, so wird er daraus Schlußfolgerungen ziehen, die keinesfalls günstig wirken werden. Somit ist dieses Vorgehen auch recht unklug. Ein verständiger Kaufmann wird auch im Konkurrenten einen strebenden Menschen erblicken, dessen Entwicklung menschliches Interesse beanspruchen kann. Der Privatverkehr mit dem Konkurrenten kann belehrend wirken, wird aber auch die Ergreifung ganz ungeeigneter Schutzmaßregeln verhindern**«.

Wir sind überhaupt der Ansicht und können viele Belege dazu liefern, daß der Weg zum wahren Erfolge eine andere Straße führt, als manche anzunehmen geneigt sind. Im Getriebe des Tages pflegen wir uns häufig der Tatsache nicht genügend bewußt zu bleiben, daß die eigene Existenz als Mensch, soweit die möglichst lange Erhaltung des Daseins in Frage kommt, auch geschäftlich betrachtet das wichtigste ist, ja volkswirtschaftlich als Kapitalbesitz angesehen wird. Ferner vergißt man nur zu oft, daß wir im weiteren Sinne zuerst Mensch und dann erst Mann des Geschäftes sein sollen. Die Anwendung dieses Grundsatzes sichert uns auch die Achtung unserer Mitmenschen, auf die wir – unsere ganzen Darlegungen gehen darauf hinaus – großes Gewicht legen und dem kann, wie wir meinen, nicht mit dem Hinweis begegnet werden, daß, um zum Erfolge zu gelangen, das eine dem andern im Wege stehe.

Wir sind im Gegenteil der Meinung, daß derjenige, der sich genügsam in seinen Ansprüchen an das Leben, genügsam auch in seinen jederzeitigen Bestrebungen zeigt, einen viel sichereren Weg zum Erfolg einschlägt als derjenige, der sich in seinem Streben nie genug tun kann und alles machen, alles erreichen will. Stellt er daneben noch fortwährend sich steigernde Ansprüche an das Leben, so trägt er schon einen gewaltigen Hemmschuh auf dem Wege zum Erfolge mit sich. Beispiele hierfür könnten wir aus dem Geschäftsleben viele anführen, Fälle z. B. wo durch Arbeit, lediglich als Pflichterfüllung, durch getreue Erledigung der Forderungen des Tages unter geschickter Benutzung der Kräfte seines Personals die größten Erfolge erzielt wurden, aber auch solche Beispiele stehen uns vor Augen, wo in kurzer Zeit errungene glänzende Erfolge eine Zeitlang das Auge blendeten, aber allmählich immer mehr verblassten und gegen andere Erfolge verschwinden mußten, die auf dem sicheren, aber langsamen Wege der beharrlichen, besonnenen, aber genügsamen Arbeit erreicht wurden.

Mit der beharrlichen Arbeit ist stets ein mehr oder weniger großer Segen auch des Erfolges verbunden, wenn die Vorbedingungen nicht gar zu ungünstig liegen und Besonnenheit und Umsicht dem die Arbeit Ausführenden oder Leitenden nicht abhanden kommt. Wer aber die Peitsche des schnellen Erfolges oder, was noch schlimmer ist, des schnellen Erfolges anderer sich stets selbst fühlen läßt, wer einer ins übertriebene wachsenden Lebenshaltung nicht Einhalt zu tun versteht, muß schließlich einer aufreibenden Tätigkeit verfallen, bei welcher dann oft die Besonnenheit in geschäftlichen Dispositionen erheblich leidet. Die soviel genannte, so oft beklagte Nervosität wird sich mit Sicherheit bei ihm einfinden mit allen ihren Konsequenzen, aber er wird auch der Menschheit, von der er Achtung und Ansehen erheischt, allzuviel schuldig bleiben. Es muß gesagt werden, daß die Schwierigkeiten, denen der Kaufmann, auch im normalen Geschäftsgetriebe, zu begegnen hat, die Dispositionen, die er in schnellem Entschluß täglich treffen muß, die Reibungen, die er zu glätten hat, von Angehörigen anderer Stände bei weitem nicht genügend gewürdigt werden, kurz, daß das im gewöhnlichen Tagespensum vom Kaufmann zu Leistende sehr unterschätzt wird. »Die Kaufleute scharren doch nur zusammen!« war die scherzhafte, aber ernst gemeinte Äußerung eines dem Verfasser eng befreundeten höheren Forstbeamten, der sich während der Hälfte des Jahres in Gottes freier Natur bewegen konnte, aber unausgesetzt über die Unzuträglichkeiten seines Berufes lamentierte. Seine Söhne, drei an der Zahl, sollten sämtlich Kaufleute werden. Wenn sich mein Freund nur einige Tage an diesem »Scharren« im Geschäft des Verfassers hätte beteiligen können, er würde zufriedener in sein Revier zurückgekehrt sein. An einem Sonntagmorgen konnte Verfasser denn doch nicht unterlassen, den zu Besuch bei ihm weilenden Freunde die zu diesem Zweck ins Haus gebrachten, noch uneröffneten Stöße von Briefen vorzuzeigen, sie vor seinen Augen zu öffnen und ihn deren Inhalt lesen zu lassen. Das brachte seine vorgefaßte Meinung doch etwas ins Wanken.

Ja, diese leidige täglich einlaufende kaufmännische Korrespondenz, sie bildet einen nie versiegenden Quell von Verdruß und Ärger. Sensible Naturen, meint man manchmal, sollten einen anderen Beruf erwählen. Freilich wird der Weise mit der Zeit ein wenig »kühler« und lernt sogar, der Sache wohl oder übel einen gewissen Humor abgewinnen. Mit diesem künstlich gezüchteten Humor wollen wir in Nachstehendem versuchen, an die Schilderung der kaufmännischen Korrespondenz heranzutreten und die Notwendigkeit zu begründen, die Wirkungen derselben in der Praxis zu paralysieren und erträglich zu machen.

9 Die einlaufende Tageskorrespondenz.

Der berühmte Dichter des Plattdeutschen, Fritz Reuter, hat neben anderem das Verdienst, den Ärger klassifiziert zu haben, indem er seinen braven originellen Inspektor Bräsig Ärger empfinden läßt, »der bekommt« und Ärger, »der nicht bekommt«.

Wir haben dem Geschäfte den Rücken gewendet, befinden uns auf dem Wege zur Sommerfrische, deren Hauptwert für den Geschäftsmann bekanntlich darin besteht, daß er aus dem täglichen Geleise herauskommt, das Geschäftliche, namentlich das Unangenehme hinter sich läßt, andere Menschen sieht und die Gedankenflucht eine andere Richtung nehmen läßt. Hat man auch einen Teil der berechtigten und eingebildeten Geschäftssorgen mit in den Koffer gepackt und nimmt sie mit auf Reisen, der Koffer wird mit jedem Tage leichter – vorausgesetzt, daß man nicht gar zu gewissenhaft war und sein mußte, sich über die wichtigsten Vorkommnisse im Geschäft, wie man das nennt, »auf dem Laufenden zu erhalten«. Wer dazu verurteilt ist oder sich selbst verurteilt, wird freilich von zunehmender Frische nicht viel spüren.

Der Ärger auf der Reise mit ihren »Versehen der Kellner«, Fahren in überfüllten staubigen Coupes, hohen Preisen ohne Gegenleistung, naivem Egoismus der Mitreisenden etc. etc. wird mit einem gewissen Gleichmut getragen – es ist Ärger, der bekommt und dieser bildet oft sogar noch eine Quelle angenehmer Erinnerungen hinterher. Wir sind erfrischt zurückgekehrt und mit einem gewissen Fatalismus schicken wir uns an, von der inzwischen eingelaufenen und allmählich auch von der Tageskorrespondenz Kenntnis zu nehmen. Wir stehen vor dem Ärger, der nicht bekommt!

Wer kennt sie nicht, die Nadelstiche, die in einer in ca. vier Wochen eingelaufenen Korrespondenz eines Geschäftes, sei man Händler oder Fabrikant, enthalten sind! Fürst

Bismarck hat einmal in seinem Unmut über die Journalisten geäußert, man solle ihre Auslassungen nicht allzu ernst nehmen, es stecke doch immer nur ein einziger Mensch hinter einem solchen Artikel. Der große Kanzler hatte gewiß recht, aber in seinem Falle handelt es sich doch nur um eine Stimme aus der ganzen Gesamtheit des deutschen Volkes, die seinen Unmut erregte. In unserem Falle repräsentiert aber ein Brief mit Nadelstichen die Stimme eines »Freundes« aus unserer engen Geschäftsverbindung, die wir sorgfältig zu pflegen haben. Auch Fürst Bismarck hat sich geärgert, und wir haben somit nicht nur das Recht, sondern sogar die Pflicht, uns zu ärgern!

Aber mit einer anderen Reflexion läßt sich der Sache vielleicht besser beikommen. Wir Menschen haben bekanntlich auch das Recht, verschiedenen Stimmungen unterworfen zu sein und von diesem Recht pflegt der »Mensch von heute« einen ausgiebigen Gebrauch zu machen. Sind wir selbst nun beim Öffnen eines Briefes mit Nadelstichen in einer für diese empfänglichen Stimmung, so sitzt der Stich so tief, als es vom Verfasser des Briefes vielleicht beabsichtigt war. Legen wir das Skriptum bis zum nächsten Morgen oder besser noch bis zum Nachmittag, wo wir uns vielleicht in einer wohlwollenden Stimmung befinden, hin, so ist die Nadel schon etwas stumpfer geworden. Wir lesen wenigstens schon nicht mehr zwischen den Zeilen.

Wir sind durch diese kurze Betrachtung, ohne es zu merken, schon in den Besitz eines ganz probaten Mittels gelangt, die, wie wir meinen, unverkennbare Absicht des Briefschreibers, uns zu verletzen, halb unwirksam zu machen: wir haben seinen Brief bis zum folgenden Tage hingelegt! Das gelingt nicht stets. Bisweilen lassen wir uns von der eigenen Stimmung treiben und replizieren sofort scharf, aber wirksam, sehr wirksam, und der Brief geht seinen Weg. Wir haben uns nicht der warnenden Stimme unseres dahingegangenen Lehrchefs erinnert, der zu sagen pflegte: **»Sobald ein Brief abgeschickt ist, redet er unabänderlich die Sprache, die in ihm enthalten ist.«** Das fällt uns erst am nächsten Tage ein und wir werden der gestern entwickelten Schneidigkeit nicht recht froh; jedenfalls würden wir heute anders geschrieben haben. Und merkwürdig, wenn wir noch weitere 24 Stunden warten, so denken wir noch milder über die Angelegenheit, aber unser Urteil über uns selbst ist dagegen schärfer geworden. Es läßt sich nicht mehr ändern, der Brief wandert zum Adressaten, verletzt dort nicht nur, sondern schadet uns auch.

Wir würden uns in vielen Fällen die in unserer Antwort angewendete Schärfe noch weniger verzeihen, wenn wir die Stimmung kennten, in der sich der Absender des uns verletzenden Schreibens gerade befunden hat. Wären wir persönlich anwesend gewesen und hätten aus seinem Munde die Worte gehört, die er in seinem Manuskript an uns niederlegte, wir würden leicht darüber hinweggekommen sein mit dem Troste: »Der Herr hat heute seine schlechte Laune!« So aber lesen wir seinen Brief, wir lesen ihn zum zweiten und zum dritten Mal und dann beginnt das Lesen zwischen den Zeilen! Der Absender dagegen, nachdem die normale, gemütliche Ruhe wieder Einkehr bei ihm gehalten hat, bedauert selbst in den meisten Fällen, daß er sich zu scharf ausgelassen hat und sieht mit einer gewissen Beklemmung der Antwort entgegen. Er hat sie erhalten und – verübelt sie.

Nutzanwendung: Briefe, die Nadelstiche für uns enthalten, beantworte man erst in einigen Tagen, keinesfalls aber vor dem nächsten Tage!

Ein uns befreundeter Herr geht noch weiter, indem er Unterschiede macht nach dem Grade der in den Briefen steckenden mehr oder weniger niedrigen Gesinnung der Briefschreiber. Briefe, in denen bei ungerechten Ansprüchen durch Grobheit der Zweck erreicht werden soll, durch Drohen mit Abbruch der Verbindung und dergleichen, Briefe, in denen uns unlautere Beweggründe unterschoben werden usw., schiebt der genannte Herr »auf die lange Bank« oder beantwortet sie – gegen das kaufmännische Prinzip, daß jeder Brief eine Antwort erhalten soll – überhaupt nicht! Das soll manchmal erzieherisch wirken, ist aber nicht für alle Fälle zu empfehlen.

Wir wissen ja auch, man darf im Geschäftsleben den Inhalt der Briefe nicht jedesmal auf die Goldwaage legen und nicht allzu empfindlich sein, aber ein gewisses Maßhalten im Ton wäre immerhin recht oft zu wünschen. Gewisse Briefschreiber sind uns schon durch lange Erfahrung liebe Bekannte geworden und man würde ihre spitze Feder geradezu vermissen, wenn sie einmal plötzlich abstumpfte, so wie der Müller des Nachts aufwacht, wenn das Geklapper der Mühle aus irgend einem Grunde plötzlich aufhört. Wir wissen, daß gewisse Freunde, und sie sind manchmal die anhänglichsten, niemals und unter keinen Umständen zufrieden gestellt werden können. Heute ist es die Qualität, die bemängelt wird, morgen die langsame Lieferung und die Preise! Einmal hätte man die nicht angedeuteten Wünsche des Freundes erraten sollen und wenn wir uns das nächste Mal aufs Raten verlegen, dann treffen wirs wieder nicht und hätten doch lieber erst anfragen sollen – kurz, ein fortwährender kleiner Krieg, aber doch immerhin ein lustiger Krieg, der, ohne daß einmal ein Friedensschluß notwendig würde, in Permanenz fortbesteht.

Diese Freunde sind es also nicht, die unseren Gleichmut ernstlich ins Wanken bringen, denn trotz fortwährender Raisonnements glauben sie doch immerhin, *bona fide* zu handeln. Aber die anderen, die wir meinen, fallen uns schon mehr auf die Nerven!

Wir würden jeden unserer Leser beneiden, der die Bedeutung des Wortes »Chikane« nicht kennen sollte. Wir dagegen kennen sie sehr wohl, theoretisch und praktisch, aber wer etwa so glücklich sein sollte, sie noch nicht zu kennen, der möge sich zunächst einmal den Grundbegriff des Wortes aus Meyers Konversationslexikon zu eigen machen. **Chikane** (dort Schikane geschrieben) bedeutet **»eine in böser Absicht veranlaßte Schwierigkeit«** und **»Schikaneur ist einer, der darauf ausgeht, die Rechtsansprüche eines anderen nicht zur Geltung kommen zu lasten, ein Ränkemacher«.** Diese Erklärung hat offenbar ein Jurist im höheren Lebensalter, mit der dieser Periode eigentümlichen abgeklärten Milde geschrieben. Sein jüngerer Kollege würde sicherlich noch hinzugefügt haben: **»Um sich selbst in verwerflicher Gesinnung einen Vorteil zu verschaffen«** und damit den Begriff des kaufmännischen Chikaneurs besser gedeckt haben.

»Eine in böser Absicht veranlaßte Schwierigkeit« ist es z. B., wenn uns ein Kunde eine Ware aus diesem oder jenem Grunde zur Verfügung stellt, mit dem Hintergedanken, dadurch einen Preisnachlaß bewilligt zu erhalten; oder wenn er sich bei Bestellung in der Dimension geirrt hat, das aber nicht eingesteht, uns vielmehr die Ware wegen angeblich mangelhafter Qualität zurückschickt, den Ersatz aber bei der Konkurrenz bestellt! Diese beiden Beispiele beleuchten Freund Chikaneur hinlänglich. Da tatsächlich die böse Absicht die Triebfeder für sein Handeln ist, so gehören die Korrespondenzen mit ihm zu den denkbar unangenehmsten, aber auch undankbarsten. Zu überzeugen ist er nicht, weil er nicht überzeugt sein will, vielmehr selbst die Verwerflichkeit seines Tuns genau kennt. Schade daher um die Tinte, die seinetwegen fließt. Das beste ist, ihn neidlos der Konkurrenz zu überlassen!

Es gibt sensible Naturen, die behaupten, schon dem Kuvert ansehen zu können, ob dasselbe Unangenehmes birgt! Um der Wahrheit näher zu kommen, müßte man den Zusatz machen, »falls die absendende Firma auf dem Kuvert ersichtlich ist«, denn umgekehrt gibt es glücklicherweise auch eine große Anzahl Firmen, die unser Blut niemals in Wallung bringen, die ein Versehen bei der Ausführung von Aufträgen – und wo käme nicht einmal ein Versehen vor – auch als solches ansehen und zufrieden sind, wenn man sich bemüht, dasselbe zu korrigieren. Der Chikaneur und Polterer dagegen konstruiert sich gleich einen Schadenersatz und wehe, wenn man nachgibt! Dann ist der Differenzen in Zukunft keine Ende mehr.

Eine besondere Freude bereiten in der Korrespondenz die ungenauen Angaben, sei es hinsichtlich der Masse, Qualitäten, Formate usw. oder der Art des Versandes, der Verpackung, Lieferzeit. Teils haben diese Ungenauigkeiten in der Flüchtigkeit oder Bequemlichkeit des Bestellers ihren Grund, oft aber auch in einem ehrenvollen Vertrauen, daß der Lieferant das Richtige treffen werde, wenn man selbst im Unklaren ist. Da steckt dann der Ansatz für manchen unangenehmen Korrespondenzfall, wenn man die Verantwortung leichthin übernimmt, anstatt sie dahin zurückzuschieben, wohin sie gehört.

Der Vollständigkeit wegen noch einige kleine Nadelstiche aus der Tageskorrespondenz. Da erscheinen Klagen über Unkulanz, wenn man die unberechtigsten Ansprüche nicht gutheißt; Zielüberschreitungen der unglaublichsten Art; zu viel gekürztes Skonto; »versehentliche« unrichtige Angaben über das, was die Konkurrenz alles tut in der Preisstellung usw.; an den Haaren herbeigezogene Klagen über alles Mögliche; Ausspielung des einen Konkurrenten gegen den andern. Dann die immer wiederkehrende versteckte Drohung, daß die Konkurrenz gern bereit ist, das zu tun, was man gerechterweise versagen möchte.

Wir haben unsere kurze Besprechung mit guter Laune begonnen und doch fließt nach und nach Unmut aus der Feder. Das bewirken die Nadelstiche aus der Korrespondenz – es ist eben: »Ärger, der nicht bekommt!«

10 Der kaufmännische Briefstil.

Wir haben schon wiederholt darauf hingedeutet, daß ein gewisses konziliantes Wesen dem Kaufmann im Wege steht, sich unter anderen Ständen zu behaupten, und man kann wohl sagen, daß derjenige in der Gesellschaft am meisten Chancen hat, gleich ernst genommen und achtungsvoll behandelt zu werden, der in jeder Lage eine gewisse Würde zur Schau trägt und durch ruhiges Selbstbewußtsein zu seinen Gunsten einnimmt. Nicht anders gestaltet sich das auch im brieflichen Verkehr. Die Gewohnheiten des kaufmännischen Standes übertragen sich auch auf die Korrespondenz und solange sich diese nur auf kaufmännische Kreise erstreckt, wo oft durch eine übertriebene Höflichkeit ein gewisser Zweck erreicht werden soll, mag die Sache noch eher hingehen. In der Neuzeit macht sich auch hinsichtlich des kaufmännischen Briefstils wirkungsvoll das Bestreben geltend, alle überflüssigen Höflichkeitsphrasen zu verbannen und in »kaufmännischer Kürze«, aber einer Kürze, die dennoch nicht der Verbindlichkeit ermangelt, das zu sagen, was zu sagen ist. Aber es bleibt noch immer genug übertriebene Höflichkeit und Verbindlichkeit übrig, zumal im Verkehr mit der Kundschaft. Der Kaufmann sollte sich immer mehr vor Augen halten, daß in der Korrespondenz Einfachheit und Klarheit des Ausdruckes die Hauptsache bleibt; alles Überflüssige ist von Übel und je mehr sich die Korrespondenz der allgemeinen Ausdrucksweise nähert, umso besser.

»Die Anforderungen an den kaufmännischen Korrespondenten bestehen nicht, wie wohl häufig oder irrtümlich angenommen wird, darin, daß er sich eine Unmenge als kaufmännisch bezeichneter Redensarten und Wendungen und einen besonderen Jargon aneignet, der Laien das Verständnis kaufmännischer Briefe erschwert.« (Dr. Johannes). Diese Neigung des Kaufmannes, einen übertrieben höflichen, bombastisch aufgestutzten, durch Fachausdrücke, Phrasen, ungewöhnliche Redewendungen und eine Unmenge von Fremdwörtern unverständlich gemachten Stil zu suchen, diese Unsitte blüht auch heute noch fort, wenn auch bei weitem nicht in dem Maße, wie es etwa noch vor 30 Jahren der Fall war. Eine gründlichere allgemeine Bildung, gute sprachliche Schulung, Beherrschung der Materie, vor allem die Einsicht, daß es für den gebildeten Kaufmann eine eigentliche Handlungskorrespondenz gar nicht gibt, haben schon ihr Gutes getan und werden hoffentlich weiter reinigend wirken.

Das Bestreben des Kaufmanns fällt hier zusammen mit dem Bestreben anderer Kreise, Einfachheit des Stils unter Vermeidung der Fremdwörter zu erreichen und dem »Allgemeinen deutschen Sprachverein« hat die Nation in dieser Hinsicht vieles zu danken.

»Jeden anderen Meister erkennt man an dem was er ausspricht; Was er weise verschweigt, zeigt mir den Meister des Stils.«
(Schiller)

Das gilt auch für den kaufmännischen Briefschreiber, aber wie manchen kaufmännischen Brief bekommen wir noch heute zu Gesicht, wo sich ein nicht kaufmännischer Empfänger durch eine Unmenge von Redensarten, Höflichkeitsphrasen, unverständliche Wendungen durcharbeiten muß, um zu erforschen, was der Absender eigentlich will.

»Die Sprache ist ihrem innersten Wesen nach haushältig und zieht, was sie mit geringen Mitteln erreichen kann, jederzeit größerem Aufwande vor.« Diesen prächtigen Grimm'schen Satz sollte sich jeder kaufmännische Korrespondent an der seinem Pult gegenüber liegenden Wand aufhängen, damit täglich sein Blick darauf ruht, um danach zu handeln.

Darum fort mit allen unnötigen Wendungen und Gespreiztheiten, die die schöne deutsche Sprache verballhornen und deren Gebrauch das Verständnis kaufmännischer Schriftstücke erschweren! Besonders gilt das vom Gebrauche der leidigen Fremdwörter. Das »Kaufmannsdeutsch« muß in die Rumpelkammer wandern! Aus den Sprachen fremder Länder ist es zusammengesetzt, und eine vielfach sogar falsche Übertragung ins Deutsche hat manche so gern angewandten Wörter nicht genießbarer gemacht.

»Der deutsche Kaufmann darf heute ohne Übertreibung als der Träger deutscher Kultur angesprochen werden. Deutsche Art und deutsches Wesen sind durch ihn in allen Weltteilen verbreitet, zu allen Völkern

gebracht worden und die deutsche Sprache klingt heute aus den fernsten Gegenden des Erdballes zu uns zurück. Leider ist es aber oft genug eine Sprache, die selbst dem geborenen Deutschen ein schwer verständliches Deutsch ist; wieviel mehr dem Fremdländer, der sich mit Grammatik und Wörterbuch abmüht, »deutsch« zu lernen oder doch wenigstens zu verstehen. Das ist das »Kaufmannsdeutsch«, die Sprache des deutschen Handels, die in gar vieler Beziehung nicht der angesehenen Stellung entspricht, wie unser Handel selbst sie sich erworben hat«. (Aus einer Preisarbeit des allgemeinen deutschen Sprachvereins).

Das »Kaufmannsdeutsch« stellt sich noch dar als ein Teil der allgemeinen nationalen Schwäche, alles überkommene Fremdländische mit besonderer Ehrerbietung anzusehen. Der Kaufmann ist Schwächeanwandlungen nach dieser Seite mehr ausgesetzt, wie Angehörige anderer Stände, weil er mehr wie diese mit dem Ausland in Berührung kommt, und der Umstand, daß die doppelte Buchführung eine italienische Erfindung ist, hat uns mit dieser auch einen italienischen Wortschatz in die Kaufmannssprache gebracht, der sich fester als Ausdrücke aus anderen fremden Sprachen eingenistet hat. Aber auch fort mit diesem! Jedes Wort ist bei einigem guten Willen mit Leichtigkeit durch ein gutes deutsches zu ersetzen.

11 Gute kaufmännische Grundsätze und Charakterbildung.

Die Klage will nicht aufhören, daß großer Mangel an selbständigen Persönlichkeiten mehr und mehr das charakteristische Merkmal unserer Zeit geworden ist. Bewußter gewordene, schulmäßig gebildetere und insoweit vielleicht lebens-, oder wenigstens erwerbsfähigere Massen haben wir wohl gegen früher; aber es fehlt dabei die Originalität im Einzelnen und nach und nach in der Gesamtheit. Es sind die beiden oft gehörten Klagen der jetzigen Zeit, daß die Pflege des Idealen zu sehr zurücktrete und dem Menschen die Originalität mehr und mehr abgehe. Für diese beiden Erscheinungen muß man das moderne Erwerbsleben und die auf allen Gebieten durchgeführte Arbeitsteilung mit verantwortlich machen, wenn auch zum Schaden des Ansehens des Kaufmannes.

Im Erwerbsleben überwiegt bei weitem die Schablone; der Kampf ums Dasein ist ein zu harter, als daß für die originelle Ausgestaltung des Einzelnen viel Zeit erübrigt wird. Mancher Geschäftsmann klagt von sich selbst, daß zu wenig Raum für andere, allgemeine Interessen übrig bleibe. »**To make money**« und »**Time is money**« wird auch in unseren Kreisen mehr und mehr die Parole, wenn auch rühmliche Ausnahmen, denen ein warmes Interesse für selbstloses Wirken außerhalb des Berufs nicht verloren gegangen ist, zu verzeichnen sind.

Wer wollte leugnen, daß im einseitigen Erwerbsleben der Charakter des Einzelnen Einbuße erleidet, wenn nicht durch Erziehung, Religion und Einprägung von guten Gewohnheiten, die auf den Grundsätzen wahrer Lebens-Philosophie fußen, dem Betreffenden ein fester Halt geboten ist. Weder Schulbildung allein, noch die Erziehung zu Fähigkeiten, wie sie dem Kaufmann von großem Nutzen sind und den »tüchtigen Kaufmann« ausmachen, vermögen Charaktere zu bilden. Zu den Eigenschaften, die den Charakter des Menschen und insbesondere des Kaufmanns ausmachen, gehört vor allen Dingen eine gewisse Selbstbeschränkung, die sich der Betreffende auferlegt in Lebenslagen, wo er zu wählen hat zwischen einer wenig guten, aber ihm vielleicht vorteilhaften Schablone, und einer für ihn weniger günstigen, aber seinen guten Grundsätzen nicht zuwiderlaufenden Situation. Auch hier finden wir wieder, daß ein solches Verfahren, ein Handeln nach festen, aber verständigen Grundsätzen, dem Erfolge anscheinend im Wege steht.

Wir haben aber zunächst zu erwägen, daß das Glück des Menschen, das doch das Endziel eines jeden bildet, in Wirklichkeit sich nicht in Zahlen ausdrücken läßt – wenn auch mancher Kaufmann in ziffernmäßigen Ergebnissen sein ganzes Glück sucht –, daß man, wie gesagt, in erster Linie Mensch und dann erst Kaufmann sein soll, und die gute Individualität darin besteht, daß man unbeirrt von materiellen momentanen Erfolgen seine eigenen Wege geht. Wer aber seine eigene Individualität in derartigen Lagen rettet, verschafft sich doch indirekt große Vorteile durch sein charaktervolles Tun. »**Das ist der Zauber der ausgeprägten Individualität, den die Welt jederzeit, wenn auch widerwillig, anerkennt.**« Anerkennung, auch materielle, wird der nach Grundsätzen handelnde Kaufmann früher oder später doch finden, aber was das Wesentlichste bleibt, er wird eine Genugtuung in sich selbst finden, mit sich zufrieden sein und ruhig der Zeit entgegensehen, wo seine Früchte zwar langsam, aber sicher reifen. Der »tüchtige Kaufmann«, dem ein anderes Lob nicht zur Seite steht, pflegt in der Regel der einseitigste Mensch zu sein; der Weg der Interessen ist der ausgetretene Pfad, auf dem er wandelt und auf diesem Wege winkt ihm der materielle Erfolg – aber auch nichts weiter!

Wie oft hat man Klagen darüber gelesen, daß im Geschäftsleben vielfach wenig empfehlenswerte Grundsätze die Richtschnur bilden, daß Vereinbarungen getroffen werden, denen man sich hinterher zu entziehen sucht oder die man auf Umwegen unwirksam macht; daß Geschäfte auf Grund von Versprechungen zustande kommen, deren sich der Verkäufer später nicht mehr zu erinnern weiß, gute Qualitäten zugesagt, aber geringe geliefert werden. Wie wird oft das Unmögliche scheinbar möglich gemacht, statt einzugestehen, daß es sich eben um Unmögliches handelt!

Wer hat nicht von skrupelloser Konkurrenz gehört, die Hintertüren aufsucht, um Eingang zu finden, wenn ihr der gewöhnliche Weg nicht gangbar erschien? Wer kennt nicht die Unterbietungen der Konkurrenz zu unlohnenden Preisen, ohne Nutzen für sich selbst, aber zum Schaden anderer; die Überschreitungen des bestellten Quantums, unberechtigte Abzüge bei der Regulierung, Drohen mit Abbruch der Verbindung, um die liefernde Firma zur Gutheißung unrechtmäßiger Abzüge gefügig zu machen, die Vorspiegelung billigeren Einkaufs bei der Konkurrenz, selbst unter Angabe falscher Zahlen; Chikanen aller Art – wer kennt sie nicht, alle diese Erscheinungen einer laxen Geschäftsmoral? Freilich, und glücklicherweise, bilden sie Ausnahmen, aber sie kommen doch nicht allzuselten vor. Das Treiben der Betreffenden wird bald durchschaut; sie werden von dem einen Lieferanten gemieden, um dasselbe Spiel bei dem anderen zu beginnen. Sie erleiden schließlich selbst den größten Schaden, ohne ihren üblen Gewohnheiten zu entsagen; abgelehnt von anständigen Lieferanten, gefürchtet – in gewissem Sinne wenigstens – von der Konkurrenz, und am Ende im Stich gelassen von ihren Abnehmern. Sie sind es, die dazu beitragen, das Ansehen des Kaufmannes bei anderen Ständen herabzusetzen.

Ein Lichtblick ist es, daß dennoch an anständigen Firmen mit charaktervollen Grundsätzen, bei denen Treu und Glauben im Geschäftsverkehr gut aufgehoben sind und Erwiderung finden, kein Mangel herrscht. Sie gehen unbeirrt den Weg, den ihnen ihre Grundsätze vorzeichnen und wir haben noch stets gefunden, daß sie gut und sicher ans Ziel gekommen sind. Sie bilden den Typus des »ehrbaren Kaufmannes«, dem Niemand, der ihn kennt, Achtung versagen und Ansehen vorenthalten wird.

12 Geschäftsschulden und ihre Begleichung.

Wir haben an mehreren Stellen Gelegenheit gehabt, Auswüchse im geschäftlichen Verkehr als solche zu bezeichnen und ihre Beseitigung zu wünschen. Zu ihnen gehört auch die Art und Weise, wie vielfach in Deutschland die Bezahlung der Geschäftsschulden bewirkt wird. Man sollte meinen, daß auf die Frage: »Wie bezahle ich meine Geschäftsschulden?« nur die eine Antwort erfolgen könnte: »So, wie mit meinem Lieferanten vereinbart war!« Leider ist dies in der Praxis nicht der Fall. Wir können hier nicht ins Einzelne gehen, nehmen auch davon Abstand, Vergleiche zu ziehen, wie das Ausland, zumal England, Frankreich und andere kulturell hochstehende Länder im kaufmännischen Verkehr seinen übernommenen Verpflichtungen nachkommt. Derartige Vergleiche würden jedenfalls nicht zu Gunsten Deutschlands ausfallen. Wir wollen nur feststellen, daß viele Kaufleute sich ihren Verpflichtungen in dieser oder jener Weise entziehen, lange Zahlungsfristen in Anspruch nehmen, die ihnen nicht zugebilligt sind, Wechsel in Zahlung geben, statt der vereinbarten Barzahlung, unberechtigte Abzüge machen und ähnliche Eigenmächtigkeiten zu ihrem Vorteil und zum Schaden der anderen Seite.

Wenn man ein bekanntes deutsches Sprichwort dahin ändern wollte: **»Sage mir, wie Du Deinen Schuldverpflichtungen nachkommst und ich will Dir sagen, wer Du bist«**, so würde uns das in der Mehrzahl der Fälle zu falschen Schlüssen führen. Wir haben sehr viele Firmen-Inhaber, deren Zahlungsweise uns niemals recht zusagen wollte, von einer recht vorteilhaften Seite und als Männer kennen gelernt, denen gewiß nichts ferner lag, als sich eingegangenen Verpflichtungen zu entziehen. Wir haben auch die Beobachtung gemacht, daß selbst Firmen in sehr guter finanzieller Lage, Aktien-Gesellschaften, die hohe Dividenden ausschütten konnten, sich bei Bezahlung der Waren Unregelmäßigkeiten wie vorgeschildert erlaubten. Wir sind darum auch geneigt, anzunehmen, daß es sich in solchen Fällen um eine geschäftlich anerzogene üble Gewohnheit handelt, der man um so sicherer treu blieb, als der Lieferant sich die angedeutete Zahlweise ruhig gefallen ließ.

»Aber warum lassen sich denn die Lieferanten die gerügten Bezahlungen gefallen?«, wird man mit Recht fragen und unsere Antwort lautet: »Weil jeder die Konkurrenz fürchtet und weiß, daß er auf seine Kosten gegen diese Unsitte Front machen würde«. Einzelne Lieferanten, die durch Leistungsfähigkeit hervorragen oder Spezialitäten herstellen, die man haben will oder muß, halten auch mit gutem Erfolg auf Erfüllung der vereinbarten Bedingungen. Auch dem Auslande gegenüber dringt der Käufer meist nicht durch, wenn er versucht, dorthin die heimische schleppende Zahlweise mit ihren Abzügen zu übertragen; aber der deutsche Lieferant wird in alter Weise weiter bezahlt, denn – er läßt es sich gefallen! »Meine Kunden bezahlen mich ebenso«, das ist die gewöhnliche und oft in recht kategorischer Weise erteilte mündliche oder briefliche Antwort, wenn der Lieferant versuchen will, bei einzelnen Käufern eine bessere Zahlweise herbeizuführen. Diese Antwort mag in den meisten Fallen den Verhältnissen entsprechen, aber die Anwendung der darin enthaltenen Logik ist überhaupt nicht unbedenklich.

»Wer heute geschäftlich mit gutem Erfolg arbeiten will, muß in der Lage sein, seinen eigenen Bedarf gegen bar zu kaufen und seinen Kunden lange Zahlungsfristen gewähren« – das ist ein oft gehörter Ausspruch und wie die Verhältnisse einmal liegen, ist er begründet, denn nur der Barzahler kauft vorteilhaft ein und will er die Kundschaft an sich fesseln, muß er sich lange Zahlungsfristen gefallen lassen. Darum haben es junge Firmen oft recht schwer, durchzukommen, weil ihnen die genügenden Mittel nicht zur Verfügung stehen. Mag man die Sache beleuchten wie man will, in diesen eigenmächtigen Überschreitungen liegt nicht nur Rücksichtslosigkeit und eine einseitige Nichtachtung eingegangener Verbindlichkeiten, sondern – und was schlimmer ist – der Anfang einer etwas laxen Moral, denn bei Licht betrachtet, liegt die Sache eben vielfach so, daß sich der Zahlende sagt: »Der Lieferant wird sich meine Zahlweise schon gefallen lassen, denn er wird meine Kundschaft nicht aufs Spiel setzen wollen.« Er bringt seinen Lieferanten somit in eine gewisse Zwangslage und das ist nicht fair, wie der Engländer sagen würde.

Wir Kaufleute haben nicht das Recht darüber zu klagen, daß unserem Stande nicht diejenige Achtung entgegengebracht wird, wie sie andere Berufsklassen schon ihres Standes wegen zu verlangen gewohnt sind, wenn wir nicht, ein jeder an seinem Platze, diese Achtung durch unser Tun und Handeln herausfordern. Dazu gehört aber, beim Kaufmann peinlicher noch als bei anderen Ständen, strenge Erfüllung seiner Verbindlichkeiten und daß er gebe – **»gutes Geld für gute Ware!«**

13 Geschäftsdifferenzen und Chikanen.

Wer, wie Verfasser, lange Jahre im Geschäftsleben gestanden hat, weiß am besten, welchen Wert man auf Erhaltung guter Beziehungen zu legen hat und wie diese, mit großer Mühe angebahnt und gepflegt, oft durch geringfügige Ursachen gestört werden können und dann doppelt schwierig wieder herzustellen sind. Wir haben uns an verschiedenen Stellen dieser Schrift hierüber ausgelassen und bei Besprechung der Stellung des Handlungsreisenden als »Glätter« von Differenzen und bei unseren Streifzügen in der einlaufenden Korrespondenz die Schwierigkeiten kennen gelernt, der im Geschäftsleben alltäglich vorkommenden Differenzen Herr zu werden. So daß angenehme und lohnende Geschäftsverbindungen nicht störend beeinflußt werden, daß aber andererseits bei allem uns zum Grundsatz gemachten Entgegenkommen (Kulanz nennt man das im Geschäftsleben) unsere Würde und das Ansehen unserer Firma nicht darunter leidet. Sehr oft ist man beim besten Willen nicht imstande, die Ansicht des anderen zu teilen. Nicht selten kommt es vor, daß uns zugemutet wird, für Schäden aufzukommen, die wir selbst nicht verschuldet haben, und wer in solchen Fällen stets entgegenkommt, beweist nicht nur einen hohen Grad von »Kulanz«, sondern auch von Schwäche.

Jeder Kaufmann wird die Erfahrung gemacht haben, daß in Zeiten eines allgemein flotten Geschäftsganges die Differenzfälle auf ein geringeres Maß zurückgehen, als wenn die Aufträge weniger reichlich fließen. Auch der Landmann pflegt zu sagen: **»Je geringer die Ernte, desto größer die Schwierigkeiten beim Getreideverkauf«**, aber beim Kaufmann geht daraus hervor –, da der Abnehmer bei gutem Geschäftsgang dieselben Differenzen nicht zur Sprache bringt, die er jetzt bei eigener Unzufriedenheit oft vom Zaune bricht –, daß die Triebfeder für einen Differenzfall nicht stets einwandfrei ist. In schlechten Zeiten wird gewöhnlich die Parole des Sparens ausgegeben und dagegen wäre auch durchaus nichts einzuwenden, solange das nicht auf Kosten derjenigen erfolgt, die als Lieferanten auf Abzüge – denn um solche handelt es sich in der Regel aus diesem oder jenem Grunde – nicht vorbereitet waren.

Es ist im Geschäftsleben dafür gesorgt, daß neben den »Differenzen der mageren Jahre« Meinungsverschiedenheiten über das Mein und Dein auch in guten Jahren nicht abreißen; heute mehr, morgen weniger zahlreich, aber daß sie niemals ganz verschwinden, das liegt teilweise in der Irrtümern unterworfenen menschlichen Natur, häufig aber auch im Charakter des Einzelnen begründet. Rechtmäßige Reklamationen, die sich als solche erkennen lassen, wird der rechtlich denkende Kaufmann natürlich ohne weiteres anerkennen und für jeden daraus hervorgehenden Schaden aufkommen. Es muß aber gesagt werden, daß in manchen Geschäftszweigen, die besonders danach angetan sind, auch solche Differenzen kein Ende nehmen, wo die liefernde Firma der Meinung ist, korrekt verfahren zu sein und dennoch hinterher für Vergütungen in Anspruch genommen wird. Durch »Buchungen des Entgegenkommens« werden diese Differenzen häufig aus der Welt geschafft, ohne jedesmal überzeugt zu sein, daß der andere Teil im Rechte ist. Da gibt es eilige, aber unklare Bestellungen, bei denen man keine Zeit hat Rückfrage zu halten, kleine Fehler an den Waren, die nach unserer Ansicht nichts zu bedeuten haben, geringe Abweichungen in den Maßen und Qualitäten, alles verbunden mit Schadenersatzansprüchen über die Verhältnisse hinaus. Da gibt es Fälle, wo man uns zumutet, die Absichten des Bestellers zu erraten, weil er vergaß, sie klarzulegen; Unmöglichkeiten bei der Lieferung werden verlangt, aber doch Schadensanspruch daraus hergeleitet, daß das Unmögliche nicht möglich gemacht wurde. Eigentümliche Vorstellungen der Besteller über die Lieferungsschnelligkeit, Bestellungen nach alten Preislisten, während die neuen Listen mit höheren Preisen ignoriert werden, Differenzen über Fracht und Emballagen usw. bilden die häufigsten Gründe zu solchen Meinungsverschiedenheiten.

Ein gewisser Prozentsatz dieser Differenzen läßt sich auch bei sorgfältigster Geschäftsführung niemals ganz vermeiden. Diese Differenzen sind es auch nicht, die uns Anlaß geboten haben, die im Geschäftsleben eine beständig fließende Quelle von Ärger bildende Differenzangelegenheit zur Sprache zu bringen. Aber es bleibt eine Tatsache, daß es sowohl Lieferanten gibt, mit denen die geschäftlichen Beziehungen im Vergleich zu ihrer Konkurrenz ungemein differenzreich sich gestalten, als andererseits Besteller, bei denen die Differenzen und der daraus hervorgehende unangenehme Briefwechsel niemals aufhören. Das würde ja immerhin im einen wie im anderen Falle auf einen etwas lästigen Geschäftsverkehr hinauslaufen, wenn die entstandenen verschiedenen Auffassungen stets auf beiden Seiten im guten Glauben geltend gemacht und dann nach Recht und Billigkeit erst durch beiderseitiges Entgegenkommen oder allenfalls durch Schiedsspruch ausgeglichen würden.

Auf Grund unserer langjährigen Erfahrungen aber müssen wir sagen – und es sollte uns freuen, wenn recht viele Kaufleute in dieser Hinsicht weniger reichliche Erfahrungen gemacht hätten –, daß es auch an solchen Differenzen nicht mangelt, denen man die »Mache« ansieht, umso sicherer, als sie gewöhnlich bei denselben Firmen vorkommen, die man nach einiger Zeit von dieser Seite kennt und ihnen gegenüber sein eigenes Verhalten entsprechend einrichtet. Firmen, bei denen solche Gepflogenheiten Eingang gefunden haben, oder auch nur in Einzelfällen geduldet werden, bilden für den nach Ansehen strebenden Kaufmannsstand das größte Hindernis, umsomehr, als das ganze bei ihnen beschäftigte Personal von solchen Grundsätzen auf das Verderblichste beeinflußt wird. »Die Anwesenden selbstverständlich ausgenommen!«, mit diesen Worten pflegt man sich in gesellschaftlichen Kreisen den Rücken zu decken, wenn man Dinge zur Sprache bringt, die, wenn auch zur Allgemeinheit gesprochen, der Einzelne auf sich beziehen könnte. Einen solchen Vorbehalt machen wir gegenüber den kaufmännischen Lesern dieser Betrachtungen, wenn wir uns nicht scheuen, das Vorkommen von Differenzen noch einmal zur Sprache zu bringen, welche vom Zaun gebrochen, sich lediglich als eine Frage von Mein und Dein, ohne von der blässesten Rücksichtnahme auf Recht und Billigkeit angekränkelt zu sein, darstellen. Die Gutschrift derartiger Differenzen wird durch eine Waffe erzwungen, sie heißt: »Entziehung der Aufträge« und von dieser Waffe machen gewisse Jünger Merkurs (in der schlimmen Bedeutung des Wortes) Gebrauch, wenn sie sich so nebenher einige Vorteile zu erjagen suchen, die ihnen weder ihr Gewissen, noch irgend ein Gerichtshof zuerkennen würde. Vor sich selbst sucht sich der »Chikaneur« als »kaufmännischer Scharfschütze« zu entschuldigen, indem er »Geschäft« nennt, was in den Augen eines jeden rechtlich denkenden Kaufmanns eine andere Bezeichnung erhält. Man meidet ihn am besten vollständig im Geschäftsverkehr, dann versagt seine

Waffe, aber sein Treiben verdient bloßgestellt zu werden, zumal vom Standpunkt unseres Themas, und das sei hiermit geschehen.

14 Der Kaufmann in der Öffentlichkeit und die seinem öffentlichen Wirken entgegenstehenden Schwierigkeiten.

Wir haben Veranlassung genommen, bei verschiedenen Gelegenheiten in dieser Arbeit darauf hinzuweisen, daß die Mitwirkung des Kaufmanns und Industriellen in öffentlichen Angelegenheiten in ihrem Interesse und im Interesse der allgemeinen Wohlfahrt gleich wünschenswert ist. In weiten Kreisen hört man auch oft dem Bedauern Ausdruck geben, daß Kaufleute mit hervorragender Erfahrung sich der Mitarbeit bei Fragen des öffentlichen Lebens entziehen. Man kann dieses Bedauern nur teilen und wir haben einige Gründe für das ablehnende Verhalten des Kaufmanns kennen gelernt. Sie wurzelten in den deutschen gesellschaftlichen Verhältnissen und ihre Beseitigung ist nur von allmählicher Änderung dieser Verhältnisse zu erhoffen. Es soll auch nicht geleugnet werden, daß bisweilen ein allzu realistisches Streben im Kaufmannsstand verhindert, mit den anderen Ständen an Fragen heranzutreten, deren Lösung selbstlose Hingebung erfordert. Man muß aber zugestehen, daß ein teilweises Aufgehen in der Öffentlichkeit den Kaufleuten mit gereifter Erfahrung – und nur solche können segensreich wirken – größere Opfer auferlegt, als andere Stände oft anzunehmen geneigt sind. Der selbständige Kaufmann, der nur hier in Frage kommen kann, hat die ganze Geschäftsleitung, wenn auch nur in großen Zügen, in der Hand. Die einzelnen Fäden des Betriebes laufen bei ihm zusammen und wenn er auch nicht nötig hat, von jeder Einzelheit Kenntnis zu nehmen und das nach seiner Anordnung den Angestellten überläßt, so liegt doch die Entscheidung in allen wichtigen Angelegenheiten bei ihm, ebenso die Kontrolle der Kontrolle, die Überwachung, daß seine Anordnungen auch allenthalben, bis nach unten hin, ausgeführt werden. Weder er, noch seine direkten Stellvertreter, Direktoren, Prokuristen dürfen die großen Gesichtspunkte, die für die gedeihliche Entwicklung des Geschäftes unerläßlich sind, aus den Augen verlieren. Der ist kein rechter Disponent, der alles selber machen will, aber ebensowenig ist derjenige Kaufmann als Leiter seines Unternehmens am Platze, der nicht mit weitem Blick das Ganze überschaut und nicht jederzeit erkennen kann, wenn an irgend einer Stelle die Geschäftsmaschine nicht funktioniert, wie sie sollte.

Der leitende Kaufmann hat aus allen geschäftlichen Vorkommnissen seine Nutzanwendung zu ziehen, an ständiger Vervollkommnung, Verbilligung und Vereinfachung seines Betriebes zu arbeiten und alle Chancen wahrzunehmen. Er hat ferner über das ganze Personal und die Arbeiterschaft zu wachen, zu sehen, wenn auch nach der Berichterstattung seiner höheren Angestellten, daß jeder seine Pflicht tut und daß das Einvernehmen unter dem ganzen Personal nichts zu wünschen übrig läßt. Allen aber soll er mit gutem Beispiel vorangehen, als Muster von Fleiß und Geschäftsinteresse.

Aus dieser überaus wichtigen Stellung, die der leitende Kaufmann in seinem Geschäftsbetriebe einnimmt, geht hervor, daß ein längeres Fernbleiben von seinem Wirkungskreis in der Regel große Schädigungen für den Gesamtorganismus des Geschäftes und in letzter Linie für ihn selbst nach sich ziehen muß. Es sei denn, daß er dafür gesorgt hat, daß geeignete Vertretung vorhanden ist, die ihn für einige Zeit vollständig und auch für längere Zeit ersetzen kann, falls über besonders wichtige Fragen dann und wann eine Verständigung mit seinem Vertreter erfolgt. In diesem Punkte aber wird sehr oft gefehlt und man kann sagen, je ausgeprägter die Individualität des Geschäftsleiters, je bestimmter und überlegter seine Dispositionen und die Macht seiner Persönlichkeit sind, um so eher wird er es in der Regel verabsäumen oder sich im Innern dagegen auflehnen, sich eine Vertretung heranzuziehen, die ihn selbst einigermaßen ersetzen kann.

Schon vor einer 14tägigen Unterbrechung seiner Tätigkeit als Geschäftsleiter infolge Berufung zum Geschworenen in einer Gerichtssitzung muß ihm bangen und er empfindet sie auch als eine Kalamität für sein Geschäft, weil er nicht einen Vertreter oder gar mehrere besitzt, die befähigt und genug eingeweiht sind in das ganze Geschäftsgetriebe, daß eine mehrwöchige Abwesenheit seinerseits keine wesentlich nachteiligen Spuren hinterläßt. Und ein solcher Geschäftsleiter soll nun gar die Qualen einer alljährlichen mehrmonatlichen Parlamentssitzung durchleben, an Fragen der Allgemeinheit sich beteiligen mit dem ewig grübelnden Gedanken: »Was wird in der Zwischenzeit aus Deinem Geschäft!« Sehr treffende Worte finden wir über diesen Punkt in dem neu erschienenen Werke »Der deutsche Kaufmann« über die Stellung des Großkaufmanns.

»Eine Kraft allein, und sei es die intelligenteste, ergiebigste, arbeitsamste, vielseitigste, genügt nicht zur Leitung eines Großbetriebes. Chefs, die glauben, allein mit ihrer eigenen Kraft, ohne die intensive geistige Mitarbeit verständiger Vertrauensbeamten wirtschaften und sich mit untergeordneten, mechanisch arbeitenden Hilfskräften einrichten zu können, schädigen sich in der Regel selbst. Jede geistige und körperliche Arbeitskraft hat ihre Grenzen, über die hinaus auch der nach allen Richtungen Bevorzugte versagt. Deshalb sollte es zu den vornehmsten Sorgen jedes verständigen Großkaufmanns oder seiner Stellvertreter rechnen, sich einen Stab gediegener, urteilsfähiger und tatkräftiger Mitarbeiter heranzuziehen und diese für sein Unternehmen im weitesten Maße zu interessieren. Viele Köpfe denken mehr wie einer und eine gute Idee ist mitunter wertvoller, wie die Arbeit von Jahren. Falsche Sparsamkeit an dieser Stelle ist daher so unangebracht, wie möglich. Mitarbeiter, die etwas leisten und über den Durchschnitt hinausragen, verlangen auch eine angemessene Bezahlung, aber gerade ihre Leistungen kommen, wenn auch nicht immer zahlenmäßig nachweisbar, am sichersten mit den reichsten Zinsen wieder ein.«

Das ist uns so ganz aus der Seele gesprochen und in der Nichtbeachtung dieses Satzes finden wir auch den Schlüssel, weshalb so mancher Kaufmann mit reicher Lebens- und Geschäftserfahrung, mit weitem Blick für volkswirtschaftliche Fragen sich der Mitwirkung im öffentlichen Leben entzieht, obschon ihn seine Begabung und auch selbst ein entsprechender Ehrgeiz auf eine öffentliche Laufbahn hinweisen. Er glaubt, seinem Geschäft vollständig unentbehrlich zu sein, und er hat versäumt, sich rechtzeitig mit einem oder mehreren urteilsfähigen Vertretern zu umgeben. Wie schon erwähnt, pflegen stark ausgeprägte Individualitäten, die ihre Umgebung schon durch ihre Überlegenheit und ihre gedankenreichen Dispositionen zu keiner rechten Selbständigkeit gelangen lassen, in der Regel am wenigsten geneigt zu sein, den Ideen ihrer Mitarbeiter den wünschenswerten Spielraum zu lassen. Sobald sie dem Geschäft auf kurze Zeit den Rücken gekehrt haben, geht nach ihrer Ansicht »alles drunter und drüber«, weil nach ihrer Rückkehr nicht alles so angefaßt worden ist, wie es nach ihrer Ansicht hätte geschehen sollen. Nun ist aber niemand, auch der Befähigtste und Tüchtigste, von einer gewissen Einseitigkeit und Schablone ganz frei und ein und dasselbe kann, nach einer anderen Methode behandelt, ebenso gute oder gar bessere Resultate zeitigen. Das aber kann als Kennzeichen eines weiten Blickes bezeichnet werden, daß man vorurteilsfrei und anpassungsfähig genug ist, gute Ideen da zu nehmen, wo man sie findet und diese auch beim Untergebenen erkennt, anerkennt und auf ihnen weiterbaut. Schon der Gedanke an frühzeitiges Ableben sollte den intelligenten Kaufmann dahin drängen, daß er zu jeder Zeit für Kräfte im Geschäft sorgt, die an ihm hinreichend interessiert und befähigt sind, dasselbe ohne nennenswerte Störungen in seitheriger Weise, wenn auch mit einigen Abweichungen der Ansicht über das Wie weiterzuführen.

Manche bezüglichen Beispiele aus der geschäftlichen Praxis stehen uns vor Augen.

Wir denken zunächst an den Inhaber eines kaufmännischen Unternehmens von mittlerem Umfang. Dasselbe war von dem vollständig mittellosen Begründer durch Fleiß, Umsicht und große Arbeitskraft zu erfreulicher Blüte gebracht worden; aber jede Anregung ging von ihm selbst aus und der schwierigste Teil der immer mehr wachsenden Arbeit ruhte auf seinen Schultern, bis er eines Tages im kräftigsten Mannesalter plötzlich zusammenbrach. Der Jammer der Familie war groß, und im Geschäft befand sich anscheinend niemand, der befähigt und hinreichend eingeweiht erschien, das Unternehmen des Verstorbenen in dessen Sinn und Geiste weiterzuführen. Das Geschäft wurde verkauft an einen noch im jugendlichen Alter stehenden Mitarbeiter des früheren Inhabers, der bisher nur mehr oder weniger mechanische Arbeiten zu verrichten hatte, aber über ein größeres Maß von Kenntnissen und Fähigkeiten verfügte, als er unter dem Verstorbenen zu zeigen Gelegenheit fand. Mit Hilfe einer kapitalistischen Kraft wurde das Geschäft nach dem vollständig abweichenden Ansichten des neuen Besitzers in wenigen Jahren einem ungeahnten Aufschwung entgegengeführt und steht noch heute auf einer bedeutenden Höhe. Das mitzuerleben wäre dem Begründer vergönnt gewesen, hätte er nur bei guter Zeit die Einsicht gehabt, eine vernünftige Arbeitsteilung eintreten und seinen Mitarbeitern einen größeren Spielraum neben seinen eigenen bedeutenden Fähigkeiten zu lassen.

Ein zweites Beispiel führt den Verfasser in seine jüngeren Jahre zurück, wo er mit den Beamten einer großen Aktiengesellschaft regen Verkehr hatte. Der Generaldirektor dieser Gesellschaft, ein Mann von imponierender Erscheinung, weltmännischem Auftreten und erstaunlicher Arbeitskraft, bildete die Seele des weitverzweigten Unternehmens. Alle Fäden liefen bei ihm zusammen, aber unter seinen Direktoren, Prokuristen und Fabrikleitern befand sich kein einziger, der befähigt war, ihn in einigermaßen wichtigen Fragen zu vertreten. Er selbst kannte das ungeheuere Geschäftsgetriebe bis in alle Einzelheiten, aber wenn er von einer notwendig zu unternehmenden Reise zurückkehrte, lagen Berge von zurückgelegten Korrespondenzen auf den Tischen seines Privatkontors aufgestapelt, die der Erledigung durch seine eigene Person harrten. Wenn er dann auch wohl in die Klage ausbrach: »Ich habe Niemand, der mich vertreten kann«, so trug er doch durch viele Jahre hindurch keine Sorge, intelligente Kräfte heranzuziehen, auf deren Schultern er abladen konnte. Er war wohl des Glaubens, daß er in den meisten Dingen nicht zu ersetzen sei, aber ein stark entwickeltes Selbstgefühl und eine ungewöhnlich kräftige, gesunde Konstitution trugen dazu bei, daß er es als eine Genugtuung empfand, in schwierigen Fragen an allen Enden der allein Wissende und Ausschlaggebende zu sein und daß das Getriebe gleich ins Stocken geriet, wenn er nicht überall den belebenden Impuls gab. Als Junggeselle und im Besitz eines ungeheueren Privatvermögens hätte der unabhängige Mann, bei seinen großen Geistesgaben und seiner erstaunlichen Beschlagenheit auf allen wirtschaftlichen Gebieten, würdig und mit großem Nutzen für die Allgemeinheit einen Platz im deutschen Parlament ausfüllen können. Der Ehrgeiz aber, in seinem gewaltigen Geschäftsgetriebe der Unentbehrliche zu sein, war größer als der Reiz, ihn zu Bestrebungen nach dieser Richtung anzutreiben. Er erlebte nach vielen Jahren, als seine anscheinend unverwüstliche Gesundheit denn doch ins Wanken kam und ihn zum Rücktritt zwang, die eigentümliche

Genugtuung, daß das große Unternehmen sichtlich zurückging und unter neuen Menschen einer Reihe von Jahren bedurfte, um wieder in die Höhe gebracht zu werden.

Aus diesen Beispielen aus dem kaufmännischen Leben, die wir noch um manche vermehren könnten, ersehen wir, daß doch noch recht oft viel Zeit zu retten wäre für Betätigung auf anderen Gebieten und zur Mehrung des Ansehens des Kaufmannsstandes. Aber Persönlichkeiten aus anderen Ständen, die gewohnt sind, dem öffentlichen Leben, der Politik und dem Gemeindedienste usw. einen großen Teil ihrer Zeit zu widmen, bestätigen die alte Erfahrung, daß niemand so schwer zu gewinnen ist, eine Kandidatur für einen Sitz in einem der deutschen Parlamente anzunehmen, als gerade der Kaufmann und Industrielle mit seinen reichen Erfahrungen. Es ist nicht nur oft eine gewisse Scheu, zu den Strebern hinzugezählt zu werden, sondern auch, und zwar viel häufiger, der feste Glaube, in ihrem geschäftlichen Wirkungskreis unentbehrlich zu sein. Der Mangel an Redetalent, an Gewandtheit im öffentlichen Auftreten wird zwar nebenbei geltend gemacht, aber in der Regel stößt man doch auf die wirkliche oder vermeintliche Unentbehrlichkeit im Beruf mit dem stets wiederkehrenden ablehnenden Bescheid: »Dafür habe ich keine Zeit!« In einzelnen Fällen mögen die Verhältnisse tatsächlich so liegen, daß der Einzelne die ihm zugemuteten Opfer nicht bringen kann, aber sehr oft liegt auch der Grund zur Weigerung in den vorgeschilderten Umständen. Der Mangel an geeigneten Kandidaten aus Kaufmannskreisen für öffentliche Mandate bleibt eben bestehen, und mag man noch so sehr und oft bedauern, daß so wenig Kaufleute und Industrielle in den deutschen Parlamenten sitzen, so ist dem schwer abzuhelfen, solange sich nicht erfahrene Kaufleute in größerer Anzahl bereit finden lassen, einen Teil ihrer Zeit öffentlichen Angelegenheiten zu widmen.

15 Über die zunehmende Nervosität im Geschäftsleben und die Notwendigkeit guter Arbeitseinteilung und Arbeitsteilung.

Die so viel genannte, so oft beklagte Nervosität der Menschheit im allgemeinen, namentlich aber des modernen Kaufmanns, scheint sich leider mehr und mehr einzubürgern. Wir alle, als Kinder der Zeit, haben unter dieser »Krankheit der Gegenwart« und, wenn man die erbliche Belastung der Nachkommenschaft in Betracht zieht, wohl erst recht der »Krankheit der Zukunft« mehr oder weniger zu leiden, auch wenn weises Maßhalten in allen Dingen unsere Richtschnur bildet. Die Nervosität kann bekanntlich nur als Plagegeist erscheinen, aber auch ein vielgestaltiges Ungeheuer werden, je nach der Stärke, mit der sie auftritt. In geringeren Graden bewirkt sie nur Störungen der Empfindlichkeit, der Beweglichkeit, der Intelligenz und des Charakters; in höheren Graden lähmt sie jede Tätigkeit und kann ihr ein Ende bereiten. Im geschäftlichen, persönlichen oder brieflichen Verkehr pflegen wir nur die leichteren Grade der Nervosität an anderen wahrzunehmen und man wird zugeben müssen, daß diese Erscheinungen der Mannigfaltigkeit nicht entbehren und geeignet sind, denjenigen ebenfalls noch nervös zu machen, der jahraus, jahrein mit mehr oder weniger nervösen Menschen im Geschäftsverkehr steht, wenn er auch durchaus nicht zu diesem Leiden disponiert ist.

Neben einer allgemein in Erscheinung tretenden leichten Erregbarkeit finden wir bei Einzelnen Überempfindlichkeit, Launenhaftigkeit, Verstimmung, Reizbarkeit, Jähzorn. Gesteigertes Selbstgefühl bei lebhaftem Tatendrang kann ebensowohl als Wirkung der Nervosität sich äußern, wie krankhaft erniedrigte Selbstempfindung und Arbeitsscheu. Die Mehrzahl der Nervösen werden, nach Dr. Möbius, von den meisten nicht für krank gehalten und doch sind sie nicht normale Menschen. Sie erfüllen die Anforderungen des Lebens, aber unter Kämpfen; ihre Intelligenz befähigt sie vielleicht zu großen Leistungen, aber ihre Organisation versagt ihnen Kraft und Zähigkeit; sie sehen, was andere sehen, aber wie durch ein gefärbtes Glas; sie gleichen ihrer Umgebung und sind doch fremd in ihr.

Wir wissen, daß bei dieser Krankheit die angeborene Konstitution, die Vererbung, eine große Rolle spielt, aber sie kann bekanntlich auch erworben werden. Geistige und körperliche Überanstrengung und Unregelmäßigkeit der Lebensführung, wirkliche oder eingebildete Sorgen, diese Momente dürften in geschäftlichen Kreisen am häufigsten zur Nervosität führen. Das im Geschäft zu beobachtende ruhelose Ringen, die fortwährenden Differenzen mit der Kundschaft, Mangel an Zeit zum Nötigsten, darum ungenaue Anfragen und Angaben, Rückfragen usw., alles das sind Äußerungen eines nervösen Zustandes, der aber auch Ursache zur Nervosität für andere werden kann. En passant wollen wir eine nervös machende Errungenschaft der Neuzeit, das Telephon, nicht vergessen.

Wir haben es mit einer Krankheit zu tun, die immer größere Kreise ergreift, dem Geschäftsleben ihren eigenartigen Stempel aufdrückt und ihrem Wesen nach geeignet ist, jeden mehr oder weniger ungünstig zu beeinflussen, der nicht durch geeignete Lebenshaltung und weise Dispositionen in Handel und Wandel rechtzeitig vorbeugt.

Auch die Länge der Arbeitszeit übt nicht nur großen Einfluß aus auf das körperliche Befinden, sondern auch auf die Größe und Güte der Arbeitsleistung desjenigen, von dem die Leistung verlangt wird, also in erster Linie von uns selbst. Von großer Bedeutung ist es somit, daß wir zunächst selbst, auch bei den günstigsten Arbeitsverhältnissen, uns eine gewisse Richtschnur für unsere regelmäßige Tätigkeit schaffen, die in der Regel innerhalb bestimmter Grenzen geschehen soll.

Ein gewisses Quantum von Arbeitsleistung wird man nicht ungestraft überschreiten, aber man hat auch zu unterscheiden hinsichtlich der Qualität von Arbeit, die uns und anderen zugemutet wird. Wer eine den Geist in mehr oder weniger hohem Grade anspannende Tätigkeit auszuführen hat, wird sich mit Bezug auf Dauer größere Beschränkung auferlegen müssen, als derjenige, der mehr schematische Arbeiten zu verrichten hat. Aber auch in den verschiedenen Lebensaltern müssen sich die Ansprüche an den einzelnen naturgemäß verschieden gestalten; ja selbst bei den verschiedenen Nationen ist die Arbeitskraft des Einzelnen höchst verschieden. Alle diese Erwägungen führen dazu, uns das Zweckmäßige einer für den Durchschnitt berechneten, wenn auch nach Ort und Art des Geschäfts verschiedenen Arbeitseinteilung vor Augen zu führen.

Örtliche Gewohnheiten und die Gewohnheiten desjenigen, der auf die Arbeitseinteilung Einfluß hat, sind es, die letztere meist bestimmen, auch nationale Eigentümlichkeiten pflegen mitzusprechen. So finden wir im Geschäft die verschiedensten Einteilungen der Tagesleistungen. – Man kann sagen, daß in Deutschland hinsichtlich der Arbeitseinteilung noch immer vielfach ein gewisser althergebrachter Schlendrian herrscht, der mit bestimmten Gewohnheiten in der Disposition zusammenhängt, wenn auch manches in dieser Hinsicht besser geworden ist gegen frühere Jahre. Der Schreiber dieser Zeilen hat in seinen jüngeren Jahren um acht Uhr früh beginnen müssen und bei zweistündiger Mittagspause selten vor neun Uhr abends das Kontor verlassen können; auch die erste Hälfte des Sonntags mußte noch stets geopfert werden. Das gehört heute glücklicherweise doch zu den Ausnahmen. Frühzeitiger Beginn und frühzeitiger Schluß der Arbeit ist zweifellos eine gute Gewohnheit für Chef und Personal. Dem aber stellen sich oft schwer überwindliche örtliche und persönliche Gewohnheiten entgegen. Einrichtungen zu treffen, daß die Arbeit – meist die Korrespondenz – bei guter Zeit zur Expedition bereit ist, liegt im Interesse des ganzen Getriebes. Noch heute gibt es Geschäfte, wo zwar früh begonnen, die Arbeit aber in der ersten Tageshälfte recht wenig gefördert wird. Erst in der zweiten Hälfte entwickelt sich eine emsige Tätigkeit auf allen Seiten, und zwar um so eifriger, je weiter die Zeit vorrückt und erst in den späten Abendstunden wird die Geschäftsstelle verlassen. Geschäftsinhaber, die solche Einrichtungen auf die Dauer zulassen oder gar begünstigen, brauchen nicht erstaunt zu sein, wenn in ihrem Geschäft der Personalwechsel kein Ende nimmt.

Meist wird zu wenig Rücksicht darauf genommen, daß die fertige Korrespondenz bei guter Zeit unterzeichnet ist. Darunter hat nicht nur das Personal, sondern auch das Geschäft zu leiden, denn gerade die Expedition der Briefe mit ihren zahlreichen Einlagen, begleitenden Mustern usw. sollte mit einer gewissen Gemütsruhe und entsprechender Aufmerksamkeit erfolgen können, damit die alltäglich vorkommende Erscheinung aufhört, wo der Empfänger auf den Brief zu notieren hat: »Einlage, Muster usw. fehlt», so daß Rückfragen notwendig werden, von Schädigungen, die dadurch entstehen, noch abgesehen. – Organisiert wird die Arbeit durch Teilung und Verbindung. Die Arbeitsteilung geht bis in die Anfänge der Kultur zurück und wir finden das Prinzip derselben sogar in der Natur ausgedrückt. Je größer ein Baum wird, desto mehr pflegt er sich in Äste und Zweige zu teilen. So hat mit der Ausbildung der menschlichen Gesellschaft überall auch die Arbeitsteilung zugenommen. In unserer Zeit vollendeter Arbeitsteilung verzweigt sich jedes Hauptgewerbe in eine Anzahl Einzelgewerbe. Produktion im Großen und Arbeitsteilung im Innern des Gewerbes bilden das Charakteristische des modernen Großbetriebes, ja es entstehen schließlich selbst Gewerbe, welche lediglich einzelne Teile eines ganzen Produktes darstellen.

Die Vorteile der Arbeitsteilung sind allgemein bekannt und anerkannt und von den Amerikanern in den letzten Jahrzehnten, sowohl in Industrie, wie Handel am konsequentesten durchgeführt worden. Ihr Hauptnachteil besteht darin, daß sie den Menschen einseitig macht, doch braucht arbeitsteilige Berufsarbeit nicht notwendig den ganzen Menschen einseitig zu machen. Ohne Arbeitsteilung ist (s. Roscher, *Grundlagen der Nationalökonomie*) keine höhere Organisation der Gesellschaft, keine höhere Kultur des Menschen möglich.

Selbst körperlich wird manche Fähigkeit durch unzählige Wiederholungen derselben Operation außerordentlich erhöht und Menschen auf verschiedenen Lebensstufen können durch sie einen ihrer Leistungsfähigkeit angemessenen Platz in der Produktion und im Handel finden. Es gehört zu den Grundsätzen der Volkswirtschaft, daß im kaufmännischen Verkehrsleben jede neue Mittelsperson, welche von Angebot und Nachfrage beiderseits anerkannt wird, die Arbeit entweder besser oder billiger macht.

Je größer die Fabrik, je ausgedehnter ein kaufmännischer Betrieb, umsomehr ist in ihm Gelegenheit für die Arbeitsteilung vorhanden und doch kommt es vor, daß in Betrieben, die aus kleinen Anfängen zu größerer Bedeutung gelangen, der Vorteil der Arbeitsteilung oft nicht rechtzeitig erkannt und gewürdigt wird. Als die Fabrik noch geringen Umfangs war, das kaufmännische Personal nur wenige Köpfe zählte, mußte der Einzelne eine große Zahl von Arbeitsleistungen ausführen, die nur zum Teil seinen geistigen Fähigkeiten angepaßt und ebenso gut von minderfähigen und billigeren Kräften ausführbar waren. Bei der Warenproduktion wird der Fabrikant sehr bald durch die Kalkulation der Herstellung und das Unterbieten der Konkurrenz von der Notwendigkeit der Arbeitsteilung überzeugt werden. Er wird bei der Anfertigung der Artikel zwischen fähigerem und gutbezahltem und minder brauchbarem, billigerem Arbeitspersonal für untergeordnete und keine besonderen Fähigkeiten voraussetzende Arbeiten scharf unterscheiden müssen. Den Arbeiter, der z.B. schwierige Formsachen geschickt und sauber auszuführen versteht, wird man in dieser Art von Fabrikation belassen, so daß er darin große Vollkommenheit erreicht und ihn besser bezahlen, als den Arbeiter, der den Dienst an einer Arbeitsmaschine versteht, die nur wenig Aufmerksamkeit erfordert.

Weniger leicht und fließend sind die Übergänge zur Arbeitsteilung im kaufmännischen Leben und beim Warenvertrieb, wenn das Geschäft dem Wachstum entgegengeht, zumal wenn dieses ein etwas schnelles Tempo annimmt. Der Chef ist genötigt gewesen, in kleineren Verhältnissen so ziemlich alles im Kopf zu haben und von allen Vorgängen Kenntnis zu nehmen. Er kann sich schwer entschließen, darin eine Änderung bei guter Zeit vorzunehmen, einen Teil der Verantwortung auf andere abzuladen.

Der Händler hat von seiner Etablierung an einen großen Teil der Reisen im Laufe des Jahres selbst übernommen und während der übrigen Zeit dem Geschäft vorgestanden. Die entstandenen und mit seiner Person verknüpften Verbindungen mag er nicht aufs Spiel setzen, aber die Ausdehnung des Geschäftes nimmt zu; er möchte, wie man zu sagen pflegt, gleichzeitig auf der Reise und auch im Geschäft anwesend sein. Die Geschäftssorgen nimmt er mit auf die Reise und im Geschäft grübelt er darüber nach, daß hier oder dort auf der Tour ihm Aufträge entgehen könnten, auf die er bestimmt glaubte rechnen zu können. Die Sorgen wachsen ihm über den Kopf, aber bei Lichte besehen, sind es doch oft eingebildete Sorgen, dadurch entstanden, daß er sich nicht zu rechter Zeit entschließen konnte, seinem Geschäft eine andere Organisation zu geben und eine angemessene Arbeitsteilung vorzunehmen. Ohne einige momentane Einbußen geht das natürlich nicht ab, und als ein Glück mag er es noch betrachten, wenn sein Entschluß, sich selbst Erleichterung zu verschaffen, nicht zu spät gekommen ist und er nicht ein Opfer sorgenvoller Überarbeitung wird. Ähnliche Fälle mit solch beklagenswertem Ausgange haben wir im Geschäft nicht selten zu verzeichnen. Ein wenig mehr Genügsamkeit hinsichtlich des Erfolges und rechtzeitige Arbeitsteilung würden sie verhüten. Oder der Leiter einer Fabrik, die aus kleinen Anfängen zu Bedeutung emporgewachsen, ist von Anfang an gewöhnt, von allen Geschäftsvorgängen gewissenhaft Kenntnis zu nehmen; alles, auch die minderwertigen Arbeiten haben seiner Überwachung unterstanden und die Korrespondenz hat er zum Teil persönlich ausgeführt. Auch als das Geschäft größer geworden, ist darin keine wesentliche Änderung eingetreten –, wohl aber in seinem eigenen Befinden! Er ist weniger leistungsfähig wie früher, die von ihm geforderte Arbeitsleistung, solange er keine Änderung in der Organisation des Geschäftes vornimmt, hat aber von Jahr zu Jahr zugenommen. Nur schwer kann er sich entschließen, eine Änderung in seinen Gewohnheiten vorzunehmen, weil es eben Gewohnheiten sind, bis ihm die Notwendigkeit eine Änderung gewaltsam aufdrängt. Er wird sich gewöhnen müssen, die Vorgänge im Geschäft von einer höheren Warte, lediglich des Disponenten, anzusehen, die eigentlichen Arbeiten demjenigen zu überlassen, der, von Sorgen frei, die nötige Sammlung besitzt, sie darum in manchen Fällen besser ausführen kann, als er selbst – mit anderen Worten eine Arbeitsteilung vorzunehmen. Diese Arbeitsgliederung wird er bei wachsendem Geschäftsumfang noch des öfteren vornehmen müssen und später viel leichter und zu rechter Zeit den Entschluß dazu finden. Auch in solchen Fällen hört man häufig von großer Überarbeitung des Betreffenden reden, die eben lediglich ihren Grund darin hat, daß versäumt wurde, bei guter Zeit das Prinzip der Arbeitsteilung in Anwendung zu bringen. Ein besonderer Vorteil, daß die naturgemäß abhanden gekommene Umsicht in den Dispositionen wiederkehren wird, kann nicht hoch genug angeschlagen werden. Die Arbeit soll uns ein Segen bleiben, aber nicht zur Geißel für uns werden, daher Arbeitsteilung, solange es noch an der Zeit ist und die Gesundheit nicht schon Schaden gelitten hat.

16 Überproduktion und die Erkenntnis gemeinsamer Interessen.

Volkswirtschaftlich betrachtet stellt die Überproduktion eine Handelskrise, oder enger gefaßt, eine Produktionskrise (Absatzkrise) dar, bei welcher die Konsumtion hinter der ihr vorauseilenden Produktion zurückbleibt. Sie pflegt sehr oft zugleich eine Spekulationskrise zu sein, insofern bei einzelnen der Gruppe der Produzenten Angehörenden spekulative Erwägungen eine Rolle spielen. Es werden mehr Waren erzeugt, als zu angemessenen Preisen abgesetzt werden können, und als Ursache der Mehrerzeugung können sowohl Spekulationen, als zu starke Ausdehnung der Produktion, Neugründungen, angeführt werden.

Wenn die Überproduktion auch nur einen Zweig der Kaufmannschaft, die Industrie, direkt berührt, so wird doch das gesamte kaufmännische Geschäftsleben von der in einem einzelnen Industriezweige vorhandenen Überproduktion indirekt mehr oder weniger beeinflußt. Denn da zu viel erzeugt wird und doch der einzelne Fabrikant sein ganzes Bestreben einsetzt, seine Waren an den Mann zu bringen, so gibt gerade die Überproduktion Anlaß zu einem verschärften Wettbewerb, zunächst unter den Erzeugern der betreffenden Waren, der sich dann bei erniedrigten Preisen auf den Großhandel und Kleinhandel überträgt. In letzter Linie hat der Verbraucher der Ware Vorteil von der Überproduktion, wenn nicht, und das ist sehr oft der Fall, bei geworfenen Preisen eine Verringerung der Warenqualität von den Fabrikanten vorgenommen wird, um trotz der niedrigen Preise zu einigem Nutzen zu gelangen.

Beim einzelnen Produzenten pflegt ein flotter Begehr nach den betreffenden Waren die Überproduktion einzuleiten. Dadurch werden die Preise zunächst in die Höhe getrieben und Verlockungen geboten, durch Aufstellung neuer Maschinen und Einstellung vermehrter Arbeitskräfte die Produktion zu erhöhen. Der Einzelne ist der Meinung, daß der vermehrte Warenbegehr einen dauernden oder wenigstens lang dauernden Zustand darstelle, sonst würde er mit weniger Eifer seinen Produktions-Apparat vergrößern. Sehr häufig sieht er, wenn auch zu spät, ein, daß es sich nur um eine Zufälligkeit (Konjunktur) gehandelt hat und wird sich, bei wiederholt vorkommenden ähnlichen Verhältnissen eine größere Zurückhaltung auferlegen. Da die Überproduktion mit ihrem oft maßlos verschärften Wettbewerb Erscheinungen zeitigt, die den Kaufmannsstand im Ansehen herabsetzen müssen, so haben wir ihr ein kurzes Kapitel in diesen Betrachtungen eingeräumt.

Der Volkswirt findet das Mittel, die Überproduktion zu heben, darin, daß der Produzent die Erneuerung der aufgearbeiteten Vorräte verzögert, den Ersatz der abgenutzten Maschinen usw. unterläßt, einzelne Arbeiter verabschiedet, für andere die Zahl der Arbeitstage vermindert. Ist so das Angebot des im Preise gesunkenen Gutes vermindert, so hängt der weitere Erfolg von den Ursachen ab, welche vorher die Preiserniedrigungen bewirkt hatten. Beruhte diese lediglich auf einer unmäßigen Erweiterung des Angebotes, so wird sich der Preis nach Beseitigung der Vorräte wieder heben.

Dieser natürlichste Weg der Selbsthilfe der Produzenten setzt übrigens, soll sie wirksam sein, nicht nur bindende und auf Vertrauen gegründete Abmachungen, sondern auch weiter voraus, daß die Überproduktion bei allen in Frage kommenden Fabrikanten in ziemlich gleichem Umfange vorhanden ist. Es kann die Mehrerzeugung zwar im allgemeinen vorhanden, aber doch nur auf einzelne Fabriken beschränkt sein, während andere, trotz der bestehenden Produktionskrise, ihre Waren unterbringen und nur im Preise von den übrigen Produzenten gedrückt werden. So werden auch sie von der Überproduktion in Mitleidenschaft gezogen, obschon sie bei ihnen selbst nicht besteht. So sagt auch Roscher *(Nationalökonomie)*, dem wir an verschiedenen Stellen gefolgt sind, »**daß der**

von allzugroßem Angebot gedrückte Preis eine Art Verzweiflung der Produzenten herbeiführen kann, worin sie, zur vermeintlichen Deckung ihres Schadens, das Angebot noch mehr steigern, bis viele von ihnen gebrochen sind«. Die Überproduktion kann, unbeeinflußt vom Produzenten selbst, noch eine wesentliche Steigerung dadurch erfahren, daß, wie es bei allgemeinen wirtschaftlichen Krisen der Fall ist, eine beträchtliche Verminderung der Nachfrage eintritt.

Nicht verschwiegen werden soll, daß in der Neuzeit auch eine Überproduktion spekulativer Art dadurch herbeigeführt wird, daß einzelne Produzenten entweder für sich allein oder mit anderen im Bunde eine Zeitlang die Preise werfen und niedrig halten, um dadurch den Ruin schwächerer Konkurrenten, die dadurch als unbequeme Wettbewerber ausscheiden, herbeizuführen. Das pflegt dann entweder dem Stärkeren freie Bahn zu schaffen, oder, zeigte sich ihm der Konkurrent gewachsen, zu beider Untergang zu führen, wenn sie nicht vorziehen, sich noch bei guter Zeit zu verständigen, nachdem der Kampf beiden Teilen große Schädigungen gebracht hat.

Neben den am nächsten liegenden Hilfsmitteln gegen eine Produktionskrisis, der Produktionseinschränkung unter gleichzeitigen Preisvereinbarungen, wird von sozialistischer Seite die einheitliche Regelung der Produktion vorgeschlagen, die aber erst nach Übergang zur sozialistischen Gesellschaftsordnung, die heute wohl noch in einiger Ferne schwebt, erfolgen könnte. Die auf Grundlage der bestehenden Gesellschaftsordnung angepaßte Regelung der Produktion durch Kontrolbildung wird von solchen befürwortet, welche, wie wir, den praktischen Sozialismus für unmöglich erachten.

Bei Vorhandensein eines nicht zu scharfen Wettbewerbes, und wenn dieser unter einsichtigen, verständigen Konkurrenten stattfindet, die nicht allzugroße Expansionsgelüste besitzen und das Sprichwort: »**Leben und leben lassen**« als Richtschnur für ihr Handeln gelten lassen, wird auch heute noch der alte Satz des englischen Geschäftsmannes Gültigkeit haben:

»Competition is the life of Trade« (Die Konkurrenz belebt das Geschäft), wie wir das in früheren Ausführungen dargelegt haben.

In ehemaligen Zeiten pflegte der Wettbewerb einen weniger gehässigen Charakter anzunehmen; jeder suchte sein Heil vorzugsweise in Herstellung guter Ware, aufmerksamer, der Individualität der Abnehmer zusagender Bedienung, die die Sympathie derselben ihm zuwenden mußte. Beides, die gewohnte tadellose Ware und die bestehenden guten Beziehungen zwischen Lieferanten und Abnehmern, bildeten einen Kitt, den billigere Anerbietungen von anderer Seite nicht zu lockern vermochten. Noch heute existieren angesehene Fabriken, die ihre Verbindungen auf diese Weise pflegten und, was wichtiger ist, bis in die Neuzeit hinein aufrecht erhalten haben, wenn auch sie der Strömung der Zeit in mancher Hinsicht folgen mußten. Das Geschäft trug damals einen weniger erregenden, aufreibenden Charakter für den Einzelnen. Selbst wenn es sich um Erzeugung und den Vertrieb von Massen (Stapel-) Artikeln handelte, bei denen die Eigenart der Qualität weniger hervortretend war, genügte in der Regel eine briefliche oder mündliche Besprechung der Konkurrenten, den Wettbewerb auf ein vernünftiges Maß zurückzuführen und jedem einen angemessenen Nutzen zu lassen.

Unter dem Einfluß der fortgeschrittenen Technik in der Herstellung von Waren und namentlich auch der Fortschritte des Verkehrs haben sich diese Verhältnisse gewaltig geändert. Nicht nur der Überblick über einen einzelnen Industriezweig in einem bestimmten Lande ist infolge der fortgeschrittenen Berichterstattung, die in alle Verhältnisse hineinleuchtet, durchsichtiger geworden, sondern es ist sogar Gelegenheit geboten, die Weltlage eines bestimmten Handelsartikels oder Gewerbes jedem, der Interesse dafür hat, vor Augen zu führen. Während früher ein Jeder die ihm eigentümlichen und seiner Abnehmerschaft angepaßten Mittel in Anwendung bringen und, nicht allzu sehr von der Konkurrenz bedrängt, seine eigenen Wege gehen konnte, ist heute vieles Wissen, manche Originalität in der Technik, Gemeingut aller geworden und manches früher notwendige Zwischenglied wird überflüssig und beseitigt.

So finden wir die Verhältnisse innerhalb mancher Branchen und es drängt sich dann den Produzenten bestimmter Warengruppen, für die Überproduktion dementsprechender Wettbewerb vorhanden ist, die Überzeugung auf, daß sie alle ohne angemessenen Nutzen auf die Dauer nicht existieren können. Weil sie nun ferner einsahen, daß der seitherige Konkurrenzkampf ein Arbeiten mit Nutzen nicht zuläßt, kommen sie zu der Einsicht, daß sie ja eigentlich ganz gemeinsame Interessen haben. Da auch vom allgemeinen Standpunkte aus ohne weiteres zugegeben werden muß, daß jeder Arbeitsleistung ein entsprechender Nutzen zukommt, so führen alle diese Erwägungen auch volkswirtschaftlich zu der Überzeugung von der Nützlichkeit von Vereinbarungen seitens der Produzenten. Diese Vereinbarungen sollen der bitteren Notwendigkeit entheben, den nutzlosen Kampf zum Schaden Aller, soweit der Preisdruck für ihre Erzeugnisse in Frage kommt, fortzusetzen, sie vielmehr dazu treiben, Preise mit angemessenem Nutzen festzulegen, die sie sämtlich in gleicher Höhe innezuhalten sich verpflichten.

Das führt zu Preiskonventionen, Syndikaten, Trusts, aber auf diese hier einzugehen, würde den Rahmen unserer Arbeit überschreiten.

17 Einiges über Zeitmangel.

Die Klage über Zeitmangel will im kaufmännischen Leben niemals verstummen und mit dieser Klage und ob und wie weit sie begründet, möchten wir uns gegen den Schluß unserer Betrachtungen etwas ausführlicher beschäftigen. In der Jugend des Kaufmanns das fortwährende Drängen nach vorwärts! Man möchte der Zeit oft Flügel wünschen und sehnt in gesteigertem Ehrgefühl den Moment herbei, wo man Tatkraft zeigen kann und von andern als gleichberechtigtes Glied der Gesellschaft angesehen wird. Die Ideale der Jugend liegen nun hinter uns, wir sind zu Besitz gelangt und haben einen Überblick erlangt dessen, was das Leben war und was es sein sollte; wir sind gewöhnt, die Erscheinungen im Leben im Zusammenhang zwischen Ursache und Wirkung aufzufassen. Mancher hohe Entwurf ist nicht geglückt, manche Hoffnung von Glück ist zu Schanden geworden. Aber die Zeit ist uns willfährig gewesen; sie hat unserm ewigen Drängen nach vorwärts nur zu sehr nachgegeben und wenn wir zurückblicken auf all die Jahre des Ringens und Strebens, die hinter uns liegen, zumal wenn wir im mühevollen Geschäftsleben stehen, dann fragen wir uns wohl, taten wir recht mit dieser Hast und Unruhe?

Wenn wir Kaufleute uns in ruhigen Stunden vor Augen führen, was das Leben uns in einem Jahre für Wechselfälle gebracht hat, wenn wir Einkehr bei uns selbst halten, was wir besser getan und lieber unterlassen hätten, was wir alles erreicht und nicht erreicht haben, dann erstaunen wir zwar vor der Fülle der Geschehnisse, die sich in einem Jahre vollzogen haben; aber so manches, was uns erfüllenswert erschien, ist nicht erreicht worden und für manches, was wir hätten tun sollen, fehlte es uns an Zeit! Ja, wenn wir näher nachforschen, so kommen wir zu dem Geständnis, daß wir uns mancher wichtigen Aufgabe entzogen haben, weil es uns an Zeit fehlte – angeblich an Zeit fehlte! Und doch haben wir es an Tätigkeit und Eifer nicht fehlen lassen, wir sind niemals müßig gewesen, haben unsere Pflicht, wie wir meinen, an allen Enden getan. Aber wenn Goethe sagt, daß seine Pflicht tun so viel heißt, als »die Forderungen des Tages erfüllen«, so müssen wir doch recht oft zu dem Schlusse kommen, daß wir nicht stets pflichtgetreu gewesen sind, denn manche wichtige Forderung des Tages, von der wir zugeben, daß wir unsere Zeit ihr hätten widmen müssen, wird mit der manchmal etwas selbstquälerischen Bemerkung abgetan: »Dazu hatte ich keine Zeit!«

Wenn es vorkommt, daß der vielbeschäftigte Kaufmann, der unermüdliche Unternehmer, der gehetzte Börsianer und andere Vertreter angestrengter Berufsarten zu ihrer Beschämung eingestehen, daß es ihnen an Zeit fehlt, die Erziehung ihrer Kinder selbst zu übernehmen (wie wir das vor nicht zu langer Zeit an einem erschütternden Beispiel erlebt haben), so müssen wir ihnen zurufen: »Dafür sollt Ihr Zeit haben!« Wir sehen, es lohnt sich, die Frage zu stellen, warum wir oft keine Zeit haben, für das Notwendigste keine Zeit haben?

Ein zu großem Wohlstand gelangter sehr beschäftigter Kaufmann äußerte einmal, daß er niemals schneller eilige und zeitraubende Arbeiten bewältigte, als wenn er sich gewaltsam die Vorstellung aufdrängte, daß die Arbeiten nicht eilig seien. Dadurch erreiche er eine ruhige Sammlung und eine Konzentration auf den gerade zu erledigenden Arbeitsteil. In Übereinstimmung mit diesem praktischen Verfahren steht das alte deutsche Sprichwort: **»Eile mit Weile!«**, aber die heutige Zeit des Hastens und Jagens will auf solche alte Weisheit nicht hören.

Wem es nicht gelingt, sich dem Unruhigen, Rastlosen, Aufregenden unserer Zeit zu entziehen, der wird sicherlich hinsichtlich Qualität und Quantität seiner Arbeitsleistungen im Nachteil bleiben, gegenüber solchen, die sich einen ruhigen Überblick nicht rauben lassen und nicht einem Zustande zutreiben, wo vor lauter Beschäftigtsein die Zeit zum Nötigsten fehlt. Der Sporn aber zu aufreibender, ermüdender Tätigkeit liegt vielfach, das kann nicht genug betont werden, in der Überschätzung materieller Glücksgüter sowohl, wie von Ehren, Rang und Würden.

Die heutige »kapitalistische« Denkungsart, der fortwährende Blick nach oben, nach den Erfolgen anderer, sei es mit Bezug auf materielle Güter oder auf Ehren, Rang und Titel haben wir vorwiegend anzuklagen. Wer sich stets durch den Erfolg anderer treiben läßt, die Genügsamkeit verbannt und sich nicht bescheiden will mit dem durch die ihm verliehenen Gaben des Körpers und Geistes Erreichbaren, nicht Arbeit und Ruhe in richtigem

Verhältnis abwechseln läßt, um die sich vorgesteckten Ziele zu erreichen, der wird nicht nur ein Versagen seiner Kräfte spüren und lange Zeit der »Erholung und Ausspannung« bedürfen, die er sich im täglichen Leben versagte. Er wird auch dahin gelangen, keine Zeit mehr zu haben zur Erfüllung von Arbeiten und Aufgaben, die aus höheren Motiven geleistet werden sollen.

Beim Alltagswerke die nötigen Ruhepausen außer Acht zu lassen, die Nacht zum Tage und den Sonntag zum Werktage zu machen, sind die besten Mittel, niemals Zeit und Arbeitskraft zu besitzen. Wochen- und monatelanges »Ausspannen« bildet dann das immer mehr in Aufnahme kommende Heilmittel gegen die Signatur der Zeit, die Übermüdung; eine zeitweilige völlige Enthaltung von der Arbeit ist uns zur Notwendigkeit geworden, ein Müßiggang an Stelle des gewohnten Hastens bei der Arbeit. Und so sind wir denn gezwungen, statt im rastlosen Treiben des Tages die heilsamen Stunden der Ruhe und Sammlung, die uns an jedem einzelnen Tage wieder frisch und geschickt zur Arbeit machen sollen, zu suchen, uns für längere Zeit an fremdem Orte zu isolieren, wenn wir nicht zusammenbrechen wollen. Wir müssen dann einen Teil der Früchte der Tätigkeit, die unsere Zeit ausgefüllt hat, dort ausgeben, dem Geiste für längere Zeit eine andere Richtung geben und uns wochen- und monatelang ausruhen. Die Not lehrt uns, dafür die Zeit zu finden, da wir nicht die Festigkeit hatten, uns dem Unruhigen, Rastlosen des Tages zu entziehen und den niedrigen Motiven den starken Einfluß auf unsere Tätigkeit zu verwehren.

Die geschilderte Hast, die Jagd nach dem Glück im modernen Sinne, führt notwendig dazu, daß Kaufleuten der ruhige Überblick über das von ihnen notwendig zu Leistende abhanden kommt, daß wir einer Zeitzersplitterung verfallen und manches unternommen wird, was wir besser unterlassen hätten. Das führt zu der Erwägung, eine praktische Arbeitseinteilung vorzunehmen, aber eine solche hat wieder zur Voraussetzung, daß wir mit besonnenem, ruhigem Geiste an unser Arbeitspensum herantreten und das wir alles Unwichtige und Unnütze, ja sogar Schädliche in unserer Tätigkeit verbannen lernen.

Wem freilich der echt moderne amerikanische Grundsatz »Zeit ist Geld« die alleinige Richtschnur für sein ganzes Tun bildet, wer sich der Einsicht verschließt, daß auch die Erringung anderer Werte als des Geldes erstrebenswert ist, wird als reine Zeitvergeudung betrachten, was wir unter Arbeitseinteilung verstehen. Ihm sind auch diejenigen anzureihen, deren ganzes Streben darauf gerichtet ist, sich einen Namen zu verschaffen, nach Ehrenstellen und Titeln zu jagen, im Vereinsleben vollständig aufzugehen oder an und für sich lobenswerte Passionen zum Hauptzwecke ihres Daseins zu machen. Unter dem Vorwand: »Ich habe keine Zeit« werden sie die Erziehung ihrer Kinder in fremde Hände legen, die Pflege des inneren und oft auch des äußeren Menschen, die Gesundheit, vernachlässigen, die Pflichten gegen ihre Mitmenschen, zumal die Bedürftigen und Notleidenden hintenansetzen. Aber sie werden in ihrem einseitigen Streben, wo der Blick unverwandt auf das eine Ziel gerichtet ist, viel kostbare Zeit vergeuden, wo sie selbst über Zeitmangel klagen.

Eine Reihe schlechter Gewohnheiten hindert ferner unsere Selbstbestimmung, zerrüttet Körper und Geist und gibt Grund zur Anklage, daß es für Tun und Handeln nach den Geboten der Pflicht an Zeit mangelt. Wir wollen nicht moralisieren, aber die Genußsucht der heutigen Zeit haben wir in verschiedenen Formen anzuführen. Den lähmenden Alkoholgenuß haben wir in erster Linie anzuklagen, als Ursache, daß wir qualitativ und quantitativ nicht so viel zu leisten vermögen, wie derjenige, der ohne dieses Genußmittels zu bedürfen an seine Arbeit geht. Vergnügungen aller Art, aus jedem nur denkbaren Anlaß hervorgesuchte Vereinsfestlichkeiten und oft stundenlange Sitzungen in Kaffeehäusern rauben uns viel kostbare Zeit. Dasselbe trifft zu bei einem Übermaß von Geselligkeit mit zeitraubendem Formenwesen, statt Anregung zu suchen und wirkliche Freundschaft zu pflegen. Ebenso kostet uns wertlose Lektüre und dergleichen Zerstreuungen viel Zeit.

Auch das Zeitungslesen absorbiert viel unnötige Zeit und eine etwas geringere Gewissenhaftigkeit, von allen

Geschehnissen in der Welt Kenntnis zu nehmen durch verschiedene Journale, die sich in ihren Berichten wiederholen, viel bringen, von dem Kenntnis zu nehmen überhaupt nicht lohnt, spaltenlange Artikel mit gegenseitigem Gezänk ausfüllen, heute dementieren, was gestern als positives Ereignis uns erregte –, eine etwas geringere Gewissenhaftigkeit in dieser Zeitungslektüre wird uns Zeit retten. Wir laufen dabei nicht einmal Gefahr, zu wenig orientiert zu sein über die Weltlage im Großen und Kleinen. Daß das nicht zu befürchten steht, dafür sorgen schon die immer wiederkehrenden, endlosen nachträglichen Betrachtungen der Zeitungen über alles einigermaßen Wichtige, und wer in der Lage gewesen ist, einmal eine Woche lang keine Zeitung zu Gesicht zu bekommen, der wird schon nach wenigen Tagen die beruhigende Gewißheit haben, daß nichts Wissenswertes ihm entgangen ist.

Eine gewisse Unlust zur eigentlichen Arbeit führt zur Erkenntnis, daß wir häufig viel geistige Kraft unnütz verbrauchen und diese, wie auch die körperliche Kraft, für das zusammenzuhalten, was notwendig von uns gefordert werden muß, bildet einen wichtigen Punkt praktischer Arbeitseinteilung.

Umsomehr hat der moderne Mensch, und der Kaufmann zumal, Anlaß, alles Unnütze aus seinem Leben zu verbannen, als die gewaltigen Fortschritte, die der menschliche Geist auf allen Gebieten der Wissenschaft, zumal auf technischem Gebiete, in den letzten Jahrzehnten zu verzeichnen hat, uns zwingen, von manchen neuen Erscheinungen notgedrungen Kenntnis zu nehmen, wollen wir auch nur ganz allgemein und oberflächlich lernen, einiges Verständnis für die geistigen Errungenschaften der Neuzeit zu gewinnen. Aber auch hier heißt es, sich bescheiden lernen, soll das, was die Pflichten des Lebens von jedem Einzelnen fordern, nicht zu kurz kommen.

Die als dringlich anerkannte und immer mehr in Fluß kommende Reform des höheren Schulwesens ist ein Beweis dafür, daß es sorgfältig sondern heißt, was der Mann von heute als notwendige Vorbildung bedarf und wo er sich Entsagung aufzuerlegen hat.

Schon hinsichtlich der Volksschule finden wir ganz folgerichtig das Bestreben, mehr als in früheren Zeiten auf Mittel und Wege zu sinnen, daß das für jene Zeitperiode als notwendig Erkannte nicht zu kurz komme. Man sucht Methoden zu erfinden, durch welche das Eindringen des kindlichen Geistes in die elementaren Grundbegriffe sich leichter und weniger zeitraubend vollzieht und Zeit gewonnen werden soll, neuen, zumeist auf praktischem Gebiete liegenden Lehrstoff dem Lehrplan einzuverleiben. Es bleibt recht sehr zu wünschen, daß auf diesem schwierigen Gebiete gangbare Mittelwege sich auf die Dauer als praktisch bewähren, ohne die Überbürdung der Jugend weiter zu steigern. Auch hier heißt es, fast mehr noch als für den Erwachsenen, »Zeit zu gewinnen« dadurch, daß man alles Überflüssige zu vermeiden, aber Raum zu schaffen sucht, für das Notwendige und vom neuen Zeitgeist als das Wichtigere anerkannte, ohne den Kindern Lehrstoff zu nehmen, der die jugendlichen Ideale, die Triebe zum Guten und Schönen fördern kann. Eine schwierige Aufgabe, aber des Schweißes der Edlen wert!

Wenn wir weiter den Ursachen nachforschen, warum es uns Kaufleuten im Laufe eines dahingeschwundenen Jahres so oft an Zeit gefehlt hat, so werden wir auch zu dem Geständnis kommen, daß recht oft sorgenvolle Vorstellungen nicht nur unsere Tätigkeit gelähmt, sondern sie auch in eine falsche Richtung getrieben und uns veranlaßt haben, unser Tun mehr als heilsam von ihnen beeinflußen zu lassen. Gerade auf dem Geschäftsgebiet bietet sich bei dem mehr und mehr sich steigernden Ringen der Kräfte unablässig Gelegenheit, die Wahrnehmung zu machen, einen wie unheilvollen Einfluß diese sorgenvollen Vorstellungen auf unsere Tätigkeit ausüben. Und wie oft mit Unrecht!

Freilich bleibt es unsere Pflicht, von allen Erscheinungen auf dem geschäftlichen Felde, das unsere Domäne bildet, Kenntnis zu nehmen und unsere Maßnahmen danach einzurichten, aber wir haben uns davor zu hüten, sie über Gebühr einzuschätzen und einer lähmenden Depression Eingang zu verschaffen, die uns die Fähigkeit nimmt, jeden Tag ruhig und unverzagt an unser

Tagespensum zu gehen und die Entwicklung unserer Unternehmungen zu fördern. Darum nicht allzuviel nach links und rechts geschaut, sondern vorwärts auf ein sich gestecktes Ziel bei vernünftiger Arbeit und mit Ausnutzung der uns verliehenen Geisteskräfte.

Beim Rückblick auf vergangene Sorgen, die uns den Himmel mit dunklem Gewölk bedeckt erscheinen ließen, werden wir die Erfahrung machen, daß manche Wolke von selbst verschwunden ist, die uns bedrohlich erschien, daß viel Zeit als verloren zu betrachten ist, die wir zur Abwehr drohender direkt oder vermeintlich gegen uns gerichteter Maßregeln aufgewendet haben und daß manche unserer Maßnahmen als verfehlt erschien. Es bleibt wahr: **»Etwas wünschen und hoffen und sorgen muß der Mensch für den kommenden Morgen«** und **»die Sorgen sind das Schwergewicht an der Uhr, das ihren richtigen Gang reguliert«**, aber die »unendliche« Sorge muß der verbannen lernen, der Zeit für seine Arbeit und einen hellen Kopf für seine Unternehmungen gewinnen und behalten will. Lehrt uns doch auch die Lebenserfahrung, daß unser Urteil über Ereignisse, die uns im Leben begegnen, anfänglich sehr oft ein unrichtiges ist und manches sich sogar als günstig für uns herausstellte, was uns bedrohlich erschien. Jeder Tag bringt eine veränderte Situation und jeder wird die Erfahrung gemacht haben, daß er in einem späteren Stadium oft mit Kopfschütteln an eine Zeit zurückgedacht hat, in der er vergeblich Sorgen niederzuhalten suchte, die nun alle auch ohne sein Zutun verschwunden sind. Ein mutiges, zielbewußtes Arbeiten mit dem nicht ausbleibenden Erfolge bildet das beste Heilmittel gegen sorgenvolle Zwangsvorstellungen.

Nicht weniger wird mancher auch über Zeitmangel zu klagen haben, weil es ihm für sein Tun und Treiben an guten Grundsätzen und guten Gewohnheiten gebricht und er darum fortgesetzt mit aller Welt in Konflikt lebt. Das gilt von dem Kaufmann insbesondere im Verkehr mit Lieferanten, Kundschaft und Personal. Man kann fehlerhafte Charakterbildung und oft auch jahrelangen schlechten Einfluß durch die Umgebung, in der der Betreffende aufgewachsen ist, dafür in Anspruch nehmen, daß er verlernt hat, die

Menschen von ihrer guten Seite zu nehmen und nun bei jeder Handlung eines anderen unlautere Triebe und gegen ihn gerichtete Motive voraussetzt. Gewiß ist es sich jeder Mensch, und der Kaufmann vor allem, schuldig, ein scharfes Auge darauf zu haben, daß er nicht düpiert werde, die Gedanken anderer zu durchschauen und zu wissen, was sie eigentlich wollen. Auch ist jeder kaufmännische Egoismus berechtigt, bei welchem eine direkte Schädigung des fremden Interesses vermieden wird. Die Handlungen anderer aber unausgesetzt in der vorgeschilderten Weise zu beurteilen, hat zur Voraussetzung, daß man selbst ein grober Egoist ist, der sich nur durch die Rücksicht auf seinen eigenen Vorteil oder Schaden leiten läßt und selbst die gelegentliche Aufopferung seines eigenen Interesses zu Gunsten eines anderen oder einer allgemeinen Idee ablehnt. Man darf von ihm annehmen, daß er selbst so handeln würde, wie er es bei anderen voraussetzt.

Der gute alte kaufmännische Grundsatz: **»Leben und leben lassen«** wird bei ihm in die Rumpelkammer wandern, ein auch heute noch mächtiger Faktor im geschäftlichen Verkehr, die Sympathie, vollständig außer Acht gelassen werden und zwischen dem Betreffenden und allen, die mit ihm in geschäftliche Berührung kommen, entwickelt sich eine Art des Verkehrs, die ihm selbst auf die Dauer zum größten Schaden gereicht, ihm aber auch die Zeit für andere wichtige Aufgaben raubt.

Auf einem solchen Boden kann keine »Kulanz« gedeihen. Man handelt stets nach dem Nützlichkeitsprinzip im konkreten Falle und verliert das Allgemeine aus dem Auge. Solche Leute werden stets über Zeitmangel zu klagen haben und die notwendige Sammlung, die Mutter guter Entschlüsse, wird ihnen abhanden kommen. Aus jedem geschäftlichen Vorkommnis wird ein Differenzfall konstruiert. Sie werden gewöhnlich über gute Gesetzeskenntnis verfügen, denn ihre Gewohnheiten bringen sie dahin, jeden Fall auf die Spitze zu treiben. Zeitraubende Konferenzen mit ihrem Rechtsbeistand gehören zu ihrem täglichen Beruf. Sie pochen auf ihre Schlauheit, ohne sich jemals inne zu werden, daß derjenige klüger ist, der sich vor ihren, selbst unberechtigten Ansprüchen beugt in der Erkenntnis, daß ihm seine Zeit wertvoller ist, als sie im Streit um Rechthaberei zu vertrödeln. Der Klügere weicht vor unserem Manne zurück, aber er merkt sich den Mann und den Fall. Er rettet sich seine Zeit für eine ersprießlichere Tätigkeit, wogegen die Klagen des anderen über Zeitmangel niemals verstummen.

Wir haben hier Beispiele aus dem geschäftlichen Leben vorgeführt, wo die Schuld nicht in den Zeitverhältnissen, sondern in den üblen Gewohnheiten des Einzelnen liegt, zu dem Notwendigsten keine Zeit zu finden, und manches würde sich noch hierüber sagen lassen. Wer weise handeln will in der heutigen Zeit des Hastens und Jagens, hat danach zu streben, daß er allem Unnützen, ja Schädlichem im Leben ausweicht, um Zeit zu gewinnen für das Unerläßliche und unbedingt Notwendige im Beruf und zur Erfüllung höherer Pflichten. Eine vernünftige Arbeitsteilung und Einteilung innerhalb des Berufes und Beschäftigungen, die die berufliche Tätigkeit ergänzen, können praktisch von großem Segen sein. Aber über den Beruf hinaus ergeht an uns die Mahnung als kategorischer Imperativ:

Du sollst auch Zeit finden für die Pflege deines inneren Menschen und für die Wohlfahrt bedürftiger Mitmenschen, für hinlänglichen Verkehr mit deiner Familie und für die sorgfältige Erziehung deiner Kinder; du sollst Zeit finden für die Pflege deines Körpers und Geistes und als Sohn deines Vaterlandes für angemessene Betätigung in öffentlichen Angelegenheiten.

18 Schluß-betrachtung über deutsche und ausländische Verhältnisse.

Wie schon beiläufig erwähnt, hat Verfasser in jüngeren Jahren längere Zeit im Auslande gelebt. Er hat auch im späteren Leben häufig Veranlassung gehabt, verschiedene Länder des europäischen Auslandes aus geschäftlichen oder anderen Gründen aufzusuchen und noch heute führt ihn bisweilen sein Weg ins Ausland. Er kann sich nicht davon freisprechen, in jugendlicher Empfänglichkeit insofern ein getreuer Sohn seines Vaterlandes gewesen zu sein, als auch er alles ihm begegnende ungewohnte Fremdländische ziemlich unbesehen für schön und nachahmenswert und manche von den heimischen abweichenden Einrichtungen ohne große Kritik für die besseren hielt. Aber die Zeiten ändern sich und wir mit ihnen.

Als Deutscher, und als deutscher Kaufmann insbesondere, kann man mit Freude und Genugtuung bekennen, daß sich in den letzten 30 Jahren vieles in Deutschland vorteilhaft geändert hat. Mit gereifterem Blick lernt man die Spreu von dem Weizen sondern, und die überraschende Wahrnehmung wird uns aufgedrängt, daß manches, was uns früher als ungewohnt und seltsam im Auslande fesselte und imponierte, vorurteilsfrei betrachtet und an deutschen Verhältnissen gemessen in seiner Wirkung auf uns beträchtlich abgeschwächt ist. Die veränderten Zeitverhältnisse und eine auf besserer Kenntnis der Einrichtungen und Gewohnheiten des In- und Auslandes fußende kritische Anschauung, ein erweiterter Blick rufen solche Wandlungen hervor.

Und wenn wir heute nach ein- oder zweimonatlichem Aufenthalte im Auslande zurückkehren und wieder auf der heimatlichen Scholle seßhaft geworden sind, so erfreuen wir uns zwar heute noch immer wieder an den Reizen landschaftlicher Schönheit, die wir geschaut und an der Erinnerung an die Eigentümlichkeiten fremden Volkslebens, aber wir machen zu manchem unsere Vorbehalte und kritischen Vergleiche, zwingen uns das Geständnis ab, daß alles in allem genommen, Deutschland mit anderen europäischen Ländern, die wir gesehen, keinen Vergleich zu scheuen hat.

Wie der Engländer, wo immer er sich auch befinden mag, mit voller Überzeugung sein: »Old England for ever!« ausspricht und denkt, so wird der vielgereiste, erfahrene deutsche Kaufmann heutzutage nach seiner Rückkehr oft mit derselben Überzeugungstreue sagen: »Alles in allem geht doch nichts über Deutschland!« Er wird bei diesem Ausspruch auch bleiben können, wenn er ein gutes Stück Nationalgefühl, wie es glücklicherweise bei uns erwacht ist, als Veranlassung in Abzug bringt.

Mag in einzelnen Ländern die Freiheit des Individuums eine größere sein und großzügige Auffassung in Handel und Wandel uns Achtung abnötigen, mögen leichtere und angenehmere Verkehrsformen bei anderen Völkern uns bestechen und ein größeres Maß der Selbstbestimmung ihrer Geschicke in ihre Hand gelegt sein, mögen sie Deutschland einen Militär- und Polizeistaat nennen und Glossen machen über manche gesellschaftlichen Zustände, die auch wir teilweise in unseren Betrachtungen berührt haben –, im ganzen genommen bleibt doch unser Ausspruch für uns bestehen. Eines schickt sich nicht für alle. Durch unsere eigentümliche geographische Lage und unsere historische politische Entwickelung bedürfen wir anderer nationaler Einrichtungen als andere Völker.

Vieles ist in Deutschland in den letzten Jahrzehnten geleistet worden, das erkennt das gesamte Ausland an, wenn auch bisweilen mit einem gewissen begreiflichen Neidgefühl, und manche großen Schöpfungen für die Allgemeinheit und auf kommunalem Gebiet sind für das Ausland vorbildlich geworden.

Aber auch wir haben manches vom Auslande gelernt. Wir erinnern nur an die Reform des höheren Schulwesens, daß wir uns endlich von den überwiegend humanistischen Anschauungen insoweit befreit haben, daß der realen Bildung, der Pflege der Bekanntschaft mit den Gegenständen und Vorgängen der Natur, wie des wirklichen Lebens eine größere Bedeutung für viele Berufszweige beigemessen wird und daß das für den Beruf in fortwährend steigendem Maße Geforderte und zu Erlernende nicht zu kurz kommt.

Wenn wir Deutschland und die heutigen Verhältnisse daselbst überschauen, so wollen wir nicht von der Überfülle landschaftlicher Schönheiten Deutschlands reden, von den bayrischen Alpen bis zu den Buchenwäldern der Ostsee, von den masurischen Seen bis zum herrlichen Rheinstrom, nicht die eigentümlichen intimen Reize der zahlreichen größeren und kleineren Residenzstädte schildern, auch nicht unsere großen prächtigen, sauberen Städte mit ihren mustergültigen sanitären Einrichtungen, so sehr auch der Fremde mehr und mehr Rühmens von ihnen macht. Mehr als das ist zu schätzen, daß der Geist der Korruption, zumal im öffentlichen Leben, mehr von uns fern geblieben ist, als von manchem anderen Lande. Wir erfreuen uns einer festen staatlichen und traditionell hervorragenden Heeres-Organisation und pflichttreuer, wenn auch manchmal etwas »borstig« auftretender Beamter. Ein reeller Zug geht im allgemeinen durch das deutsche Leben – man gehe nur ins Ausland, um das schätzen zu lernen! – Die Kosten für den Lebensunterhalt sind zwar gestiegen, aber immerhin mäßig zu nennen im Vergleich zu manchen anderen Ländern – England, Frankreich, Holland, Amerika u.a. – und in Anbetracht des Gebotenen. Die direkten Steuern sind erschwinglich und die störenden indirekten Abgaben fehlen fast gänzlich. Deutsche Lehranstalten, hohe, mittlere wie niedere, leisten Hocherfreuliches; die Gründlichkeit deutscher wissenschaftlicher Forschung wird von der ganzen Welt anerkannt und bewundert und in einzelnen Disziplinen, z. B. der Chemie, marschiert Deutschland auch hinsichtlich der praktischen Ausnutzung des wissenschaftlich Festgelegten an der Spitze. Neue produktive

Genies auf musikalischem Gebiete haben dem Heimatlande von Ludwig van Beethoven und Karl Maria von Weber auch bis in die Neuzeit nicht gefehlt und auf anderen Kunstgebieten, zumal auch im Kunstgewerbe, herrscht reges und erfolgreiches Streben.

Auch das Eisenbahn-Wesen und die Verkehrsmittel überhaupt können im Hinblick auf manche Länder des Auslandes als vorzüglich bezeichnet werden, hohe Kunstgenüsse – Schauspiel, Oper und Konzerte – werden uns für billiges Geld geboten und für manche vom Deutschen so hochgeschätzten Annehmlichkeiten des Daseins – Bier, Wein, Tabak u.s.w. – ist wohl in keinem Lande, was Qualität und Billigkeit betrifft, so gut gesorgt, wie in Deutschland. Das Hotelwesen und die Verpflegungsanstalten (Restaurants überhaupt) haben in Deutschland großen Aufschwung genommen und sind kaum zu übertreffen. Die Sauberkeit dort läßt nur selten und in Ausnahmefällen zu wünschen übrig und jeder Anspruch kann zu angemessenen und nicht zu hohen Preisen Befriedigung finden. Das Ansehen des deutschen Reisenden im Auslande ist entschieden gewachsen – wie früher nur den englischen, so trägt man heute in den Hotels des Auslandes auch den deutschen Gewohnheiten und Schwächen Rechnung – und in fortwährendem Zunehmen begriffen und Niemand empfindet das mehr und hat Grund zur Befriedigung als der deutsche Kaufmann, denn er ist es, von den Vergnügungs- und Erholungsreisenden abgesehen, den seine geschäftlichen Wege fortwährend in das Ausland führen.

Die Erklärung dafür, das wir alles das am Schluß unserer Betrachtungen und mit Freude hervorheben, liegt nicht weit. Wir haben in unserer Schrift den Versuch gemacht, klarzulegen, woher es kommt, daß der deutsche Kaufmann in seinem Heimatlande nicht dasjenige Ansehen genießt, das ihm nach unserer Ansicht zukommt und sind dabei zu dem Ergebnis gelangt, daß die Gründe für diese Erscheinung sowohl in den eigentümlichen, oft kleinlichen gesellschaftlichen Verhältnissen in Deutschland, als auch stellenweise in wenig erfreuenden geschäftlichen und persönlichen Gewohnheiten des Kaufmanns zu suchen sind. Tatsache bleibt aber, daß teilweise das Ausland nicht nur seinen, sondern auch den deutschen Kaufmann höher bewertet, als es in Deutschland geschieht. Hier stoßen wir auf einen Punkt, wo nach unserer Meinung das Deutschtum vom Auslande lernen kann und soll! Mag dem deutschen Kaufmann noch bisweilen die großzügige Geschäftsauffassung abgehen, wie sie sein englischer Kollege besitzt, mögen unerfreuliche Auswüchse und Eigentümlichkeiten, wie wir sie rückhaltlos bloßgelegt haben, im Geschäftsleben Vorhandensein –, und welcher Stand ist frei von ihnen? – Die Gesamterscheinung des ehrbaren deutschen Kaufmanns ist eine solche, daß sie vermehrte Achtung herausfordert. Er wird sie auch finden wenn in seiner Heimat auch um einiges später als in anderen Ländern!

Zwischen spiel

»Zuerst Mensch, dann Mann des Geschäfts«

Traditionsreich und wegweisend: Oswald Bauers Überlegungen zum *Ehrbaren Kaufmann* von Thomas Böhm

Oswald Bauers 1906 unter dem Titel *Der ehrbare Kaufmann und sein Ansehen* erschienenes Buch ist ein einzigartiges Dokument des Nachdenkens über das Selbstverständnis und die gesellschaftliche Bedeutung kaufmännischer Tätigkeit.[1] Bauers Ausführungen basieren auf eigenen Erfahrungen; er hat sein Geschäft von der Pike auf gelernt und dabei, als junger Geschäftsreisender in England und Frankreich, eine für Deutschland prägende Phase der Globalisierung beobachtet: Die letzten Jahrzehnte Ende des 19. Jahrhunderts, in denen wie Bauer es prägnant formuliert, *»die Länder näher aneinander gerückt sind«* und sich Deutschlands *»Aufschwung zum Welthandelsvolk«* vollzog. Das in dieser Zeit *»plötzlich erwachte deutsche Nationalbewusstsein«* treibt für Bauer *»zuweilen seltsame Blüten«*. Um sich davon abzusetzenw argumentiert er bei der Lobpreisung Deutschlands am Ende seines Buches nicht undifferenziert nationalistisch, sondern rechnet Vorzüge wie *»hohe Kunstgenüsse«*, die für *»billiges Geld«* geboten werden, *»Gründlichkeit der deutschen Forschung, mäßig zu nennende Steuern«*, weitgehende Freiheit von Korruption gegen die Nachteile auf: das *»borstige«* Beamtentum, den Charakter eines *»Militär- und Polizeistaates«* und eben auch das mangelnde Ansehen des Kaufmannsberufs.

1

Die hier vorgelegte Neufassung des seit 1906 nicht wieder verlegten, in der wissenschaftlichen Diskussion der letzten Jahre aber immer wieder zitierten Buches, ist um einige inhaltliche Wiederholungen gekürzt. Diese lassen sich wahrscheinlich darauf zurückführen, dass das Buch auf Vorträgen beruht, die Bauer – wie er erläutert – über einen Zeitraum von 20 Jahren hin gehalten hat.

Bauer steht mit seinen Überlegungen zum Ehrbaren Kaufmann in einer langen Traditionslinie. Sein Buch markiert aber jedoch auch eine Wende[2], geht in vielen Details über die vorgängige Literatur über den Ehrbaren Kaufmann hinaus und entwickelt Gedanken, die bis heute von bestechender Gültigkeit sind, etwa, was den nachhaltigen Umgang mit Mitarbeitern und Kunden angeht oder die psychischen Gefahren von Arbeitsüberlastung, die Bauer in einem eigenen Kapitel als *»zunehmende Nervosität im Geschäftsleben«* anspricht.

Bauer selbst stellt die Verbindung zur Tradition her, wenn er eingangs auf die 1517 gegründete, bis heute existierende Versammlung eines Ehrbaren Kaufmanns zu Hamburg verweist. Sein Verständnis des Kaufmanns ist ein allgemeines, es umfasst, wie er sagt, alle Arten von *»Warenhändlern«*, lässt sich also auf viele Berufsgruppen anwenden: von der Unternehmerin bis zum Apotheker, von der Buchhändlerin bis zum Makler, von der Bankkauffrau bis zum Fleischer.

Bauers Ansprüche an den unternehmerischen Anstand lassen sich bis in die Antike zurückverfolgen.[3] Das wohl älteste Zeugnis findet sich in Hesiods Ausspruch: *»Wer gerecht auf dem Markt redet, dem wird Zeus Reichtum geben«.*[4] So zahlreich wie die Formulierungen ehrbaren Handelns sind auch die Bespiele für dessen Verfehlung. Sie lassen sich ebenfalls bis in das antike Griechenland zurückverfolgen. So waren für Demosthenes Geschäftstüchtigkeit und Tugendhaftigkeit schwer miteinander vereinbar: *»In der Geschäftswelt und auf dem Geldmarkt gilt es als bewundernswert, wenn ein und derselbe Mann sich als redlich und fleißig zugleich erweist.«*[5] Wobei sich diese Kritik nicht grundsätzlich gegen das Gewinnstreben richtete. Laut Demokrit war *»Geld zu erwerben nicht unnütz«,* wenn dies

2 Vgl. die Arbeiten von Daniel Klink zur Kulturgeschichte des Ehrbaren Kaufmanns und zur Analyse von Bauers Schrift, wie Klink, Daniel: »Der ehrbare Kaufmann«, in: GDI Impuls, 2/2009, S. 8–15.

3 Vgl. Baloglou, Christos P. und Peukert, Helge: *Zum antiken ökonomischen Denken der Griechen,* 2. Auflage, Marburg: 1996.

4 Zit. n. Baloglou, S. 23.

5 Zit. n. Fellmeth, Ulrich: *Pecunia non olet – die Wirtschaft der antiken Welt,* Darmstadt: 2008, S. 40.

allerdings *»auf ungerechte Weise geschah, ist es schlechter als alles«.*[6]

Eine weitere Einschränkung des Gewinnstrebens formulierte Plutarch, der bereits im 2. Jahrhundert vor Christus auf das aufmerksam machte, was man heute »innerbetriebliche Gesundheitsfürsorge« nennt: *»Denn man darf mit lebenden Wesen nicht wie mit Schuhen und Geräten umgehen, die man, wenn sie zerbrochen und durch den Gebrauch verschlissen sind, wegwirft.«*[7]

Im 11. und 12. Jahrhundert begannen italienische Kaufleute, die oft zu Fuß von Stadt zu Stadt reisten und darauf angewiesen waren, von der Bevölkerung nicht als Betrüger verdächtigt zu werden, sich zu Gilden zusammenzuschließen.[8] Diese legten sich Verhaltensregeln auf und kontrollierten wechselseitig deren Einhaltung. Verstöße wurden mit Ausschluss aus der Gilde geahndet, was einem Entzug der Ehre gleichkam.

Im Mittelalter prägten zudem christliche Tugendvorstellungen die Wirtschaftstugenden, wie eine Passage aus dem berühmten, 1340 erschienenen italienischen Kaufmannsbuch *Practica della Mercatura* zeigt: Der Kaufmann, der Ansehen genießen will, muss immer gerecht handeln, große Weitsichtigkeit besitzen und immer seine Versprechen einhalten. Wenn möglich, soll er liebenswürdig aussehen, wie es dem ehrenwerten Beruf, den er gewählt hat, entspricht, aufrichtig beim Verkauf, aufmerksam beim Kauf sein, er soll sich herzlich bedanken und von Klagen Abstand halten. Sein Ansehen wird noch größer sein, wenn er die Kirche besucht, aus Liebe zu Gott spendet, ohne zu feilschen seine Geschäfte abschließt und sich strikt weigert, Wucher zu betreiben. Schließlich soll er vernünftig seine Konten führen und keine Fehler begehen. Amen.[9]

6
Zit. n. Baloglou, Christos P. und Konstantinides, Anestis: *Die Wirtschaft in der Gedankenwelt der alten Griechen,* Frankfurt a.M.: 1993, S. 26.

7
Zit. n. Fellmeth, S. 90.

8
Vgl. Oermann, Nils Ole: *Wirtschaftsethik,* München: 2015, S. 72.

9
Zit. n. Le Goff, Jacques: *Kaufleute und Bankiers im Mittelalter,* Frankfurt am Main: 1993, S. 84f.

Redlichkeit, Sparsamkeit, Weitblick, Ehrlichkeit, Mäßigung, Verschwiegenheit, Ordnung, Entschlossenheit, Genügsamkeit, Fleiß, Aufrichtigkeit, Gerechtigkeit, Reinlichkeit, Gemütsruhe, Freigiebigkeit, Keuschheit und Demut – all das waren Teile eines Wertekanons, an denen der Ehrbare Kaufmann gemessen wurde.[10] Wobei der Begriff der »Ehre« zwei Komponenten besitzt: die äußere und die innere Ehre. Die äußere Ehre ist die Bewertung, die ein Individuum durch seine Umwelt erfährt. Die innere Ehre ist ein vom Individuum selbst empfundenes Ehrgefühl.[11] Um sich einen guten Namen als Kaufmann zu machen, bedurfte es nicht nur der Einhaltung der Tugenden, sondern auch der Beherrschung der kaufmännischen Fähigkeiten. Insofern enthalten Kaufmannshandbücher stets eine Mischung aus moralischen Unterweisungen wie auch der Vermittlung praktischer Fertigkeiten wie Wissen über Handelswaren, Regeln des Schriftverkehrs, mathematisches Wissen.[12] Eine Mischung, die in Bauers Text wiederzufinden ist, der beispielsweise auf den kaufmännischen Briefstil eingeht oder eine »Nutzanwendung« für den Umgang mit ärgerlicher Korrespondenz gibt: »Briefe, die Nadelstiche für uns enthalten, beantwortet man erst in einigen Tagen, keinesfalls aber vor dem nächsten Tage!«

Der Impetus, der Bauers Buch zugrunde liegt, könnte man beschreiben als eine ungerecht empfundene Differenz zwischen äußerer und innerer Ehre, in Bauers Worten: zwischen *»Ansehen«* und *»Selbstachtung«* des Kaufmanns. Auf der einen Seite steht dabei für ihn die die Gesundheit *»zerrüttende«*, auf Kosten des *»hinlänglichen Verkehrs mit der Familie«* gehende Arbeit des Kaufmanns. Und auf der anderen Seite die mangelnde Wertschätzung der kaufmännischen *»Gesamtleistung«*

10 Klink, S. 13.

11 Wie stark der Begriff der »Ehre« einem historischen Wandel unterlegen ist, lässt sich insbesondere an den extremen Formen der Ehrverletzung und -wiederherstellung beobachten, wie sie in der Duellkultur und ihren Regelbüchern zum Ausdruck kommt. Vgl. Böhm, T. (Hg.): Gegenschuss Bd. 1 – Franz von Bolgár, »Die Regeln des Duells« vs Jules Cambon, »Der Diplomat«, Berlin: 2017.

12 Vgl. Dotson, J.: »Fourteenth Century Merchant Manuals and Merchant Culture«, in: Denzel,M.A. u.a. (Hg.), *Kaufmannsbücher und Handelspraktiken vom Spätmittelalter bis zum beginnenden 20. Jahrhundert*, Stuttgart: 2002, S. 75–87.

durch die Gesellschaft. Die deutsche Gesellschaft, wohlgemerkt. Denn im Ausland, so Bauer, *»weiß man nicht genug die Zuverlässigkeit, die Gewandtheit, die Zähigkeit und Umsicht des deutschen Kaufmannes zu rühmen«.*

Die mangelnde Wertschätzung ist zum Teil durch die Kaufleute selbstverschuldet, wie das von Bauer angeführte Beispiel der Handlungsreisenden – *»commis voyageurs«* – zeigt, die öffentlich auffallen als *»Verächter guter Sitten und guter Umgangsformen«, »auffällige Kleidung«* und *»Schwadronage«*. Zum anderen führt die *»leidige deutsche Titelsucht«* dazu, dass *»Offiziere, akademisch Gebildete verschiedener Stände, Beamte in höheren Stellungen«* ein höheres Ansehen genießen als Kaufleute.[13]

In unserer sich über Leistung und Erfolg statt über Ehre definierenden Gesellschaft ist diese Beobachtung sicher nicht mehr so zutreffend wie zu Bauers Zeiten. Nichtsdestotrotz bleibt zu fragen, wohin das Gefühl einer mangelnden Wertschätzung bzw. eine Loslösung von den Ansprüchen der Gesellschaft führen kann. Ein Beispiel lässt sich in der Gegenwart finden. Waren nicht die millionenschweren Bonuszahlungen, die sich Manager selbst zugesprochen haben, auch eine Kompensation des Mangels an Ansehen? Haftet nicht heutzutage dem Begriff »Manager« jene Abschätzigkeit an, die Bauer in Bezug auf den »Kaufmann« beklagte?

Man kann die Aktualität von Bauers Ausführungen messen, indem man ihnen das Fehlverhalten der Manager der Finanzbranche gegenüberstellt, das 2008 zur globalen Finanzkrise und zum fast kompletten Zusammenbruch des Weltfinanzsystems geführt hat.[14] Ein Verhalten, das in der zugrunde liegenden Psychologie und seinen Erscheinungsformen auch dem der

13

Die in diesem Zusammenhang von Bauer beschriebene Position der Kaufmannschaft als »Schutzwehr gegen die Sozialdemokratie« erklärt sich mit der damaligen sozialdemokratischen Forderung nach Enteignung der Produktionsmittel, die für Bauer eine Enteignung der Kaufsmannschaft gleichgekommen wäre.

14

Vgl. Klink, a.a.O., S. 13ff.

Hochstapler ähnelt, die Erich Wulffen im »Gegenschuss« zu Bauers Ehrbarem Kaufmann beschreibt.

Gemessen am Ideal des Ehrbaren Kaufmanns kann man jenen Finanzmanagern zunächst vorhalten, dass sie gegen Wirtschaftstugenden wie Redlichkeit, Sparsamkeit, Weitblick, Ehrlichkeit und Mäßigung gehandelt haben. Sie sind zudem auch ihrer Verantwortung gegenüber ihren Mitarbeitern, ihren Kunden, Lieferanten, ihren Wettbewerbern und gegenüber der Gesellschaft nicht nachgekommen. All dies sind Verantwortungsbereiche, mit denen sich Bauer auseinandersetzt. Dabei ist sein Denken langfristig angelegt, weist auf den Aspekt der nötigen Nachhaltigkeit in der kaufmännischen Tätigkeit hin. So, wenn er auf die Kulanz gegenüber Kunden zu sprechen kommt, oder ausführt, dass der Kaufmann seinen Betrieb nicht auf sich zentrieren, sondern für eine Mitarbeiterschaft sorgen soll, die zu jeder Zeit in der Lage ist, das Geschäft *»ohne nennenswerte Störungen in seitheriger Weise, wenn auch mit einigen Abweichungen der Ansicht über das Wie weiterzuführen«*.

Bemerkenswert ist auch Bauers Sensibilität für die psychischen und körperlichen Folgen eines übergroßen Arbeitspensums. Es wirkt wie eine um Jahrzehnte vorweggenommene Beschreibung des Burn-out-Syndroms und der *»Müdigkeitsgessellschaft«*[15], wenn Bauer auf die »zunehmende Nervosität im Geschäftsleben« zu sprechen kommt. Die Symptome dieser *»Krankheit der Gegenwart«*, die Bauer auch als *»Krankheit der Zukunft«* prophezeit, sind: *»leichte Erregbarkeit, Überempfindlichkeit, Launenhaftigkeit, Verstimmung, Reizbarkeit, Jähzorn«* und schließlich eine *»krankhaft erniedrigte Selbstempfindung und Arbeitsscheu«*.[16] Bauer erkennt sowohl die persönlichen Folgen wie auch den volkswirtschaftlichen Schaden,

15
Vgl. Byung-Chul Han: *Müdigkeitsgesellschaft. Burnoutgesellschaft. Hoch-Zeit*, Berlin: 2016.

16
Interessenterweise war die Diagnose »Nervosität« damals ebenso umstritten wie heutzutage der Burn-out, der zuweilen als »Allerweltsgefühl« oder »Modediagnose« abgetan wird. Bei Bauer heißt es: »Die Mehrzahl der Nervösen werden (...) von den meisten nicht für krank gehalten und doch sind sie nicht normale Menschen. Sie erfüllen die Anforderungen des Lebens, aber unter Kämpfen; ihre Intelligenz befähigt sie vielleicht zu großen Leistungen, aber ihre Organisation versagt ihnen Kraft und Zähigkeit; sie sehen, was andere sehen, aber wie durch ein gefärbtes Glas; sie gleichen ihrer Umgebung und sind doch fremd in ihr.«

Vgl. vorl. Band, S. 97.

den die mangelnde Gesundheitsfürsorge mit sich bringt, ist doch *»die möglichst lange Erhaltung des Daseins«* aus Sicht des Kaufmanns auch Pflege des *»Kapitalbesitzes«*.

Bauers poetisch anmutendes Rezept gegen die Krankheit, die Pflege des »inneren Menschen«, ist eingebettet in ein Konzept, das man heute *»Work-Life-Balance«* nennen würde: Eine Lebensführung, die genügend Zeit lässt, damit die Erziehung der Kinder *»nicht in fremde Hände«* gelegt werden muss, die die Gesundheit nicht vernachlässigt und die auch beinhaltet, den *»Pflichten gegen die Mitmenschen«* nachzukommen, was – für Kaufleute mit großer Berufserfahrung und gesichertem sozialem Stand – auch eine politische Tätigkeit beinhalten kann. In Bauers Aufforderung zum politischen Engagement an die Kaufmannschaft kommt auch das Verantwortungsbewusstsein des Kaufmanns für das Gemeinwohl zum Ausdruck, was Bauers Buch auch relevant macht für die in den letzten Jahren geführte Diskussion um die Corporate Social Responsibility – die Unternehmerische Gesellschaftsverantwortung.[17]

Bei allen auf die »Performance« als Kaufmann bezogenen Ansprüche an die Ausbildung, den Charakter, die Führungsqualitäten und das Verhalten am Markt, geht es Bauer dabei nicht um die Gewinnmaximierung, nicht um permanentes Wachstum, sondern um Lebensfreude. Der Kaufmann soll – so eine der schönsten Wendungen des Textes – nicht vergessen, *»daß wir im weiteren Sinne zuerst Mensch und dann erst Mann des Geschäftes sein sollen«*.

17

Vgl. Schwalbach, Joachim und Klink, Daniel: »Der Ehrbare Kaufmann als individuelle Verantwortungskategorie der CSR-Forschung«, in: Schneider, A. u. Schmidpeter, R., *Corporate Social Responsibility. Verantwortungsvolle Unternehmensführung in Theorie und Praxis*, Berlin/Heidelberg: 2012, S. 219–240.

Schwalbach/Klink führen zudem aus, dass Bauers Gedanken zur Bildung und Struktur der Mitarbeiterschaft ebenfalls von wirtschaftshistorischem Interesse sind, weil sie eine Perspektive hin zur Betriebswirtschaftslehre öffnen, die zu Zeiten Bauers noch in ihren Anfängen steckte.

Vgl. ebd., S. 228.

IMPRESSUM
Die vorliegende Ausgabe erschien erstmals 1906 unter dem Titel *Der ehrbare Kaufmann und sein Ansehen* bei Steinkopff und Springer, Dresden. Die Neuausgabe wurde leicht gekürzt.

Titelbild:
Inhaber-Ehepaar eines Milch- und Kolonialwarengeschäfts im Stadtbezirk Prenzlauer Berg, Senefelder Straße 8
© bpk

ISBN 978-3-946990-10-9
1. Auflage 2017
»mis en bouteille au château«

Korrektorat: Astrid Treusch, Berlin
Gesamtgestaltung: studio stg / 2×Goldstein+Fronzcek
Gestaltung und Satz: studio stg, Berlin
www.studio-stg.com

Der Verlag Das Kulturelle Gedächtnis und der Druck dieses Buches wurden ermöglicht und unterstützt von Jeff und Andrew Goldstein, Philipp Graf, Heinz Hörner, Kathrin Kunkel-Razum, Moritz Rauchhaus, Oliver Razum, Janine Stratmann, Beate Swoboda, den Gesellschaftern des Verlages sowie einigen Ungenannten, die im Dank eingeschlossen sind.

Mehr zum Verlag auf: www.daskulturellegedächtnis.de

VERLAG • DAS KULTURELLE GEDÄCHTNIS •
ASTV NON VI

GEGEN SCHUSS

BAND 2

konzipiert & herausgegeben
von Thomas Böhm

Erich Wulffen

DER HOCHSTAPLER

VERLAG DAS KULTURELLE GEDÄCHTNIS

I

HOCHSTAPELEI

–

ein Talent, das in uns allen steckt

Die Kriminalpsychologie, welche das Gefühls- und Vorstellungsleben des verbrecherischen Menschen erforscht, gewinnt immer mehr die wissenschaftliche Überzeugung, daß der Verbrecher keineswegs, wie der Turiner Gelehrte Caesare Lombroso behauptete, einen besonderen, eigenartigen Rückschlagstypus (Atavismus) des Menschen mit bestimmten körperlichen und seelischen Merkmalen darstellt. Vielmehr behaupten wir neueren Kriminalisten, daß die Charaktere der Verbrecher in ihrer Umgebung sich bilden und körperlich wie seelisch, genau oder modifiziert, je die Grundeigenschaften der Gesellschafts- und Volksklasse wiedergeben, in welcher sie geboren wurden. Es gibt keine besonderen, ausdrücklichen verbrecherischen Strebungen, welche die Natur der Menschenseele eingepflanzt hätte. Wenn sich seelische Strebungen verbrecherisch im Sinne der Strafgesetze auswirken, so handelt es sich um Instinkte, Triebe oder Eigenschaften, die unter günstigeren Umständen oder in geringerer Stärke eine für den Menschen lebensnotwendige, wohltätige, soziale Betätigung finden. Die Psychologie, welche das menschliche Gefühls- und Vorstellungsleben im allgemeinen ergründet, weist bei diesen Instinkten, Trieben und Strebungen Breiten von Übergängen nach, wo die soziale Betätigung allmählich oder plötzlich in die unsoziale überfließt. Diese fließenden Übergänge zeigen die interessantesten Gebiete der Kriminalpsychologie auf. Und bei keiner Verbrechensart läßt sich dieses kriminalpsychologische Phänomen anschaulicher und auch den Laien überzeugender darstellen als bei der Handlungsweise des Betrügers, als an der Psychologie des Hochstaplers, der wir unsere Betrachtungen widmen wollen.

Es gehört zu den Grundlehren der Biologie und Anthropologie, daß dem Menschen gewisse, zu seinem Dauerdasein notwendige Instinkte eingepflanzt worden sind, die

sich zu bewußten Trieben entwickelt haben. Die ursprünglichsten sind der Nahrungstrieb und der Sexualtrieb, die die Erhaltung des Menschengeschlechts gewährleisten. Daneben erscheint ein besonderer Selbsterhaltungstrieb, dessen der Mensch zuerst im Kampfe mit der anorganischen Natur und mit dem Tierreiche bedurfte, wenn er nicht vernichtet werden sollte. Unterarten dieses Selbsterhaltungstriebes sind beispielsweise der Zerstörungstrieb, der zum Kampfe gegen Tiere, Feinde und sonstige Hindernisse treibt, und der Erwerbstrieb, der sich im Habenwollen, im Greifen, auf primitiver Stufe in Bemächtigung von Nahrungsmitteln und sonstigen Naturerzeugnissen betätigt. Wie ursprünglich gerade diese beiden Triebe dem Menschen eingepflanzt sind, läßt sich bereits am kleinen Kinde beobachten, das in seiner Entwicklung diejenige des ganzen Menschengeschlechts gewissermaßen versinnbildlicht. Das kleine Kind greift nach allem, will alles haben, führt alles zum Munde. »Haben« ist eines der ersten Tätigkeitsworte der Kindersprache. Und wer jemals ein kleines Kind mit Wonne eine Zeitung oder gar ein Bilderbuch hat zerreißen sehen, der wird auch begreifen, wie ursprünglich dem Menschen der Zerstörungstrieb vererbt worden ist. Wird jener Erwerbsinstinkt des Menschen später aus irgendwelchem Grunde in falsche Bahnen gelenkt, entwickelt er sich in einem Übermaße, so löst er Geiz und Habsucht oder auch Neigung zu Diebstahl aus, während unter ähnlichen Umständen der Zerstörungstrieb zu Gewalttätigkeiten, zu Sachbeschädigung und Körperverletzung, ja zu Totschlag und Mord führen kann. Da haben wir gleich zwei Beispiele, wie notwendige menschliche Urinstinkte sich kriminell auswirken können.

Es gibt aber noch eine andere wichtige Unterart des Selbsterhaltungstriebes: es ist der Verheimlichungsinstinkt, den die Natur dem Menschen auf seinem Lebenswege

<10

gleichfalls mitgeben mußte. Schon im primitiven Lebenskampfe mußte der Mensch ihm fehlende Kraft durch Vorsicht, List, Verschlagenheit ersetzen, er mußte das Wild, das Raubtier und seinen Feind beschleichen. Seine verschiedenartigen Begierden und Bewegungen mußte er dem Gegner verbergen, verheimlichen, er mußte sich schon früh verstellen lernen. Diesen Verstellungsinstinkt hat die Natur schon beim Tiere vorgebildet. Jedermann kennt die List der Katze, des Marders, des Fuchses und des Tauchers. Das Eichhörnchen und der Grünspecht wenden sich mit großer Schlauheit um den Baum herum, und der Marder bleibt ausgestreckt und unbeweglich auf einem Aste liegen, um dem Auge des Jägers zu entgehen. Bei einer Tierhetze in Wien ließ man auf Enten in einem Wasserbassin einige Bären los. Sobald diese ins Wasser kamen, tauchten alle Enten unter. Gelang es nach vielen Anstrengungen einem Bären, eine Ente zu erreichen, so stellte diese sich tot. Kaum aber hatte der Bär sie ans Ufer gelegt, so sprang die Ente eilig ins Wasser zurück. Ist es nicht ein auffälliger Zug von Verstellung, daß viele Insekten, sobald man sie berührt, alle Glieder zurückziehen und sich so lange tot stellen, bis sie die Gefahr vorüber glauben? Dann andere Beispiele. Ein Pferd stellt sich lahm, um nicht geritten zu werden. Der Schimpanse simuliert Husten, weil er zu einer Produktion keine Lust hat, der Bär im zoologischen Garten gibt Zahnschmerzen vor und winselt, um Mitleid zu erregen und gute Bissen zu erbetteln. Hier sehen wir im Tierreiche den Verstellungsinstinkt in den bewußten Verstellungstrieb übergehen, und hier im Tiergehirn liegen also die Uranfänge der Psychologie des Hochstaplers, zu der wundersame Gefühle, Verstellungen und Verknüpfungen hinaufführen.

Auch die Psychologie des Kindes liefert den Nachweis, daß es einen eingeborenen Verstellungsinstinkt gibt. Hierbei ist es von außerordentlichem Interesse, ihn in seinen ersten

Anfängen zu belauschen. In den frühesten Kinderjahren schiebt sich die Scheinlüge zwischen unabsichtlich falsche Aussage und Lüge ein. Lebhafte und phantasiebegabte kleine Kinder kann man zuweilen dabei beobachten, wie sie, entweder sich allein glaubend oder auch ganz ohne Scheu vor Zeugen, lange Erzählungen unwahren und vielfach sinnlosen Inhalts vor sich hinreden. Einmal kommt hierbei der Bewegungsdrang in den Sprechwerkzeugen, die sich betätigen wollen, zum Ausdruck, andrerseits sucht die Lautsprache mit Hilfe der kindlichen Phantasie unbeholfen einen Inhalt. Noch sind es nur Scheinlügen, zuweilen aber bilden sie doch eine Vorstufe der künftigen phantastischen Aussageverfälschungen. Zu den Scheinlügen rechnen auch gewisse Spiele des Kindes. Das Kind läuft, gegenwärtiges Einkaufen vorgebend, im Zimmer umher, bleibt an einer Tür stehen, als sei es beim Kaufmann, verlangt Butter und Eier, bezahlt, sagt *»Danke schön!«* und erklärt uns schließlich, es habe eingekauft. So erzieherisch das Spielen des Kindes im allgemeinen ist – der Spieltrieb wurde dem Kinde von der Natur eingepflanzt, um seinen Tätigkeitsdrang zu entwickeln –, so kann nicht verkannt werden, daß gewisse Spiele der Kinder unter Umständen dem Verstellungstriebe, mit dem sich der Nachahmungstrieb wegen der Gleichartigkeit der Strebungen leicht verbindet, Nahrung geben. Und wie mit solchen Handlungen »spielt« das Kind auch mit Aussagen.

Die interessierten Aussagefälschungen, die auf des Kindes Wohl und Wehe Bezug haben, finden ihre Fälschungsquelle nicht mehr im bloßen Vorstellungsleben, sondern in den Affekt- und Willensfunktionen des Kindes und führen bis zu ihrer letzten Stufe, bis zur ausgebildeten Lüge, hinauf. Ganz bescheidene Anfänge. Der völlig trocken und gesättigt liegende Säugling schreit gleichwohl mörderlich, um durch das freundliche Wesen, das ihm Abhilfe gegen Nässe und Hunger brachte, wieder eine

Abwechselung zu haben. Oder ein Kind täuscht, ebenfalls um Abwechselung zu haben, ein Bedürfnis vor, nur um aus dem Bettchen, Wagen oder Stuhl genommen zu werden. Eine Zweijährige sollte zur Strafe für eine Unart in der Ecke stehen, da sagte sie *»Topp«*, obwohl sie sonst auf diese Sitzgelegenheit nur mit Schwierigkeiten zu bekommen war. Sie wollte also nur die Beschämung des Eckenstehens von sich abwenden. Kinder schützen Hinderungsgründe, so Schmerzen, Sattheit, Müdigkeit vor, um sich einer Unliebsamkeit zu entziehen. Ein Mädchen von noch nicht vier Jahren gab Leibschmerzen vor, während es die unbeliebte Reisspeise aß. Ein Zweijähriger machte sich über alle verbotenen Dinge her, sobald man das Zimmer verließ oder sich schlafend stellte. Fühlte er sich dann ertappt, so errötete er leicht, brachte verlegen lächelnd den Gegenstand herbei und sagte *»Danke schön!«*, als sei ihm der Gegenstand vorher übergeben worden. Ein andermal spielte der Knabe im Nebenzimmer mit einem Glase. Auf des Vaters Ruf: *»Bringe das Glas sofort hierher!«* brachte er zögernd ein hölzernes Spielzeug herbei und sagte: *»Da!«* Das sind noch ganz harmlose Vortäuschungen des Kindes, gewissermaßen in der Abwehr. Sie können weniger harmlos sein. Ein viereinhalbjähriges Mädchen zerbrach versehentlich ein Glas, las die Scherben heimlich zusammen und warf sie ins Ofenloch. Dann schaufelte es in Gegenwart der Dienstboten die Scherben wieder hervor und fragte: *»Wer von euch hat das getan?«* Schließlich behauptete es sogar, selbst gesehen zu haben, welches Dienstmädchen das Glas zerbrochen habe. Erst nach längerer Einwirkung gestand es die Lüge. Bei ausgesprochen pathologischen Kindern stellt sich die Lüge sehr frühzeitig auch in schlimmer Form und mit großer Häufigkeit ein.

Falsche Erziehung pflegt Kindern die von ihnen erwünschte Abwehr meist nicht leicht zu machen und verleitet sie oft geradezu zu Unwahrheiten. Ein Knabe brachte ein

Stück Mörtel und erzählte ganz harmlos, daß er es vom Balkon abgebrochen habe. Auf den strengen Blick der Eltern sagte er schnell: *»Nein, das Vögerle hat's ja abgebrochen!«* Als nun die Eltern lächelnd fragten, wie das unnütze Vögelchen heiße, beruhigte sich das Kind und sagte: *»Nu, der Bubi war's doch!«* Zahlreiche Suggestivlügen sind durch die Frage: *»Wer hat das gemacht?«* in der Kinderstube angerichtet worden. Schon Rousseau sagte, daß die Lügen der Kinder das Werk der Erzieher sind. So können die Eltern auch den künftigen Hochstapler großziehen. Beliebt sind die häufigen Unwahrheiten der Erzieher in der Kinderstube. Ein Junge bekam beim Kopfwaschen, damit ihm das Seifenwasser nicht in die Augen lief, gesagt: *»Da oben an der Decke sitzt eine Spinne!«* Nun sah er immer ängstlich nach oben. Beim Photographieren erklärte man ihm, unter dem schwarzen Tuch werde sofort ein schwarzer Hahn hervorkommen und krähen. In das Bewußtsein so behandelter Kinder schleicht sich leicht Mißtrauen gegen die Aussagen der Umgebung ein. Weiter wächst das Kind in einer gewissen Lügenatmosphäre auf (der schwarze Mann, Knecht Ruprecht, Drohung mit dem Polizisten, der niemals kommt usw.). Das Kind erkennt mit der Zeit, daß man es zum besten hält, und wird gegen Wahrheit und Lüge unempfindlicher. Später kommen die konventionellen Lügen. Unbeliebten Personen werden vor den Kindern Freundlichkeiten ins Gesicht gesagt. Die Eltern, die zu Hause sind, lassen sich Besuchern gegenüber durch die Dienstboten verleugnen. In der Straßenbahn wird das Alter der Kinder falsch angegeben, um das Fahrgeld zu sparen. Wir dürfen uns also nicht wundern, wenn wir so vieles tun, um den eingeborenen Verstellungsinstinkt des Kindes zum bewußten Trieb zu entwickeln!

Da stellen sich dann leicht die Anzeichen des künftigen Schwindelns ein. Der Junge entpuppt sich früh als Aufschneider, als Renommist. Er wird auf der Straße von einem

Hunde angefahren. Vor Angst bleibt er stehen, die Tränen treten ihm in die Augen, langsam schleicht er sich rückwärts davon. Später erzählt er seinen Schulgenossen, daß ein Hund, größer als der größte Hund im Dorfe, ihn angefahren habe. Da habe er dem Tier mit seinem Stock einen solchen Schlag versetzt, daß es heulend, mit eingezogenem Schwanze davongelaufen sei. So verwandelt der Knabe seine Furchtsamkeit in Kühnheit. Er war mit sich selbst unzufrieden, deshalb der befreiende psychologische Umbildungsprozeß, den wir genau in derselben Weise beim Hochstapler wiederfinden werden. Ein anderer Knabe hatte nach seiner Auffassung zu Weihnachten sehr wenig Geschenke bekommen. Um seiner Enttäuschung und seines Unmutes Herr zu werden, konnte er seinen Kameraden gegenüber nicht Worte genug finden, die vielen Herrlichkeiten zu beschreiben, die seinen Weihnachtstisch geschmückt hatten. Derselbe psychologische Umbildungsprozeß! Es gibt Kinder, die unter ihresgleichen sich Aufschneidereien so angewöhnen, daß sie in solchem Kreise völlig unwahr werden und gewissermaßen – wie der Hochstapler – ein Doppelleben – zu Hause und in Gesellschaft der Genossen – führen. Andere lügen aus Mangel an Intelligenz, an Aufmerksamkeit. Die Lässigen verbessern ihre Erinnerung gar nicht und setzen – bald aus Gewohnheit – der Wahrheit immer etwas zu oder streichen etwas ab. Manche Kinder lügen zwecklos aus bloßer Dummheit, wenn sie danach ihren Fehler einsehen, behalten sie die Unwahrheit aus Trotz bei, wie dieser überhaupt auch sonst als eine gewisse Feindseligkeit, Widersetzlichkeit gegen Erzieher, Lehrer und die sonstige Umgebung die Ursache zur Lüge werden kann. Um das Wohlwollen der Eltern und Erzieher, deren Unentbehrlichkeit ihm einleuchtet, in besonderem Maße zu genießen, bleibt das Kind nicht immer ehrlich. Es wird zum Schmeichler, es gibt kleine Helden im Schmeicheln. Die Kinder – zumal die Mädchen – hängen sich an

Vater oder Mutter, führen Koseworte im Munde, suchen sich mit einem Male nützlich zu machen. Solche Kinder werden zu kleinen Komödianten.

Eröffnet so die Kinderpsychologie einen reichen Ausblick in die Gemüts- und Geistesverfassung des Hochstaplers, so zeigt sie auch, daß eine starke Trägerin des Verstellungsinstinktes die menschliche Phantasie ist. Ein dreieinhalbjähriger Knabe wollte in »Nordberlin« einen Fisch gesehen haben, der wie ein Haifisch aussah und Füße mit Stiefeln daran besaß. Ein andermal erzählte er: *»In Nordberlin sind Hasen und Hunde auf dem Dach. Sie klettern mit einem Leiterle hinauf und spielen da miteinander rum ... und dann ... und dann kommt ein Telephon, weißt du, ein langes Seil, und auf dem gehen sie nach Stuttgart.«* Die Ausschweifungen der kindlichen Phantasie spotten oft jeder Beschreibung. Ein Zehnjähriger erzählte Mitschülern und sogar Lehrern, er habe ein Fahrrad mit vierzig Fahrern gesehen. Er gab auf alle Fragen schlagfertige Antworten, über jede Einzelheit wußte er Bescheid. Nach einem Jahre erzählte der sonst artige und bescheidene Junge die Geschichte genau so ohne jede Abweichung. Es zeigte sich damit, daß er schließlich an seine eigene Erzählung in gewissem Sinne glaubte, sonst hätte er sie sich nicht so gut merken können, denn an sich haben Lügen nach dem Sprichwort bekanntlich kurze Beine. Auch hierbei handelt es sich um eine psychologische Tatsache, die wir beim ausgereiften Hochstapler wieder treffen werden.

Das beliebte Märchenerzählen, das deshalb erzieherisch nicht immer nützlich oder auch nur harmlos ist, wiegt das Kind auch leicht in eine phantastische Welt, in der es sich dann auch bei anderen realeren Gelegenheiten zu bewegen liebt. Die Lektüre der Märchen macht dem Kinde begreiflich, daß es eine Welt des Scheins, der Unwirklichkeit gibt, die unmittelbar in das

Reich der Unwahrheit, der Lüge hinüberleitet. Man kann staunen, wie kleine Kinder uns schon ganz genau sagen, daß der Inhalt der Märchenerzählung vollständig unwahr und unwirklich ist. Der siebenjährige Goethe erzählte seinen Mitgespielen das Märchen »Der neue Amadis«. Dabei berichtete er auf Wunsch seiner Zuhörer in eigener Person, als ob ihm selber alle diese wunderlichen Dinge begegnet wären. Über die moralische Bedeutung dieses Fabulierens sagt er im zweiten Buche von »Wahrheit und Dichtung«: *»Wenn ich nicht nach und nach, meinem Naturell gemäß, diese Luftgestalten und Windbeuteleien zu kunstmäßigen Darstellungen hätte verarbeiten lernen, so wären solche aufschneiderische Anfänge gewiß nicht ohne Folgen für mich geblieben.«* Er sagt dies, obwohl er hinzufügt: *»Übrigens war ich der Lüge und der Verstellung abgeneigt und überhaupt keineswegs leichtsinnig.«* Hier finden wir eine hochstaplerische Verknüpfung angedeutet, die zur Dichtung und zum Dichter hinüberführt. Es wird noch davon zu sprechen sein.

Schon in das kriminelle Gebiet spielen folgende Vorfälle hinüber. Ein kaum fünfzehnjähriges Mädchen brachte 1901 in Hirschberg einem alten Manne den Glauben bei, daß ihn eine schöne junge Dame aus reicher und angesehener Familie liebe und heiraten wolle. Fast täglich überreichte die kleine Schwindlerin ihm zärtliche Liebesbriefe, die sie alle selbst geschrieben hatte, und entlockte ihm Geld zum Ankauf von Geschenken für die »Braut«. Als der Betrogene Verdacht schöpfte und nicht mehr freigebig war, erhielt er von der »Schönen« noch ein Brieflein mit den verheißungsvollen Anfangsworten: *»Sie sind ein alter Esel!«* Man möchte sagen, daß in diesem kleinen Mädchen der Typus der Heiratsschwindlerin, wie wir ihn noch genauer kennen lernen, vorgebildet erscheint.

Noch drastischer ist der nachstehende Fall. Im Juni 1915 machte in Berlin-Wilmersdorf eine Frau dem Leben ihrer beiden Kinder ein Ende und gab sich auch selbst den Tod. Bald darauf erhielt der Witwer und Vater dieser Kinder einen Brief, dessen Schreiber sich als Detektiv ausgab und mit schrecklichen Enthüllungen über das Familienleben drohte, das die unglückliche Mutter in den Tod getrieben habe, wenn der Witwer nicht 400 bis 500 Mark an einem bestimmten Grabe des Friedhofes niederlegen würde. Zu derselben Zeit erlitt ebenfalls in Wilmersdorf ein Postdirektor einen Straßenbahnunfall. Wenige Tage darauf ging ihm ein Brief zu, in dem ihm »ein verfolgtes Mädchen«, das von einer Verbrecherbande festgehalten werde, mitteilte, daß man ihm nach dem Leben trachte, daß von einem Straßenbahnunfall, wie die Zeitung berichte, gar keine Rede sein könne, vielmehr der Fahrer der Straßenbahn, der ebenfalls der Verbrecherbande angehöre, ihn habe absichtlich totfahren wollen. Er möge ihr am Grabe Nummer 102 (dem anderen Grabe benachbart) 400 Mark niederlegen, damit sie entfliehen und zu ihren Eltern zurückkehren könne; zum Danke werde sie die Verbrecher entlarven. In dem Briefe lautete es u.a. wörtlich: *»Ich bin, vielmehr ich war die Geliebte dieses Schurken. Ich lernte ihn bei einer Ballfestlichkeit kennen; doch nur zu bald erkannte ich, daß ich in die Hände einer Verbrecherbande gefallen war, deren Anführer mein Geliebter war ... Ich leiste meinen Schwur darauf, Sie nicht wieder zu belästigen. Falls Sie aber meine Forderung nicht erfüllen, verlieren Sie Ihre Frau (die nach dem Zeitungsbericht im Krankenhause lag). Ich stehe mit den Ärzten im Krankenhause in Verbindung, und dieselben werden nicht zögern, Ihrer Frau falsche Medizin zu geben. Denn wer im Krankenhause stirbt, wird nicht weiter untersucht.«* Und wer war diese Hochstaplerin und Erpresserin? Eine kleine Dreizehnjährige, Tochter einer von ihrem Manne

getrennt lebenden Arbeiterin, ein recht intelligentes Mädchen, eine der besten Schülerinnen ihrer Klasse, eifrige Leserin von Detektivromanen. Der Gerichtsarzt äußerte in seinem Gutachten: *»Sie ist weder geisteskrank noch geistesschwach. Sie ist ein einsiedlerischer Geist, und ihre liebste Unterhaltung ist es, ihrer Phantasie freien Lauf zu lassen. Sie macht durchaus nicht den Eindruck der Frechheit oder Abgebrühtheit, ist vielmehr bescheiden und gesittet in ihrem Wesen. Sie zählt zu den degenerativen Phantasten.«*

Eine Reihe neuer Tatsachen der Psychologie des Hochstaplers lernen wir hier kennen. Der Hochstapler neigt außer zu Betrug zu verwandten Delikten, so zu Erpressung, Fälschung und auch zu Diebstahl. Der Erpresser arbeitet mit falschen Vorspiegelungen, die er in die erpresserischen Drohungen einkleidet. Die Fälschung ist eine geschriebene falsche Vorspiegelung, und der Dieb bedient sich vor allem der Heimlichkeit. So treffen wir einige Hochstapler zugleich als Hotel- und Juwelendiebe. Weiter zeigte sich, daß die hochstaplerische Anlage, gewissermaßen in Anlehnung an die Dichtung, sich schriftlich, ja, wie wir sehen werden, schriftstellerisch offenbaren und betätigen kann. Erst fanden wir die Stilübungen der kleinen Heiratsschwindlerin und auch im letzten Beispiele abermals Stilübungen mit Entlehnungen aus Detektivromanen. Endlich offenbarte sich der Phantast als mit pathologischem Einschlag behaftet.

Aus der psychologischen Breite des normalen Menschen münden in die Geistesverfassung des Hochstaplers noch eine Reihe weiterer Strebungen. Wir gedenken der Aufschneidereien von Jägern, Studenten, Hochtouristen, Reisenden u.a. Jeder Mensch kann Andeutungen an sich selbst erfahren. Man braucht, um im Kreise von Bekannten und Freunden zu glänzen, die Ergebnisse seiner Jagden, die Erfolge seiner Mensuren, seine Erlebnisse in der

Fremde nur einmal etwas ausgeschmückt zu haben und wird sich leicht verleitet fühlen, sie bei wiederholten Erzählungen immer weiter und weiter auszumalen. Schließlich kommt ein Zeitpunkt, da man überhaupt nicht mehr weiß, ob und inwieweit man das Erlebnis nur ausschmückte oder etwa gar ganz frei erfand. Es braucht sich gar nicht um Jagd- und Sportberichte zu handeln. Man erlebt zufällig irgendeinen – erhebenden, erschreckenden oder witzigen – Vorfall und erzählt ihn. Der Dichter oder Witzbold in uns schmückt ihn dabei aus. Das geschieht zunächst fast ganz unwillkürlich, eine Redewendung gibt die andere. Man fügt eine witzige Wendung, einen Effekt hinzu, die Aufmerksamkeit oder Heiterkeit bei unseren Zuhörern erregen. Eine Eitelkeit kitzelt uns, den Bericht immer in dieser gefärbten Darstellung zu geben, ja, gelegentlich weiter – bis zur Übertreibung – auszuschmücken. Prüft man sein Gedächtnis nach einiger Zeit, so weiß man selbst nicht mehr, ob man und was man hinzugefügt hat. Es gibt Augenblicke, wo wir uns einbilden, den Vorfall so erlebt zu haben, wie wir ihn berichten. Solche Vorkommnisse können uns täglich begegnen. Ähnliches widerfährt uns bei der sogenannten Notlüge, wenn man, um sich gewissermaßen selbst zu rechtfertigen, nicht die ganze, sondern nur die halbe oder eine scheinbare Wahrheit sagt. Meist bleibt man sich dessen bewußt, zuweilen aber betrügt man sich halb und halb selbst und glaubt fast, die volle Wahrheit gesagt zu haben. Oder man behauptet im Eifer einer Auseinandersetzung übereilt und fast gutgläubig Dinge, die man danach bei ruhiger Überlegung nicht aufrechterhalten kann. Da sieht man, wie der sogenannte gute Glaube durch den lebhaften oder erregten Affekt hervorgerufen und getragen werden kann. In allen diesen Fällen ragen wir psychologisch in die Geistesverfassung des Hochstaplers hinein. Das Gedächtnis für die Wirklichkeit wurde durch den Dichter in uns getrübt. Aber gut bleibt die Erinnerung

für die Einzelheiten der unwahren Ausgestaltung; deshalb erzählen wir den Vorfall immer nur in der unwirklichen Ausschmückung, ohne uns kaum zu widersprechen und zu verraten. Ähnliches begibt sich beim Hochstapler. Man erkennt, wie eigentlich in uns allen eine Begabung, ein Talent zum Hochstapler steckt, das der wirkliche Betrüger durch Übung in wirkungsvoller Weise ausbildet und zu oft faszinierender Geltung bringt. Dabei spielt, wie wir schon sahen, die Phantasie eine Rolle. Ein erfolgreicher Hochstapler ohne Phantasie ist unmöglich.

Es gibt Berufsklassen und Charaktere, die in auffälliger Weise zu solchen Aufschneidereien geradezu gewohnheitsmäßig neigen. Der Jäger und Sportsmann, der Student und der Reisende wurden schon erwähnt. Auch der Offizier des alten Regimes gehört hierher, der meist Jäger oder Sportsmann war. In gewissen Kaufmannskreisen pflegt man zum Zwecke der Geschäftsreklame auch in Unbedeutenheiten des Privatlebens aufzuschneiden. Zu vergessen sind nicht die Künstler aller Art, voran die Bühnenkünstler, Sänger und Schauspieler. Ehrgeiz und Intrigue, die ihren Beruf umgeben, machen sie im Leben zuweilen unwahr. Das Aufschneiden wird ihnen sehr leicht, da sie berufsmäßig gewohnt sind, eine »Rolle« zu spielen. Hier treffen wir auf ein neues künstlerisches Moment in der hochstaplerischen Begabung. Der Bühnenkünstler spielt auch im Leben gern Komödie, er hält dies zur Stütze seines Ansehens und Ruhmes sogar öfter für notwendig. So gibt es Charaktere, die in gewissem Sinne ein »Doppelleben« führen, wie es dem Hochstapler nachgesagt wird. Schon bei der Schuljugend kann man es finden, wie bereits gestreift wurde. Schulkameraden belügen sich jahrelang in einer Weise, daß man an ein zwar immer noch harmloses, weil nicht kriminelles, aber doch gefährdendes Ausleben nicht wirklicher Abenteuer denken muß. Das Unwahrhaftige kann,

zumal in der Tugend, wo der Charakter sich erst allmählich entwickelt, aber noch nicht befestigt, die Geistesverfassung derartig überwuchern, daß über die Lippen solches jungen Menschen schließlich kein wahres Wort mehr kommt. Wenn er den Mund auftut, lügt er. Manche Jugendliche machen geradezu eine Periode solcher gewohnheitsmäßigen Unwahrhaftigkeit durch. Manche nehmen sie ins Mannesalter mit hinüber und kommen ihr ganzes Leben lang aus dem Lügennetze nicht heraus. Zumal das erotische und sexuelle Gebiet Veranlassung gibt zu einem gewissermaßen hochstaplerischen »Doppelleben«. Der Verheiratete hat eine Geliebte, mit der er Theater und Konzerte besucht, Reisen unternimmt, geistige Beziehungen unterhält. Der betrogenen Gattin gegenüber muß er sich, wie aus einer fremden Welt kommend, immer erst wieder auf die mit ihr erlebten Wirklichkeiten umstellen, um sich nicht zu verraten. In der Don-Juan-Gestalt steckt ein larvierter Hochstapler. Der bankrotte Kaufmann führt vor Geschäftswelt und Familie ein Doppelleben, treibt verschwenderischen Aufwand, kleidet Frau und Tochter in Samt und Seide, richtet die Hochzeit der Tochter in pompöser Weise aus und meldet drei Tage später Konkurs an.

Man sieht, daß das tägliche Leben eine Fülle von Erscheinungen bietet, aus denen uns die Psychologie schließlich zum Hochstapler hinüberleitet, dessen innerstes Wesen uns damit immer weniger befremdlich, sondern immer greifbarer und verständlicher erscheint. Wichtige Züge führen zu den hochstaplerischen Seelenquellen. Der Hochstapler hat aus Eitelkeit, wenn nicht aus einem eigenartigen, inneren Bedürfnisse heraus Freude an seiner Schwindelei, wie Jäger, Hochtourist usw. an ihren übertriebenen Abenteuerberichten. Eben diese Lust am Schwindeln, mit der sich nach bekannten psychologischen Gesetzen meist auch eine mehr oder minder ausgedehnte Fähigkeit dazu verbindet, wird

beim Hochstapler zu einer wichtigen Triebfeder seiner Betrügereien. Alle lustbetonte Betätigung löst Fähigkeiten aus, die sonst verborgen bleiben. Aufmerksamkeit und Willen werden geweckt und auf sie hingelenkt. So entwickeln sich in ganz natürlicher Weise das hochstaplerische Talent und die oft erstaunliche hochstaplerische Willensenergie. Die Natur macht auch hier keinen Sprung.

Schließlich kann das Schwindeln für den hochstaplerischen Menschen unmittelbar Bedürfnis werden und nimmt in pathologischen Fällen, wo Instinkte und Triebe freier spielen, einen geradezu triebartigen Charakter an. Hierfür ein Beispiel aus meiner eigenen ehemaligen staatsanwaltschaftlichen Berufstätigkeit.

Ein Heiratsschwindler, ein gelernter Drogist, von der Gattung der »pathologischen Schwindler«, gab sich regelmäßig für einen praktischen Arzt aus. Wenn er die Verbindung mit einem Mädchen genügend ausgenutzt hatte und ihrer überdrüssig war, verschwand er und schrieb, um seine Spur »auf immer« zu verwischen, unter dem Namen seines Bruders, den er zur besseren Beglaubigung zum Stabsarzt machte, der verlassenen Braut einen Brief des Inhalts, daß er gestorben sei. Nur so glaubte er sich vor den Verfolgungen der liebenden Mädchen sicher. Ein solcher Brief lautete wörtlich folgendermaßen:

»Sehr geehrtes Fräulein! Endlich bin ich in der Lage, Ihnen die traurigste aller Mitteilungen zu machen. Am 22. September d. J., abends ½8 Uhr, entschlief nach kurzem, aber schwerem Leiden unser inniggeliebter Bruder, der Dr. med. (folgt Name), im Alter von 32 Jahren. Er hat sich in seinem Leben ein dauerndes Andenken erworben (er kam zum vierten Male ins Zuchthaus!) und sieht eine halbe Welt trauernd an seinem Grabe. Denn er war ein Freund der Armen und suchte in allen Formen das Los der ärmeren

Klassen zu verbessern (dabei betrog er meist Mädchen aus den einfachen Kreisen!). Die Beerdigung fand unter den Klängen der Militärmusik des 11. Regiments am 25. September statt (er war wegen der Zuchthausstrafen aus dem Heere ausgestoßen!). Eine lange Reihe von 85 Wagen folgte, ohne die Fußgänger, diesem teuren Entschlafenen ans Grab, wo vom Herrn Pastor eine ergreifende Grabrede gehalten wurde. Vor seinem Ende schluchzte er: ›O, meine liebe, gute Martha (so hieß nämlich die verlassene Näherin), könnte ich dich noch einmal an meine Brust drücken. Du liebes Kind, ich nehme im Geiste von dir Abschied!‹ Dann gleich nach diesen Worten streckte er sich noch einmal aus, gab mir stumm die Hand und schloß seine Augen in der Hoffnung auf ein Wiedersehen im Jenseits. Glauben Sie mir, mein liebes Fräulein, es hat mein Herz samt meiner Familie tief erschüttert, den hoffnungsvollen Bruder so zeitig ins Grab senken zu müssen. Denn er war der Liebling aller, die mit ihm im Verkehr standen. Ich werde mir erlauben, Sie im November auf einer Durchreise zu besuchen (kam aber nicht!), um Ihnen eine große Schleife, von seinen Freunden gespendet, mitzubringen, die um ihrer Schönheit willen nicht mit ins Grab gelegt wurde. Denn im ganzen waren es 105 Kränze mit 78 großen und kleinen Schleifen.«

Ich versichere ausdrücklich, daß ich an dem Briefe meines Hochstaplers kein Wort, vor allem keine Ziffer geändert, sondern nur die orthographischen Fehler dieses hoffnungsvollen Mediziners verbessert habe. Wie ich als damaliger Staatsanwalt diesen Mann kannte, sehr gut kannte, so lebte er beim Schreiben dieses Briefes in einem glückseligen Gefühl. Es tat ihm unendlich wohl, so ehrenvoll begraben zu werden. Mit Tränen in den Augen hat er wahrscheinlich Augenblicke lang geglaubt, sich eingeredet, ach, so gern eingeredet, er sei wirklich dieser Liebling aller, der sich ein dauerndes Andenken erworben habe. Es war sein

Wunsch, seine innerste Sehnsucht, daß es so sein möchte. Wir hörten ja schon, daß der Hochstapler selbst so gern an seine Schwindeleien glaubt, daß er sie vorübergehend für wahr halten kann. Wir wunderten uns darüber. Jetzt lernten wir einen tiefsten Untergrund seiner Gläubigkeit kennen: die innerste Sehnsucht. Der Hochstapler lebt beim Schwindeln in einer anderen Welt, die im Gegensatze zu der rauhen Wirklichkeit seines eigentlichen nüchternen Daseins steht. Er ist ja Phantast und zaubert sich mit Hilfe seiner Phantasie diese schöne Welt des Scheins hervor. Nur begnügt er sich nicht mit der bloßen Vorstellung von ihr, sondern versucht sie in seiner Umgebung – auf Kosten der Mitwelt – zu realisieren. Es ist derselbe Zug, den wir schon in der Kinderpsychologie kennenlernten. Der Junge, der vor dem Dorfhund Reißaus nimmt und dann seine Heldentat verbreitet, und der andere, den sein Weihnachtstisch enttäuscht hat, fallen uns ein. Auch sie handelten aus einer gewissen Sehnsucht. Die meisten Menschen sind Illusionisten, der Hochstapler auch. Was wäre der Mensch, was die Menschheit ohne Illusionen? Und haben sich nicht viele Illusionen, in denen die Menschheit aus innerer Sehnsucht sich wiegt, religiöse und philosophische, moralische und politische, als Scheinwelten erwiesen, wie der Hochstapler sie zu schaffen versucht? Gab und gibt es nicht auf diesen Gebieten Illusionisten, die vom Hochstapler nicht weit entfernt wandeln? So flüchtet der Hochstapler so gern in diese schöne, für ihn bessere Welt, eine Sehnsucht treibt ihn immer wieder in sie zurück, deshalb wird er immer von neuem straffällig. Dieser Umstand ist wichtig.

Und auch der Psychologie des Märchens, die wir schon streiften, dürfen wir uns erinnern. Heute wie je gibt es Menschen, die ein Doppelleben führen, eines in der wirklichen Welt als Schneiderinnen, Schreiber, Anstreicher oder Straßenkehrer, mit Hilfe ihrer Phantasie noch ein zweites Leben als Königin,

Prinzessinnen, Minister, Feldherren, als Erfinder und Entdecker, als hochbegnadete Künstler, denen nur die Technik fehlt. Viele Menschen bauen sich noch als Erwachsene eine erträumte Märchenwelt auf, in die sie aus ihrem armseligen Dasein flüchten. Vom selbstgeschaffenen Märchenglanze erfreut, fühlen sie dann Kraft, ihr Dasein wenigstens fortzusetzen. Auch der Hochstapler flüchtet in die Märchenwelt. Er geht einen Schritt weiter und sucht sie in seiner eigenen Weise zu realisieren. Vor allem das Märchen vom »Tischlein, deck dich!« hat es seiner Genußsucht angetan.

Neben der Sehnsucht macht sich ein Widerspruch, ein Protest bemerkbar. Der Hochstapler, der meist aus dürftigen Verhältnissen kommt, lehnt sich auf gegen die ungleiche Verteilung der Güter des Lebens. Er findet in ihr eine Ungerechtigkeit, die er wenigstens zu seinen eigenen Gunsten – nicht durch ehrliche Arbeit, sondern durch Betrügereien – zu bekämpfen unternimmt. In solchem Zustande ist der Mensch am stärksten geneigt, dem Gesetze des kürzesten Weges zu folgen. So findet sich in der Psychologie des Hochstaplers leicht ein – freilich unwahrer – sozialpolitischer Zug, den wir auch in dem Briefe unseres Drogisten entdecken, der für das Wohl der ärmeren Klassen sich aufzuopfern vorgibt, während er in der Wirklichkeit sie schädigte. Ebenso verbirgt sich erfahrungsgemäß hinter manchem auffälligen sozialen Bekenner und Wohltäter ein maskierter Hochstapler. Und auch als Bannerträger der Revolution sind uns Schwindler, die sogenannten Revolutionsschwindler, bekannt geworden, denen das Massenungetüm gegenübersteht, unfähig, logisch und kompliziert zu denken. Die Masse kann selbst nur von Illusionen leben, deshalb liebt sie diese Illusionen und will betrogen werden.

Neben jenem eben erwähnten Protest kommt auch der Wunsch zur Geltung, ein lustbetontes Konzentrationsobjekt zu finden. Menschen, denen es irgendwie schlecht geht,

körperlich oder seelisch, suchen immer nach solchen Gegenständen, mit deren Hilfe sie unangenehme Vorstellungen verdrängen. Wie der Philosoph sein Unbehagen der unverständlichen Welt gegenüber, so verdrängt der Hochstapler mit Hilfe seiner realisierten Phantasie seine Verzweiflung über sein Elend.

Andere Triebfedern des berufsmäßigen Betrügers sind Eitelkeit und Genußsucht. Es kitzelt ihn unendlich, eine Rolle zu spielen und die materiellen Freuden des Daseins zu genießen. Hiervon wird noch zu reden sein. Die Eitelkeiten des Hochstaplers grenzen vielfach an das Lächerliche und seine Daseinsfreuden bestehen fast nur in Genüssen des Magens und des Erotisch-Sexuellen.

Endlich fanden wir in dem Briefe unseres Drogisten wieder die schon mehr erwähnte schriftliche, ja schriftstellerische Lüge. Ein gehobener Stil trägt die Darstellung. Sie kann auch mündlich vorgetragen werden, dann bedarf es der rednerischen Kunst. Der erfolgreiche Hochstapler muß auch Rhetoriker sein. Wenn ich als Staatsanwalt amtlich mit Hochstaplern zu tun hatte, gab ich ihnen gern Gelegenheit, sich zwanglos auszusprechen. Das gab ihnen willkommenen Anlaß, sich zu entfalten, wobei ich auch als öffentlicher Ankläger auf meine Kosten kam. Die Herren gewannen zu mir Vertrauen und legten mir ihre Lebensauffassung so unverhohlen bloß, daß es meist nur weniger Fragen bedurfte, um die mir wichtigen Geständnisse zu erlangen. Die Redegabe des Hochstaplers wird schließlich zur Geschwätzigkeit. Ich habe Darstellungen zu hören bekommen in einem oft hinreißenden Redefluß. Dabei macht sich auch der uns aus der Kinderpsychologie bekannte motorische bloße Drang, die Sprachwerkzeuge zu bewegen wundersam geltend. Der echte Hochstapler ist Sanguiniker, vor allem seine motorischen Nerven treiben immer ihr Spiel und bedürfen stets der anregenden

Tätigkeit. So kommt ein Teil der erschwindelten Darstellung auf dieses ungeheure Bewegungsbedürfnis der Sprachorgane wie beim Diebe die motorischen Nerven von Hand und Arm eine Rolle spielen. Diese gewissermaßen mehr körperlichen Fähigkeiten der Verbrecher haben in der Kriminalpsychologie noch nicht die rechte Beachtung gefunden. Die rhetorische Entfaltung des Hochstaplers enthüllte dann sein grenzenloses Bedürfnis, seinem Innern wieder einmal freien Lauf zu lassen und vor einem zu Studienzwecken allerdings besonders andächtigen Zuhörer zu glänzen. Solche Menschen kommen aus dem Hundertsten ins Tausendste, sie sprechen halbe, ganze Stunden lang, ohne sich zu erschöpfen. Wie in der Dichtung oft der Reim, also ein Äußerliches, die schönsten Gedanken und glänzendsten Bilder dem Poeten entlockt, so die Beweglichkeit der Sprachwerkzeuge dem Betrüger die glänzende Schilderung mit der hinreißenden Überzeugungskraft. Es gibt nichts, was er mit seinen Lügen nicht glaubhaft zu machen versuchte. Er lügt, wie man recht treffend zu sagen pflegt, das Blaue vom Himmel herunter. Man spürt es, wie er in der Entfaltung seiner gefährlichen natürlichen Gaben schwelgt, wie er beinahe dankbar ist, daß jemand ihn anhört, ohne daß er sich strafbar zu machen braucht. So entsinne ich mich eines schweren Verbrechers, der mir von seiner besseren Jugendzeit erzählte und mich glauben machen wollte, er – der kein Studierter war – habe in seinem Heimatdorfe, als der Pfarrer krank gewesen sei, von diesem beauftragt, eines Sonntags in der Dorfkirche gepredigt. Auf meine Zweifel bestürmte er mich, diese Predigt, die er unvergessen im Gedächtnis behalten habe, mir wiederholen zu dürfen. So ließ ich ein gutes Stück dieser Predigt über mich ergehen. Sie bestand in der Hauptsache aus Reminiszenzen an Gefängnispredigten; aber auch aus ihnen klang es mir wie eine laute Sehnsucht nach einem anderen Dasein heraus.

Jener menschliche Verstellungsinstinkt, von dem wir alle einen Teil mitbekamen, äußert sich, wie wir wiederholt sahen, schon im Alltagsleben. Sehr viele Menschen, vielleicht die meisten, haben Bedürfnis und auch Anlaß, vor der Welt anders zu erscheinen als sie in Wirklichkeit sind, und als mehr zu erscheinen als sie sind. Ein Gesetz des Scheins regiert Leben und Welt. Es ist hierfür wahrscheinlich sogar eine gewisse Notwendigkeit gegeben. Wenn sich jeder ohne weiteres jedem als der offenbaren würde, der er in Wirklichkeit ist, so könnte er sich dadurch – mit seinen offenbarten Schwächen – leicht bloßstellen, er würde Schaden leiden, müßte sich Vorteile entgehen lassen, kurz, er würde im Leben schwer vorwärtskommen. So haben wir alle in Wandel und Handel das Bedürfnis, uns in irgendwelcher Richtung – im Beruf wie im Privatleben – zu verhüllen. Es gibt keine unbedingte Pflicht zur Offenbarung der Wahrheit, kein bedingungsloses Recht auf sie. Dieses Gesetz hat das Volk über sich aufgerichtet. Der Kaufmann kann nicht verpflichtet sein, dem Käufer alle Einzelheiten seines Warenerwerbes darzulegen. Der Rechtsanwalt, der für seinen Auftraggeber einen Prozeß führt, darf dem Gegner nicht die Schwächen seiner Klage mitteilen. Selbst der Arzt darf dem Kranken unter Umständen den ungünstigen Verlauf der Krankheit verschweigen. Dieselben Grundsätze gelten in Angelegenheiten der Allgemeinheit. Der Staatsmann wird sich in der äußeren Politik den Vertretern anderer Nationen gegenüber häufig in Schweigen zu hüllen haben. Im Kriege gehen von alters her Kraft und List nebeneinander her. Homer hat nicht ohne Grund Odysseus, den listigen und verschlagenen, neben Achill gestellt, das Urbild der Kraft. So erscheint unser Alltagsleben oft als Mummenschanz, auf dem wir alle Masken tragen. An dieser Welt des Scheins hat der eine mehr Freude und Gefallen als der andere, und der eine auch mehr Geschick und Talent, sich zu verhüllen,

als der andere. Es gibt Menschen, die mehr oder minder verhüllt durch ihr ganzes Leben gehen. Viele legen die Maske niemals ab. Wir sprachen schon von diesen Trägern eines Doppellebens, die in allen Gesellschaftsschichten sich finden. Während der Kriegsjahre gingen viele Charaktere so weit, ihre innerste Gesinnung zugunsten der öffentlichen zu verfälschen und zu verheimlichen, und hoben zugunsten des Staatswohles den Superlativ auf das Schild. Nur so glaubten sie die Tragik zu ertragen, daß sie als Individuum, als ein Persönliches mit eigenen Empfindungen, Neigungen und Zielen, sich an das Unpersönliche, an die Gesellschaft, die Klasse, an den Staat geschmiedet sahen.

In diese Welt des Scheins, die ihn überall sichtbar umgibt, stellt sich der Hochstapler mit seinen Wünschen und Fähigkeiten hinein. Mit Hilfe der Gesetze dieser Welt des Scheins, die er zu seinem Vorteil erweiternd ausdeutet, erringt er seine Erfolge, täuscht er seine Mitmenschen. Der Schein regiert die Welt, die Welt will seit alters her getäuscht sein; vult decipi mundus. Der Hochstapler narrt die Welt, straft die Mitwelt an ihren eigenen Schwächen.

Ja, man kann weiter gehen und sagen, daß der Hochstapler ohne eine gewisse darstellerische schauspielerische Gabe gar nicht auszukommen vermag. Auch diese Befähigung kommt aus der Breite der normalen Psychologie herüber. In dem Darstellerischen kommt der Nachahmungstrieb zur Geltung, den die Natur schon dem Tiere, dem kleinen Kinde einpflanzte. Wo wäre die menschliche Kultur ohne Nachahmungstrieb geblieben? Die ganze Erziehungslehre gründet sich auf den Trieb des Kindes zur Nachahmung. Der Mensch ist, wie der Affe, ein nachahmendes Wesen, aber er hat mittels der Nachahmung eine bewunderungswürdige Weltkultur aufgebaut. Es gibt Menschen, die mit der Nachahmung eine Darstellungsgabe entwickeln, die sich erfolgreich des

Formensinnes in Mode, Kleidung und Auftreten bemächtigt. Ein Teil unserer Umgangssitten hat theatralische Bedeutung. Wer kennt sie nicht, die theatralischen Menschen, die sich erfolgreich zu den Komödianten des Lebens entwickeln können? Aus diesem immer fließenden Born schöpfen die großen Hochstapler und muten in ihrem Auftreten geradezu als Schauspieler an. Schauspieler und Hochstapler verfügen wie manche Medien über die Gabe der Autosuggestion, mit deren Hilfe sie sich selbst »in Szene« zu setzen vermögen. Als Unterlage dient dem Bühnenkünstler der Text des Dichters, dienen dem Hochstapler seine eigenen Phantasien. Da ist das täuschende, gefällige Mienenspiel, das offene, ehrliche Auge, die bestrickende Liebenswürdigkeit, die wohllautende Sprache, die gewandten Bewegungen, das ganze Auftreten mit seiner bestechenden, oft faszinierenden Sicherheit, die geschmackvolle Kleidung, zuweilen sogar Kostüm in Gestalt von Uniform, Diplomatenrock, Priestergewand usw. Vor allem das Fremdländische in Kleidung, Sprache und Auftreten besticht. Dazu noch der individuelle Reiz der Persönlichkeit, der ja auch dem wirklichen Schauspieler zu seinen Erfolgen verhilft. Der Hochstapler ist nicht selten mit solcher persönlichen Eigenart ausgestattet, die auf disponierte Gemüter geradezu eine Suggestion, ja eine Massensuggestion auszuüben vermag. Die eigentümliche Mischung seines ganzen Wesens aus Wahrem und Unwahrem, die seltsame Verschmelzung von Sympathischem und Unsympathischem, die Verwebung von Bewunderung und Scheu, die er erweckt, verleihen ihm den Charakter des Dämonischen, durch Temperament und Triebhaftigkeit seiner Natur verstärkt. Die merkwürdige Suggestivkraft dieses Dämonischen auf den einzelnen wie unter Umständen auf die Masse liegt in der fast monomanisch wiederholten, mit übermenschlicher Glaubenskraft vorgetragenen Darstellung, die sich den Seelen ihrer Umgebung geradezu einbrennt. Und was ihr

die außerordentliche Färbung gibt, das Seltsame, Wunderbare, Überraschende, Sensationelle, ja selbst Bizarre, gerade das wirkt faszinierend und weckt Interesse und Beifall. Credo quia absurdum – das ist zwar kein Prinzip der Logik, wohl aber ein Grundsatz der psychologischen Lehre von der Suggestion.

Wie an den Dichter grenzt der Hochstapler mit gewissen Zügen seines Wesens auch an den Schauspieler. Das ist das zweite künstlerische Moment, das wir in seiner Begabung antreffen. So baut sich das Bild und der Charakter des Hochstaplers immer mehr auf der breiten Grundlage der normalen Psychologie auf. Wertvolle, unentbehrliche menschliche Strebungen münden in seine Geistesverfassung ein und tragen sein ganzes Wesen. Selbst höchste Schaffenskräfte des Menschengeistes helfen ihm, seine Erfolge zu erringen. Erst in solcher Forschungsmethode erfüllt die Kriminalpsychologie ihre Forschungsaufgabe. Sie soll sich nicht als reine Fachwissenschaft isolieren und das Besondere, das der Verbrecher aufweist, zu sehr betonen. Das führt zu einer unrichtigen und meist nicht gerechten Beurteilung des Rechtsbrechers. Sie soll die Züge finden und erklären, die dem Verbrecher mit dem allgemeinen Menschenbilde gemeinsam sind. Ich habe von Anfang an in meinen Werken der Kriminalpsychologie diesen Weg gewiesen und deshalb auf die Erklärung von Verbrechergestalten bei unseren Dichtern (Sophokles, Shakespeare, Goethe, Schiller, Ibsen, Gerhart Hauptmann) so großen Wert gelegt, weil sich bei ihnen die verbrecherischen und rein menschlichen Züge in klarer Offenbarung vereinigt finden.

II

BERÜHMTE HOCHSTAPLER

und ihr Vorgehen

Wir können die Stufenleiter der hochstaplerischen Typen von den bescheidenen Anfängen bis zu den Höhen der weltgewandten internationalen Gauner hinauf verfolgen.

Da gibt es hochstaplerische Anfänge, die selbst der Gebildete und Besitzende am liebsten für erlaubt halten möchte und welche die geheime Lust am Schwindeln recht deutlich vor Augen führen. Ein berühmter Kammersänger erzählte mir, daß er von seinen Gastspielreisen oft geschmuggelte Waren unter seinen Theaterkostümen über die Grenze gebracht und den Zollbeamten durch die obenaufliegende unendliche Kette seiner prächtigen Orden und Medaillen in Verwirrung versetzt habe. Was ist das anderes als Hochstapelei mit Kostüm und Orden? Beim Paschen und Schmuggeln verrät auch der harmlose Untertan, daß in ihm eine fast eingeborene Befähigung zum Hochstapler steckt. Da ist's denn kein Wunder, daß in Maschinenteilen, in ausgehöhlten Geräten, in Teerfässern geschmuggelt wird; daß Frauen, dank ihrer Kleidung noch besser gestellt als Männer, eigens zugerichtete Kleider benutzen, die sie bei allen Extremitäten hübsch süß – mit Sacharin – unterlegen, daß ein Orchester der Heilsarmee die Grenze, angeblich um zu konzertieren, überschritt, während es verkleidete Pascher waren, die in ihren Trommeln, in den Pauken und in den Blechinstrumenten erhebliche Mengen Gummi von Dänemark nach Schweden hinüberführten. Auch der ehrliche Staatsbürger halte fest: das Paschen ist eine Vorschule der Hochstapelei!

Ein junger Schneider, schon mehrfach vorbestraft, trat als Heiratsschwindler auf. Er legte sich den Grafentitel bei und legitimierte sich durch eine Visitenkarte mit einer goldenen Krone und dem wohlklingenden Namen Graf Erasmus Hobenstedt-Fehlen, Studiosus juris. So betörte er Mädchenherzen und war bald mehrfach verlobt. Wir merken schon, es ist der Schneider, der das

Märchen vom Grafen realisiert. Dazu ein kleiner Ausflug in Försters farbiges »Alt-Heidelberg«. Regelmäßig wollten seine hohen Verwandten von einer Verbindung mit einem bürgerlichen Mädchen nichts wissen, ja, sie waren so empört, daß sie dem Liebenden den Monatswechsel entzogen. Da halfen dann die meisten der gutherzigen Mädchen mit Geld vorübergehend reichlich aus. In blau-gelb-rotem Studentenband und Mütze führte er die Damen – jede einzeln natürlich – in eine Kneipe, wo er einen mit Fähnchen in den gleichen Farben geschmückten Stammtisch etabliert hatte. Hörten die Mädchen dort, wie der Kellner den Bräutigam als *»Herr Graf«* anredete, so öffnete sich ihr Geldtäschchen von neuem. Um die Gelegenheit genügend auszunutzen, richtete der Schneider-Graf bald in mehreren Kneipen solche farbenfreudige Stammtische für sein angeblich demnächst dahin übersiedelndes Korps ein, bis eine der Bräute doch Verdacht schöpfte, die beflaggten Tische bewacht wurden und der Herr Graf in die Falle ging. Das Kostüm, dessen dieser jugendliche Hochstapler bedurfte, ist mit Studentenmütze und Couleurband angedeutet. Die Visitenkarte mit der Krone ist ein beliebtes Requisit. Sie wirkt unfehlbar. Was man schwarz auf weiß besitzt! Und der Hotelangestellte erscheint schon hier als unfreiwilliger Gehilfe bei der Betrugskomödie.

Beliebt und wirkungsvoll ist das Auftreten als angeblicher Beamter. Von falschen Kriminalbeamten konnte man in den letzten Jahren fast alle Tage in den Zeitungen lesen. So unbeliebt sie auch in der Republik sind, Beamte machen in Deutschland immer noch außerordentlichen Eindruck. Man ahnt nicht, wie begehrt dabei in der neueren Zeit die Stellen von unteren und mittleren Beamten sind. Deshalb fühlt sich der Betrüger aus dem Volke auch so leicht und gern in diese Rolle ein und »markiert« sie so täuschend. Vielleicht erlebt er dabei auch eine Art Wunsch-

erfüllung wie im Märchenlande. Und seit sich in gewissen Beamtenkreisen leider selber nicht wenige Betrüger und Unredliche finden, ist ihre Rolle natürlich noch leichter zu spielen! Als angebliche Legitimation genügt eine blecherne Garderoben- oder Biermarke, auch die Mitgliedskarte irgendeines Gesangvereins oder Kegelklubs. Werden sie mit der geeigneten Bewegung vorgezeigt, so wagt das blinzelnde Auge des Betroffenen kaum hinzusehen: jeder Gauner ist legitimiert. Selbst ein Leihhausschein tut es!

Den nachstehenden Fall habe ich selbst als Staatsanwalt bearbeitet. Bei einem sehr angesehenen Kommerzienrat und Mühlenbesitzer in der Nähe von Dresden – er ist verstorben – ließ sich ein junger Mann mit finsterem Antlitz, eine Aktenmappe unter dem Arm, durch seine Visitenkarte als Dr. jur. Schwarz, Geheimer Kriminalkommissar des Polizeipräsidiums Berlin, melden. Wieder die Visitenkarte, die schon erbeben machte! Auch die Aktenmappe, die natürlich auch ehrliche Leute tragen, ist ein wirksames Ausstattungsstück des Betrügers. Herr Dr. Schwarz eröffnete dem Kommerzienrat, daß an der russischen Grenze ein umfangreicher Getreideschmuggel entdeckt worden sei. Der verhaftete Hauptschmuggler habe den Kommerzienrat als Anstifter schwer belastet. Dabei zeigte er aus der gefüllten Aktenmappe Protokolle und einen Haftbefehl flüchtig vor. Der bestürzte Kommerzienrat beteuert seine Unschuld, behauptet eine Irreführung der Behörden und legt dem Kommissar, der vorsichtig darin blättert, seine Geschäftsbücher zum Beweise vor, daß er zur fraglichen Zeit von der Ostgrenze überhaupt nicht bezogen habe. In diesem Augenblick tritt der Buchhalter herein und meldet, daß soeben telephonisch mitgeteilt worden sei, der Herr Justizminister erwarte den Kommissar zum dringenden Bericht in der Angelegenheit des Kommerzienrates. Die Lage wurde kritisch. Der Mühlenbesitzer bot 50.000 Mark Sicherheitsleistung

an, wenn der Haftbefehl nicht vollstreckt werde, zeigte aber gleichzeitig in seinem weit geöffneten Kassenschranke, daß nicht genügend Bargeld vorhanden war. Schon erklärte sich der Kommissar bereit, in einer Droschke mit zum Bankhause zur Erhebung des Geldes zu fahren. Da hatte inzwischen der Buchhalter, der gelauscht hatte, Verdacht geschöpft und nach der Polizei telephoniert, so daß der Betrüger verhaftet werden konnte. Die Schriftstücke in der Aktenmappe stellten sich als die plumpesten Schmierereien heraus, auf einem Postamte zusammengeschrieben. Hätte der Kommerzienrat die Vorlegung des Haftbefehls verlangt, so wäre die Komödie schnell zu Ende gewesen. Ja, wenn die Betroffenen immer recht geistesgegenwärtig wären und auch sonst ein gutes Gewissen hätten, bliebe manche Sensation ungeschehen! Der dem Gauner den leeren Geldschrank vorzeigende Kommerzienrat ein Bild für die »Fliegenden Blätter«! Der Portier eines Hotels – wieder der behilfliche Gasthofsangestellte! – hatte gegen ein kleines Trinkgeld pünktlich auf die Minute telephoniert, daß Dr. Schwarz zum Justizminister kommen solle. Der Betrüger gestand mir, daß er nach Abheben des Geldbetrages im Bankhause mit der Beute habe aus der Droschke springen und flüchten wollen. Er bat mich auch, mich seiner nach Verbüßung seiner Strafe anzunehmen und ihm eine geeignete Anstellung zu verschaffen, damit er endlich auf ehrliche Wege kommen könne. Auf meine Frage, welche Art ehrlicher Tätigkeit er zu leisten sich zutraue, erbat er mit einer gewissen Leidenschaftlichkeit eine Anstellung als Detektiv in einem großen Warenhause. Sein Geschäftsherr, so beteuerte er mit beinahe gläsernen Augen, könne ruhig schlafen und werde nicht bestohlen werden, weder vom Publikum noch von den Angestellten. Er habe seine Argusaugen überall, kein Spitzbube werde ihm entgehen. Was steckte also in diesem Hochstapler? Im tiefsten Grunde ein Zug zum Kriminellen um jeden

Preis, wenn nicht als Detektiv, so schließlich als Verbrecher. Und in der hochstaplerischen Betätigung die Wunscherfüllung, den Kriminalbeamten zu spielen!

In Militärstaaten vermag die Offiziersuniform unter Umständen dem Betrüger die höchste Autorität zu verleihen, ja ihn geradezu zum Urheber einer Massensuggestion zu befähigen. Der falsche Hauptmann von Köpenick ist noch in unser aller Erinnerung, der 57 Jahre alte Schuhmacher Wilhelm Voigt, der erst ein halbes Jahr zuvor aus dem Zuchthause entlassen worden war und überhaupt 27 Jahre seines Lebens hinter Gefängnismauern zugebracht hatte. An einem schönen Herbsttage des Jahres 1906 zog er in der Jungfernheide bei Berlin die Uniform eines preußischen Hauptmanns an, wobei er die Schärpe unvorschriftsmäßig schnallte und eine unvorschriftsmäßige Kokarde an der Mütze trug. Auch sonst alles unvorschriftsmäßig bei diesem 57jährigen Hauptmann. Unter bloßer Bezugnahme auf eine Kabinettsorder, die er gar nicht vorzeigte, hielt er eine vom Schießplatz Tegel kommende Patrouille Soldaten an, stellte sie unter seinen Befehl, führte sie mit der Eisenbahn nach Köpenick, wobei er die Fahrkarten löste und die im Dienst befindliche Mannschaft unterwegs mit Kaffee traktierte. In Köpenick, wo er in seinem Leben nie gewesen war, besetzte er das Rathaus und ließ auf den Straßen die Polizei stramm Ordnung halten. Er verhaftete Bürgermeister und Hauptkassenrendanten und ließ sich die Kasse mit 4000 Mark herausgeben, worauf er verschwand. Dabei war er selber nie Soldat gewesen, aber der Bürgermeister, den er unter militärischer Bewachung nach Berlin bringen ließ, war Reserveoffizier. Die Eitelkeit des Hochstaplers feierte in diesem Schuhmacher Triumphe. Während er in der Hauptsache geständig war, bestritt er sehr lebhaft, daß er in der Hauptmannsuniform eine schlechte Figur gemacht habe. Auch die verkehrte Kokarde wollte

er nicht auf sich sitzen lassen, an der ganz allein der Mützenmacher die Schuld trage. Später ließ sich Herr Voigt im Varieté für Geld sehen. Danach verklagte er in Luxemburg, wo er seinen Wohnsitz aufgeschlagen hatte, den Schriftleiter eines Lokalblattes, der ihn in einem Aufsatz als Schuster bezeichnet hatte. Voigt erklärte, er sei Schuhmachermeister gewesen und müsse deshalb die Bezeichnung Schuster als Beleidigung ansehen. Der verklagte Redakteur wurde aber freigesprochen. Schließlich kam Herr Voigt glänzend auf seine Kosten: eine wohlhabende Dame – man sehe die dem Hochstapler geneigte Weiblichkeit! – wendete ihm eine Rente zu. Die Köpenickiade ein echter Hochstaplerstreich, verblüffend, energisch, wie mit einer germanisch-militärischen Intuition durchgeführt, trotz aller Plumpheit der Mittel von hinreißendem Erfolg! Dabei durchaus nicht originell. Schon im Jahre 1838 gab sich ein Schustergeselle – es scheint etwas im Metier zu liegen – in der Umgegend von Naumburg für den Prinzen August von Preußen aus, revidierte die Kassenbeamten und nahm ihnen die Kassengelder ab. Ben Akiba behält recht: alles schon dagewesen.

Ob der Schuster Voigt einem tieferen inneren Drange folgte, als er den falschen Hauptmann »gestaltete«, bleibt unentschieden. Die Frage: *»Was fühlte Wilhelm Voigt, als er in der Hauptmannsuniform die acht Mann und zwei Gefreiten des Garderegiments in Berlin kommandierte?«* hat die Kriminalpsychologie noch nicht aufgeworfen. Vielleicht bietet einen Anhalt seine Äußerung zu einem Mitgefangenen im Zuchthause zu Rawitsch bei Gnesen: er wolle, wenn er herauskomme, ein ganz gerissenes Ding drehen, die Welt werde sich wundern; Militär müsse auch mit dabei sein. Jedenfalls erkennt man, daß hier ein Schöpferwille und ein Schöpfergedanke im Spiel gewesen sind, deren Wiege das Zuchthaus war. Man könnte dazu neigen, den Schöpfer, den Gestalter der Köpenickiade

auf eine gewisse epische oder dramatische Dichtergabe hin anzusprechen. Es gibt latente Dichterkräfte, die sich niemals in Verse oder Prosa ergießen, weil eine Hemmung den Weg zur äußeren Form nicht finden läßt. Aber die Dichterkraft selbst, die Gestaltungskraft, bleibt vorhanden. Auch war Hans Sachs nicht der einzige Schuster, der Humorist und Poet dazu war. Kann uns die Köpenickiade nicht als einzigartige humoristische Dichtung erscheinen, eine feine literarische Blüte ihres Jahrhunderts, Kleists »Zerbrochenen Krug« und Gerhart Hauptmanns »Biberpelz« noch hinter sich lassend? Erinnert das Volkstümliche nicht sogar an Reineke Fuchs und Till Eulenspiegel? Der falsche Hauptmann von Köpenick hatte die Lacher beider Welten über den preußischen Militär- und Polizeistaat für sich. Aber auch das Tragische fehlte dieser Dichtung nicht. Ein geheimes Grauen erfaßte Deutschlands auswärtige Feinde. Folgte der deutsche Soldat zur Friedenszeit einem in den Offiziersmantel gehüllten Zuchthäusler mit solcher Manneszucht, was war von ihm erst im blutigen Ernste unter Führung seiner Feldherren zu erwarten? Der Gaunertrick des Schusters Wilhelm Voigt als Memento in der internationalen europäischen Konstellation, vielleicht gar als Miterreger des großen Weltkrieges – auch diese Perspektive ist in der Kriminalistik neu. Gehört die Köpenickiade mit Fleisch und Blut bisher auch nur der Geschichte an, so wird sie zweifellos einmal ihren Dichter finden, so daß sich Dichtkunst und Hochstapelei abermals berühren werden. Der Dichter wird etwas vom volkstümlichen Geiste Gerhart Hauptmanns haben müssen, um diesem wundervollen Stoffe der Weltliteratur gerecht werden zu können.

Ein anderer Hochstaplertypus begnügt sich nicht damit, eine angemaßte Rolle nur einige Stunden zu spielen, sondern begehrt sich dauernd auf der Stufenleiter der höheren

Beamtenlaufbahn aufwärts zu bewegen. Wieder bietet Preußen den romanhaften, fast grotesken Stoff vom falschen Bürgermeister Alexander von Köslin. Heinrich Thormann, als Sohn eines Bahnmeisters und Schlossers geboren, wurde nach dem frühen Tode seines Vaters bis zum Jahre 1800 im Militärwaisenhause in Potsdam erzogen, wo er zu den begabteren Schülern zählte und durch eifriges Lesen von Büchern sich eine über das gewöhnliche Maß hinausgehende Bildung aneignete. Auch dichterisch hat er sich versucht. Da haben wir schon wieder die dichterische und die hochstaplerische Anlage beisammen. Bis zum Jahre 1907 war er, der das Einjährigenexamen bestanden hatte, bei verschiedenen Landratsämtern in Ost- und Westpreußen als Schreiber und Kreisausschußassistent tätig. Ein Landrat in Ostpreußen gab ihm das Zeugnis eines Mannes mit vorzüglicher Fassungsgabe und geradezu außerordentlicher Begabung. Nebenamtlich befaßte er sich mit der Anfertigung von Klagen, erteilte Rat in Rechtsangelegenheiten und war auch gelegentlich als Detektiv tätig. Die Detektivbegabung und Detektivlaufbahn führt öfter zur Hochstapelei hinüber. Als Thormann seit 1907 Bureauassistent der in Berlin domizilierenden Niederbarnimer Kreissparkasse war, eignete er sich widerrechtlich Gelder an und wurde vom Gericht zu 4000 Mark Geldstrafe oder zu 400 Tagen Gefängnis verurteilt. Kurz entschlossen tauchte Heinrich Thormann, der Schreiber, unter, um als Dr. jur. Heinrich Thormann wieder an die Oberfläche zu kommen. Er nahm unentgeltliche Dienste bei Gemeindeverwaltungen und Magistratsbehörden, die deshalb keinen Anlaß fanden, seine Papiere nachzuprüfen. Aber er erhielt als Dr. jur. auf Grund seiner vorzüglichen Leistungen beste Zeugnisse, die ihm weiterhalfen. Als er einmal als der aus Osterode gebürtige Schreiber Heinrich Thormann zur Verbüßung der früheren Betrugsstrafe verhaftet werden sollte, führte er die Staatsanwaltschaft dadurch

irre, daß er als seinen Geburtsort Königsberg angab. Er verschwand abermals und vollzog eine noch wirkungsvollere Metamorphose. Als Magistratsassessor Dr. jur. Eduard Alexander bewarb er sich mit falschen Papieren und glänzenden Zeugnissen um die Stellung eines Hilfsassessors beim Magistrat zu Bromberg und erlangte den Ruf eines besonders tüchtigen Beamten. Er fand Eintritt in die Bromberger ersten Gesellschaftskreise und verheiratete sich – wieder auf Grund gefälschter Unterlagen – mit der Tochter des Präsidenten der dortigen Eisenbahndirektion. Drei Jahre blieb der falsche Alexander, der seine Personalien einem wirklichen Eduard Alexander, Rechtsanwalt in Berlin, nachgebildet hatte, in Bromberg, um 1913 als zweiter Bürgermeister nach Köslin zu gehen, wo unter 700 Bewerbern die Wahl auf ihn gefallen war. Hier ereilte ihn nicht etwa durch die Aufmerksamkeit der Behörden sein Schicksal, sondern weil der Vater einer früheren Geliebten – où est la femme? – ihn wegen Rückzahlung eines Darlehens ausfindig gemacht hatte. Nach kurzem Leugnen brach der Hochstapler zusammen und legte ein Geständnis ab. Seine Triebfedern waren seine Armut und ein glühender Ehrgeiz nach Emporsteigen in die höhere Beamtenlaufbahn gewesen. Welches innerstes Motiv lebte in ihm? Er wollte in Wirklichkeit eine Stelle einnehmen, zu der er auch ohne akademisches Studium und ohne die vorgeschriebenen Examina auf Grund seiner angeborenen Begabung und seines Fleißes sich für befähigt halten durfte. Dieses echte Hochstaplermotiv ist auch sonst in der Kriminalgeschichte mehrfach bekannt geworden. Also etwa das Vorgefühl von dem freiheitlichen Wahlspruch: Dem Tüchtigen freie Bahn! Dazu kommen eine Reihe Äußerlichkeiten. Die Behörden machten es dem falschen Alexander sehr leicht, indem sie sich meist mit Zeugnisabschriften begnügten. Im übrigen blendete er mit seiner Visitenkarte, deren er sich immer freigebig bediente und bei seiner

Verhaftung ein ganzes Päckchen bei sich führte. Dabei Kleinigkeiten. Der tönende Name Alexander – an den Großen Alexander erinnernd –, dessen Vorname zum Vatersnamen, zum Stammesnamen erhoben! Eine gewisse Großmannssucht! Und die juristischen Kenntnisse? Ja, haben sie sonst alle Juristen auf der Universität erworben? Hat das akademische Studium und die Ablegung der juristischen Prüfungen wirklich so ausschlaggebende Bedeutung? Gibt nicht der falsche Alexander mit seiner kühnen Laufbahn unserer bureaukratischen Kultur einen Fingerzeig? Ist es nicht entzückend, zu hören, daß jemand, was ich schon lange behauptet habe, auch ohne Universität und Doktorpromotion ein ausgezeichneter Jurist sein kann? Endlich eine Erlösung der Juristerei aus den Fesseln der hergebrachten Zunftordnung, eine Freigabe der Juristerei an den gesunden Menschenverstand der Laien, wie sie das Volksempfinden schon lange begehrt – alles dies geleistet nicht etwa von der Einsicht der Juristen und einer freiheitlichen Gesetzgebung, nein – o, beglückende Ironie! –, geleistet von einem Hochstapler, dem falschen Alexander! So scheint auch dieser Hochstapler sich selbst als dem in ihm steckenden Poeten die Hand zu reichen. Eine Kulturkomödie hat auch er gestaltet!

Weniger erfolgreich sind in ähnlichen Fällen Hochstapler gewesen, die als Mediziner ihre Laufbahn zu machen wünschten, obwohl nach dem Worte Mephistos der Geist der Medizin »leicht zu fassen« ist. Ein solcher Phantast, Sohn eines kleinen Beamten, behauptete, aus einem Verhältnis hervorgegangen zu sein, das sein Vater, ein Arzt, mit einer Gräfin unterhalten habe. Also eine mysteriöse Zeugung und Geburt als Grundlage. Er war ein Abenteurer, der seine Laufbahn als Buchdrucker begann, er wurde Dekorations- und Kirchenmaler, danach stieg er höher, wurde Musik- und Gesanglehrer an einer Idiotenanstalt, Schriftleiter,

Musikdirektor in einem Wanderzirkus, Techniker in einem Tiefbauamt, Steiger in einem Bergwerk, zuletzt Morphinist und Arzt. Er legte sich den Doktortitel bei, ließ sich Rezeptvordrucke mit verschiedenartigem Aufdruck, bald als Spezialist für Frauenleiden, bald für Nervenleiden herstellen und verschrieb sich selbst das Morphium. Als er durch den Morphiumgenuß unfähig wurde, als »Arzt« sein Geld zu verdienen, täuschte er Morphiumräusche vor, ließ sich, wo er gerade ging und stand, umfallen, um Unterkunft in einem Krankenhause und gute Verpflegung zu finden. Dann verschwand er stillschweigend, ohne die Verpflegkosten zu bezahlen. Auf diese Weise hat er eine ganze Reihe Krankenhäuser und Heilanstalten um Tausende betrogen. Immer gab er vor, Medizin studiert zu haben. Auch Verlobungen ging er als »Dr. med.« ein. Als Beweggrund gab er an: *»Es ist für mich ein wollüstiger Kitzel als nicht studierter Mensch wissenschaftlich gebildete Leute, insbesondere ärztliche Kapazitäten, zu täuschen.«*

Ein anderer »Mediziner« gab sich als Neffe des berühmten Münchener Gynäkologen Professor Dr. Döderlein aus. Als Tagelöhnerssohn geboren, kam er nach beendeter Bürgerschule als Schreiber in die Ortskrankenkasse, danach zu einer Diskontobank. Seinen Wunsch, Medizin zu studieren, konnten seine armen Eltern nicht erfüllen. Während er tatsächlich ein viel bestrafter Hochstapler mit Namen Kiesewetter war und sich als Sanitätsgefreiter in Lazaretten oberflächliche medizinische Kenntnisse angeeignet hatte, behauptete er, als außerordentlicher Hörer an der Universität Würzburg nicht zugelassen, gleichwohl mit der Kollegienkarte eines Freundes an den Vorlesungen teilgenommen zu haben. Er wollte dann weiter noch an den Universitäten Erlangen, Heidelberg und Bonn studiert und sogar das Staatsexamen gemacht haben, zur Promotion habe sein Geld leider nicht gelangt. Er wollte

Assistent am Berliner Virchow-Krankenhause, danach praktischer Arzt in Niebühl in Ostfriesland gewesen sein und später sein Kreisarztexamen gemacht haben. Alle diese Behauptungen hielt er in der Hauptverhandlung in Wien mit großem Wortschwall aufrecht und bestritt, der vorbestrafte Kiesewetter zu sein. In Gosau trat er als Professor Döberlein auf, hielt spiritistische Sitzungen ab, um zu beweisen, daß es keine Geister gäbe, hypnotisierte usw. Er stand im Mittelpunkt der Gesellschaft und verlobte sich mit einer Kaufmannstochter. Er praktizierte und galt als großer Arzt. Ein begabter Mensch, Typus des Phantasten, der aus unerfüllter Sehnsucht nach einer wissenschaftlichen Tätigkeit zum Hochstapler wurde. Dabei anscheinend eine sexuelle Färbung, die ihn zum Berufe des Frauenarztes zog, wie dies auch bei wirklichen Medizinern zu geschehen pflegt.

Man kann hier den wirklichen Gelehrten als Hochstaplertypus anfügen. Ein klassischer Fall ist der des Mathematikprofessors Libri. Italiener von Geburt, Franzose aus freier Wahl, Engländer in der Not – als er nach seiner Verurteilung im gastlichen Albion eine neue Heimat suchte –, war Libri ein hervorragender Historiker, ein geistreicher Schriftsteller, ein großer Gelehrter, Professor an der Sorbonne, wo er Wahrscheinlichkeitsrechnung lehrte, Mitglied der Akademie, Ritter der Ehrenlegion. Schon mit 20 Jahren war er zum Professor an der Universität Pisa ernannt worden. Aus politischen Gründen sah er sich gezwungen, nach Frankreich zu fliehen, wohin ihm sein großer Gelehrtenruf längst vorangegangen war. Außer dem Lehrstuhl gab man ihm in Frankreich den Auftrag, die Bibliotheken des Landes zu inspizieren, und 1841 wurde er zum Präsidenten einer Kommission ernannt, die einen Katalog aller in den Bibliotheken der französischen Provinzen vorhandenen Handschriften herausgeben sollte. Mit Empfehlungs-

schreiben des Ministers versehen, begann er seine Rundreise und seine – Bücherdiebstähle. Er setzte es sogar durch, daß ihm wertvolle Handschriften, die nach seiner Angabe genauer geprüft werden mußten, ins Haus geschickt wurden. Er hatte die reichste Bibliothek, die ein Privatmann je besessen hat. Aber als er sie für 200.000 Frank verkaufte, erweckte er Verdacht. Er entfloh nach London, und das Schwurgericht verurteilte ihn in seiner Abwesenheit zu zehn Jahren Gefängnis. Übrigens hatte er auch schon sein Vaterland Italien in gleicher Weise geplündert. Florenz und Pisa kauften für 575.000 Frank Drucke und Schriften zurück, die er gestohlen und verkauft hatte. Es stellte sich später heraus, daß Libri einer verbrecherisch veranlagten Familie angehörte. Sein Vater, der Graf Libri-Bagoano, war wegen Fälschungen zu zehn Jahren Zuchthaus verurteilt worden. Libri ein Hochstapler als Bücherdieb. Gewiß war er durch seinen Beruf ein Bibliophiler, ein Sammler. Der Diebstahl lag hiervon nicht weit entfernt. Daß er sich durch seine Gelehrsamkeit in Stellungen drängte, die ihm zu Bücherdiebstählen ganz besondere Gelegenheit boten; daß er sich gewissermaßen zum Gebieter der französischen Staatsbibliotheken machte, stempelt ihn zum Hochstapler. Er gab vor, ein besonderer Hüter dieser unermeßlichen wissenschaftlichen Schätze zu sein, und er war in Wirklichkeit ihr größter Schädling.

Ein raffinierter Hochstapler war der falsche Graf Gubata, der 1909 in Paris verhaftet wurde. Von Beruf Koch, wollte er Schauspieler werden – da haben wir schon wieder das künstlerische Moment –, aber er war zu faul, seine Rollen zu lernen. Er entfloh und ließ sich von einer auswandernden Köchin mit nach Amerika nehmen. In Kalifornien wurde er zweimal wegen Scheckfälschung bestraft. In San Franzisko trat er als Graf Eugen Ottokar Harrach auf. Schließlich – »es wächst der Mensch mit seinen höheren Zwecken« – gab er sich als Erzherzog von Österreich aus

und betörte eine spanische Gräfin. Er zeigte ihr seine Photographie in der Uniform eines österreichischen Erzherzogs – diese Erzherzoge waren seinerzeit sehr beliebt. Die Photographie war in der Tat die eines Erzherzogs mit dem Goldenen Vlies, doch nur bis auf den Kopf. Diesen hatte der Betrüger geschickt entfernt und statt dessen sein eigenes Antlitz auf den Rumpf kopiert. Die Gräfin war von dem ritterlichen Manne entzückt, vertraute ihm ihren kostbaren Schmuck an, den sie natürlich niemals wieder sah, und beglich in Amerika seine nicht unbeträchtlichen Hotel-Rechnungen. Als sie mißtrauisch wurde, verschwand er, um an anderen Orten als Prinz Charles von Bourbon und abermals als Erzherzog Albrecht von Österreich aufzutauchen. Er bezeichnete sich als Enkel der Prinzessin von Bourbon und als Vetter des Königs von Bulgarien. In Larichemont, Orient Point, Greenwich und in anderen Kolonien am Sund genoß er große Ehren und wurde wirklich als Erzherzog angesehen. Er gehörte zur Hochstaplergattung der Schauspieler, dessen künstlerische Veranlagung durch irgendwelche Umstände gehemmt in unsoziale Bahnen abglitt. Als Österreicher – er war der Sohn eines kleinen Beamten in Linz – verfügte er über die bekannte natürliche schauspielerische Begabung; das österreichische Volk stellt bekanntlich die meisten Bühnenkünstler. Er spielte mit Vorliebe in Kostüm und Orden. Er war international und besaß ein Sprachentalent. Der ihm aufgedrängte Beruf als Koch erinnert an die Märchenwelt, in der die Köche immer erwähnt werden. Vielleicht stammt von daher seine Sehnsucht nach Grafentitel und fürstlichem Geblüt.

Wir verweilen bei ihm nicht länger und wenden uns zu seinem geistesverwandten Kollegen, einem der raffiniertesten Hochstapler, dem Ungar Ignaz Straßnoff. Nach verschiedenen kleineren Vorstrafen hatte er 1892 eine längere Zuchthausstrafe verbüßt. Kaum entlassen, war er in Budapest in glänzender

Husarenuniform zu sehen. Auf einer Reise zwischen Wien und Budapest paradierte er mit einem prachtvollen kalbsledernen Handkoffer und Reisenecessaire, mit einem imposanten Plaid und großartigem Gehpelz, im Knopfloch das blaue Band des preußischen Kronenordens. Mit zwei Fürsten spielte er im Abteil erster Klasse Makao und sprengte zweimal die Bank. Er überreichte den Fürstlichkeiten seine Visitenkarte – schon wieder die Visitenkarte! Entzückende Erfindung! –, seine Karte, auf der unter fünfzackiger Krone der Name »Ludwig Beney de Erdöbenga, Kgl. Rat in Talga« zu lesen war. In Offiziersuniform reiste er nach Baden bei Wien, wo er durch sein elegantes Auftreten Aufsehen erregte, einer Witwe Heiratsabsichten vorspiegelte und ihr 4000 Kronen ablockte. In den Königsmanövern trat er als russischer Militärattaché auf. In Amerika und England – auch er international – verübte er jahrelang ähnliche Betrügereien. Nach Ungarn zurückgekehrt, stellte er sich dem Bischof von Neutra als Ministerialrat Vertessy vor. Als dieser ihn als seinen vermeintlichen, seit Jahren nicht gesehenen Neffen begrüßte, führte er auch diese Rolle, zu der er also nur ganz zufällig kam, glänzend durch und borgte ihn um mehrere tausend Kronen an. Der Bischof gab ihm zu Ehren ein Diner, bei dem er im Frackanzug und mit verschiedenen angemaßten Orden erschien. Auf den Namen des Ministerialrates Vertessy war er nur durch das Adreßbuch gekommen; auf der Suche nach einem falschen wohlklingenden Namen habe ihm dieser besonders gefallen. Auf ähnliche Weise betrog er den Bischof von Steinamanger. Er gab vor, mit der Regelung der Schulden eines Grafen von Niszesy betraut zu sein, der ihm im Ministerium zugeteilt sei, der Minister selbst habe gewünscht, daß der Bischof bei der Ordnung der Schulden des Grafen behilflich sei. Der Bischof konnte diesen Wink nicht mißverstehen, ließ sich täuschen und gab 6000 Kronen her. Fast alle Schwindeleien Straßnoffs kamen bald

nach der Tat an den Tag. Er hat sie immer mit Zuchthausstrafe büßen müssen. Immer aber nahm er nach Ablauf der Strafe sein Treiben von neuem auf. Auch dieser Hochstapler vom Typus der Komödianten, der Sohn eines armen Privatbeamten, dem die Schuldisziplin auf dem Gymnasium nicht behagte, und der Handlungskommis wurde. Aber dann doch einige Berührung mit der Bühne. Er stahl aus den Garderoben des Nationaltheaters und des Volkstheaters in Budapest den Schauspielern wertvolle Gegenstände. Der künftige Hochstapler begann seine Laufbahn als Dieb. Er reichte ferner bei den Budapester Theatern ein Empfehlungsschreiben ein, auf dem er die Namen berühmter Schauspieler gefälscht hatte, und erzielte damit, daß ihm fast alle Theater allabendlich Eintrittskarten zur Verfügung stellten, mit denen er zu ermäßigten Preisen einen schwunghaften Handel betrieb. Also ganz zweifellos auch eine innere Verknüpfung mit der Bühne. In der Hauptsache wahrscheinlich triebartiger Temperamentshochstapler, unterstützt durch sein ungarisches Geblüt. Die östlichen und die südlichen Völker stellen kraft ihres Temperaments die meisten internationalen Hochstapler. Eine rassige Beweglichkeit zeichnet sie aus, die Hochstapler sind Sanguiniker. Daher die triebartige Aufeinanderfolge seiner Betrügereien trotz jedesmaliger Entdeckung. Der Deutsche ist zum internationalen Hochstapler zu nüchtern, zu phlegmatisch. Das Weltmännische in Kleidung und Auftreten geht ihm ab, seine Sprache verrät ihn. Dieser Straßnoff besaß eine instinktive Sicherheit, die ihn alle sich ihm rein anfällig bietenden Gelegenheiten – die Begegnung mit dem Onkel-Bischof – ausbeuten ließ. Dabei weniger Geistesgegenwart und Schlagfertigkeit, als vielmehr eine gefühlsmäßige Sicherheit mit beinahe medialer Kraft, einem Nachtwandler vergleichbar, der im Traumzustande die gefährlichsten Höhenwege beschreitet. Von dieser außergewöhnlichen Art war Ignaz Straßnoff. Der Hochstapler

kann nicht planmäßig alle Begegnisse vorher ausgrübeln und ihrer warten. Er ist auf viele Möglichkeiten und Unmöglichkeiten gefaßt. Er gibt sich, wie der Dichter, den Eindrücken, die die Dinge auf ihn machen, hin, läßt sich durch sie in Stimmung setzen und vermag sie dadurch wieder seinerseits zu meistern. Daneben fehlt eine gewisse Berechnung nicht. Kam Straßnoff in Verhältnisse, die er hätte kennen sollen – bei der Begegnung mit dem Onkel-Bischof –, so ließ er sich nicht ausfragen, er ließ sich erzählen und erzählte dann wieder, was er eben gehört hatte, so daß man glaubte, er sei mit den Verhältnissen voll vertraut.

Wir flüchten von dieser blendenden internationalen Erscheinung einen Augenblick in die Märchenwelt und begegnen vor dem Dresdner Schöffengericht einem oft vorbestraften deutschen Forstgehilfen, der sich für einen 1878 in Ungarn geborenen Grafen Viktor Anton Maria von Lavoux ausgegeben und eine Gräfin von Schaffgotsch zu betrügen versucht hatte. Nur als untergeschobenes Kind eines Hüttenmeisters habe er dessen bürgerlichen Namen geführt. In endloser Rede – die Beweglichkeit der Sprachwerkzeuge – schilderte er vor Gericht seine Erlebnisse, ein ganzer Film wurde im Verhandlungssaale aufgerollt, wie er abenteuerlicher auf keiner Leinwand gezeigt werden kann. Als Graf Viktor von Lavoux hatte er 1918 die reiche Witwe eines englischen Generalkonsuls geheiratet. Als sie ein Jahr später starb, will er auf ihr Vermögen in Höhe von neunzehn Millionen Mark zugunsten ihrer Angehörigen verzichtet haben. 1914 war der Forstgehilfe als Prinz Hohenbartenstein, als Graf von Fürsteneck und Graf Felseck – man beachte die märchenhaften bzw. romanmäßigen Namen – aufgetreten. Unter großer Spannung wurde der Hüttenmeister als Zeuge vernommen. Er bezeichnete zunächst eine früher erstattete eidliche Versicherung, der Angeklagte sei der Graf von Lavoux, als unwahr

und bekundete, der Angeklagte sei tatsächlich sein eigener leiblicher Sohn. Damit brach der ganze vom Angeklagten aufgerollte Film zusammen, er gab die ihm zur Last gelegte Fälschung seines Konfirmationsscheins zu, der Betrugsversuch an der Gräfin Schaffgotsch galt für erwiesen. Wie schon gesagt, ein Hochstapler, der die Märchenwelt realisieren will. Im deutschen Walde leben die Märchen von Grafen und von Prinzen und von den untergeschobenen Grafenkindern. Im Walde hatte wohl der Forstgehilfe davon rauschen hören. Dazu die zwiespältige Haltung des Vaters, der im Sohne den Märchentraum genährt hatte, etwa wie bei Gerhart Hauptmanns Hannele die Andeutungen von einer außerehelichen Geburt in ihrem Fieber zum Traum von der gräflichen Abkunft werden.

Der Kunsthistoriker Hans Josef Moser, einer angesehenen Berliner Familie entstammend, war schon als Einjähriger bei einem Reiterregiment wegen Verschwendung entmündigt worden. Er fuhr beispielsweise nur in Sonderzügen und ließ den Angehörigen seiner Schwadron besondere Galauniformen anfertigen. 1902 ging er eine bald wieder geschiedene Ehe mit einer Opernsängerin ein – eine gewisse Berührung mit dem Theater –, 1903 verheiratete er sich zum zweiten Male in Barcelona mit einer Freiin de Vera, wieder auf nur kurze Zeit. Da er fünf Sprachen beherrschte – die Sprachbeweglichkeit des Hochstaplers –, fand er als Dolmetscher gute Einnahmen. Die Bekanntschaft mit einem spanischen Ordensgeneral vermittelte ihm 1905 mehrere Orden. Im gleichen Jahre erwarb er angeblich die spanische Staatsangehörigkeit, nannte sich Baron de Moser und gab sich als päpstlicher Kämmerer aus. Trotz amtlicher Erklärung der spanischen Regierung und des Gutachtens des Münchener Generalvikars behauptete er in der Verhandlung vor dem Münchener Landgericht, hierzu berechtigt zu sein. 1911 wurde er in Paris wegen Ordensschwindels zu vier Monaten

Gefängnis verurteilt. Er stand mit einer »heraldischen und archäologischen Gesellschaft« in Paris in Verbindung, bei der die Polizei nicht weniger als hundert Kilogramm Orden und Medaillen beschlagnahmte. In einem gewaltigen Koffer verwahrte er mehr als dreizehnhundert verschiedene Dekorationen, deren jede – das Goldene Vlies, der Hosenbandorden, die Ehrenlegion usw. – ihren besonderen, sehr beträchtlichen Preis hatte und von zahlungsfähigen Käufern erworben werden konnte. 1916 schloß er seinen dritten Bund fürs Leben und erlangte auf Grund falscher Adelspapiere als Baron de Moser die bayrische Staatsangehörigkeit. Danach gestatteten ihm seine Betrügereien ein recht flottes Leben. In phantasievoller Uniform, die Brust mit Orden besät, als Baron, als päpstlicher Kämmerer, reicher spanischer Gutsbesitzer, kurz in verschiedener Gestalt erschien er seinen leichtgläubigen Opfern, er verlieh ihnen den selbsterfundenen päpstlichen Lateran- und andere Orden, die Frau eines Kaufmanns ernannte er zur Ordensdame und ließ ihr durch einen Prinzen »Aran«, den ein närrischer Veterinärarzt vorstellte, sogar den Adel verleihen. Einen anderen Kaufmann, den er um 65.000 Mark erleichterte, machte er zum »Kapitelsekretär des Baptistenordens«. Ein Antiquitätenhändler wurde häufig in ein vornehmes Weinrestaurant eingeladen, wo er die Ehre hatte, seine eigene sowie des Herrn Barons und der Frau Baronin Zeche zu bezahlen. Feierlich wurde er im Kapitelsaal, einem Nebenraum des Hotels, zum Ritter des Baptistenordens geschlagen. Bei der Kapitelsitzung waren zwei Kunstmaler als Ordensritter und die Frau Baronin als Ordensdame zugegen. Kerzen brannten, »aber niederzuknien brauchte der neue Ritter nicht«. Ein paar Tage später bekam er das Diplom, das sogar gerahmt war. Der ärztliche Sachverständige erklärte Moser für geistig minderwertig, aber für zurechnungsfähig. Man erkennt unschwer den großzügigen geborenen Phantasten auf zweifellos pathologischer

Grundlage. Er wünschte in einer ganz anderen Welt zu leben, als seine Geburt ihm angewiesen hat. Er steigert seine Phantasie in das Bizarre, Groteske, Lächerliche. Anfänge des Größenwahns scheinen sich zu regen. Ein politischer und ein religiöser Einschlag, wie oft bei solchen Betrügern, ist vorhanden.

Eine Steigerung des geschilderten Charakters findet sich bei Georges Manolescu, dem bekannten Hochstapler sowie Hotel- und Juwelendieb, der seine Memoiren unter den Titeln »Ein Fürst der Diebe« und »Gescheitert« geschrieben hat. Als Sohn eines armen rumänischen Hauptmanns geboren, der ein Sonderling war, und selbst für die militärische Laufbahn bestimmt, entfloh er dem strengen Dienst frühzeitig und trieb sich in Wien und später in Paris umher, wo er wegen Diebstahls zu vier Jahren Gefängnis verurteilt wurde. Ein Hauptzug seines Wesens war, wie ihm der Berliner Untersuchungsrichter nachrühmte, eine gewisse Grazie, mit der er die gewagtesten Behauptungen aufstellte, glatt von einem Punkte, ohne sich in das Wesen einer Sache zu versenken, zum anderen glitt und zu liebenswürdig war, um rechthaberisch zu sein. Die elegante, fast frauenhafte Bewegung seiner Hand war charakteristisch für seine äußere und innere Art. Dabei ging er stets auf das eleganteste gekleidet und hatte die Formen eines Weltmannes. Hier treffen wir auf nationale Eigenschaften seiner Geburt: der Formensinn und die entwicklungsfähige natürliche Begabung des Rumänen waren sein Erdteil, aber auch ihre Genußsucht und Prachtliebe. Zwei Monate, nachdem Manolescu in Nizza eine Strafe von 18 Monaten Gefängnis verbüßt hatte, lernte er im November 1898 eine Gräfin aus Dresden mit ihrer Mutter im Schnellzug zwischen Luzern und Mailand kennen, den er wie gewöhnlich lediglich mit gestohlenem Gelde bestiegen hatte. Er stellte sich unter seinem richtigen Namen vor, gab sich aber als rumänischen Großgrund-

besitzer aus, der überdies Jura studiert habe und jederzeit Advokat werden könne. Im Dezember desselben Jahres wurde er mit der Komtesse in Genua durch den Erzbischof in dessen Palaste getraut. Die schnelle Verbindung wurde dadurch gefördert, daß die Braut 28 Jahre alt war, die gräfliche Familie ihren Grundbesitz in Sachsen verloren hatte und daß durch die Gräfin-Mutter ausländisches, südliches Blut in die Familie gekommen war. Danach bezog das junge Paar in Schachen am Bodensee eine Villenwohnung. Während der Schwangerschaft seiner Frau zeigte er sich gegen sie sehr rücksichtslos und geriet bei den geringsten Anlässen in hochgradige Erregung. Er scheint schon damals Halluzinationen gehabt zu haben. Da sein Geld – Erlös aus Diebesgut – zu Ende ging und die angeblichen Einkünfte aus Rumänien ausblieben, beschloß er im September 1899, sich von Weib und Kind – es war ihm eine Tochter geboren worden – zu trennen, um angeblich eine Stelle als Hoteldirektor in Kairo anzunehmen. In Wirklichkeit begab er sich, fast mittellos, nach Luzern und verübte im Hotel Schweizerhof einen Juwelendiebstahl. In Frankfurt a. M. im Oktober verhaftet, schreibt er seiner Frau, ohne seine Schuld zu gestehen, zärtliche Briefe. Die ahnungslose Gattin kommt, ihn im Gefängnis zu besuchen, und erfährt die ganze Wahrheit. Im Februar 1900 wurde Manolescu vom Kriminalgericht zu Luzern wegen Diebstahls, begangen »mit geminderter Vernunfttätigkeit«, zu sechs Monaten Zuchthaus verurteilt. Die Gräfin ließ sich danach von ihm scheiden. Gleich nach der Strafverbüßung nahm er in Baden-Baden, Mainz usw. die Hoteldiebstähle wieder auf. Im November 1900 tauchte er in Berlin unter dem Namen eines Fürsten Georges Lahowary auf, den er lediglich durch die unvermeidliche Visitenkarte mit einer Fürstenkrone über dem schönen Namen beglaubigte. Im Dezember 1900 verübte er zwei Juwelendiebstähle im »Hotel Bristol« Unter den Linden und im »Kaiserhof«, wo er vorher

gewohnt hatte. Über Dresden, wo er die Beute an einen bekannten Hofjuwelier verkauft, fuhr er nach Süden und wurde schon im Januar 1901 in Genua verhaftet und Ende Mai nach Berlin ausgeliefert. Zur Beobachtung seines Geisteszustandes wurde er in die Charité gebracht, da er sich erregt und auffällig zeigte, merkwürdige Briefe schrieb und tatsächlich Fürst von Geburt sein wollte. Das ärztliche Gutachten erklärte ihn für einen degenerierten Hereditären, bei dem sich von Jugend auf die größten Widersprüche in seinem Charakter vereinten, der Spuren großer Erregbarkeit und Reizbarkeit zeigte, zeitweise ganz unsinnige Handlungen begehe, bei dem trotz des Vorhandenseins gewisser geistiger Fähigkeiten ein gänzlicher Mangel an ethischen Gefühlen und ein beständiges Hinwegsetzen über die Wahrheit und die realen Verhältnisse zu beachten sei. Er sei ein willenloses Spiel seiner Einbildungskraft, die ihm den Blick für die wirklichen Verhältnisse trübe und seine Handlungen bestimme. So wurde Manolescu im Mai 1902 wegen Unzurechnungsfähigkeit freigesprochen und in die Irrenanstalt Herzberge eingeliefert, aus der er im Juli 1903 nach Überwältigung des Wärters ausbrach und über Dresden nach Innsbruck entwich. Im »Europäischen Hof« der sächsischen Hauptstadt stattete er sich mit gestohlenen Kleidungsstücken neu aus, während er – Übermut oder Wahnwitz? – seine gezeichnete Anstaltskleidung unter einem Diwan versteckte. Da sein Ausbruch telegraphisch in alle Welt gemeldet war, fiel es leicht, seine Spuren zu verfolgen. In Innsbruck kaufte er sich ein Tirolerkostüm, in dem er sich photographieren ließ. Eben wollte er – mit erneut gestohlenem Gelde – im Schnellzug erster Klasse nach Wien fahren, als ihn ein Hotelangestellter noch dem Bilde und Steckbrief erkannte. Da er in Wien wegen eines 1895 verübten Überzieherdiebstahls und wegen Betrugs gesucht wurde, brachte man ihn dahin. Die medizinischen Sachverständigen in Wien erklärten ihn zwar für

zurechnungsfähig, das Verfahren wurde aber gleichwohl eingestellt, da die Wiener Staatsanwaltschaft sich offenbar nicht in Widerspruch mit dem Berliner Urteil setzen wollte. Weil seine Auslieferung nach Deutschland nicht begehrt wurde, kam er, nach Rumänien abgeschoben, auf freien Fuß und schrieb hier seine Memoiren, von deren Erträgnissen er einige Zeit leben konnte. Später wohnte er in Mailand, wo er sich mit einer vermögenden Dame, die seine Vergangenheit kannte, verheiratete. Durch ein tuberkulöses Leiden verlor er seinen rechten Arm, sogar die Schulter mußte ihm amputiert werden, im Alter von 36 Jahren starb er, von seiner zweiten Frau Pauline geliebt und betrauert.

Seine rein hochstaplerische Tätigkeit weist – abgesehen von der Verheiratung mit einer unvermögenden Gräfin – wenig Erfolge auf. Nur weil er ein geschickter Hotel- und Juwelendieb war, vermochte er sich als Hochstapler zu halten. Auffällig und charakteristisch ist die Triebartigkeit seiner Diebestätigkeit; er eilt von Diebstahl zu Diebstahl. Rumänien hat uns reichlich befähigte Spitzbuben beschert. Die Triebartigkeit zeigt sich auch in der diebischen Einzelhandlung. Er erzählt, daß er wie in einem Traumzustand das fremde Hotel betritt, Portier und Pikkolo nicht beachtet, nach dem ersten Stockwerk hinaufsteigt, an die Zimmertüren klopft, auf gerufenes *»Herein!«* sich entschuldigt, daß er sich in der Zimmertür geirrt habe, und da, wo ihm keine Antwort zuteil wird, durch die häufig nicht verschlossene Tür hineintritt und mit schnellem Überblick die Wertsachen im Zimmer zusammenrafft. Dieses Traumhafte seiner Diebestätigkeit erscheint glaubhaft und ragt in die künstlerische Befähigung hinein. So erzählt Goethe von sich, daß er nächtlich aufstehen und Gedichte, die nicht er, sondern die Natur für ihn geschaffen zu haben schien, sofort niederschreiben mußte, wenn er sie nicht wie einen Traum vergessen sollte.

Eine gewisse Mechanisierung seiner Diebestätigkeit, auch durch die Übung befestigt, macht sich geltend, die ihm die ungeheure äußere und innere Sicherheit verlieh, welche seine Erfolge trug. Im Berliner Untersuchungsgefängnis fiel er zweifellos in eine Haftpsychose, die später abklang. So konnte er sich über die Psychiater lustig machen, denen gegenüber er den Hamlet gespielt haben will. In seinen Memoiren wird er nachträglich zum literarischen Hochstapler. Die Niederschrift wird für ihn zur Tat, er begeht beim Niederschreiben noch einmal alle diese Verbrechen und begeht zugleich diejenigen mit, die in Wirklichkeit zu verüben er keine Gelegenheit fand oder keine Geschicklichkeit besaß, die aber begangen zu haben ihn unendlich glücklich gemacht hätte. Er hat mit seinen Memoiren nicht nur das deutsche Leserpublikum, sondern halb Europa und Amerika, die die Übersetzungen lasen, fasziniert und getäuscht. Die Presse erklärte seine Memoiren für die Beichte eines Genies. Als ich an der Hand seiner europäischen Akten, die die Behörden mir zur Verfügung gestellt hatten, den Wahrheitsgehalt seiner Memoiren nachprüfte und mit ihm in Briefwechsel trat, kam er sich in seiner maßlosen Eitelkeit wie ein großer Mann vor, über dessen Taten Erhebungen gepflogen werden sollten. Von seinen großen und kleinen Reisen schrieb er mir Ansichtskarten mit dem lakonischen Gruß: *»Saluto! Manolesco«*. Er will sein Gehirn der Nachwelt überliefern, überzeugt, daß es der kriminalpsychologischen Wissenschaft reiche Aufschlüsse bietet. Als Lombroso sein Angebot auf offener Postkarte *(»Mein Herr, behalten Sie Ihren Schädel!«)* ablehnt, schreibt er mir einen entrüsteten Brief und bittet mich, in meiner Studie über seine Memoiren den Ankauf seines Schädels und Gehirns zu empfehlen. Manolescu ist ohne Reue, ohne Gewissensbisse, ohne Scham. Er freut sich, als ein Rennpferd »Manolescu« Sieg gelaufen ist, als im Zirkus ein Manegestück mit gleichem Namen gegeben wird. Als ihm

ein Journalist sagt, aus seinen Memoiren müsse sich ein effektvolles Theaterstück gestalten lassen, trägt er sich mit dem Gedanken, es zu schreiben und damit – er wollte einmal Schauspieler werden – durch die Welt zu ziehen. Nichts hätte ihm größere Wonne bereitet als alle die Verbrechen, die er wirklich verübte und die er so gern verübt hätte, vor den Augen des erstaunten Publikums zum Schein und straflos auf der Bühne zu wiederholen. Er fragte bei mir an, ob ich ihm hierbei nicht als Impresario dienen möchte. Er glaubte, Arm in Arm mit einem Staatsanwalt glänzende Geschäfte machen zu können!

An solchen lebendigen Beispielen erkennen wir, daß einem erfolgreichen Hochstapler ein nicht unerheblicher Einschlag degenerativer Veranlagung gehört, eine Freude am Schwindeln und an Abenteuern, wie wir sie nicht selten bei entarteten Hysterischen antreffen. Dabei sind wir keineswegs in der Lage, diese Menschen mit Leichtigkeit als unzurechnungsfähig im Sinne des Strafgesetzbuches zu bezeichnen. Die Phantasie ist bei ihnen an sich schon stärker ausgebildet und von vornherein leichter ansprechbar und lebhafter. Aber entscheidend ist doch die Vorherrschaft der Einbildungskraft gegenüber dem logischen und kritischen Denken. Die übererregte Phantasie überwuchert im seelischen Leben dermaßen, daß geradezu ein ständiges Schwelgen in unrealen Phantasiespielen, ein Sichausleben in maßlosen Phantasiegebilden zustande kommt, alle naturgemäß auf das eigene Ich bezogen, wie der Degenerierte die übertriebene Betonung des Ich-Komplexes liebt. Er umgibt die eigene Person mit allen möglichen, sie bereichernden und erhöhenden Zutaten und malt und schmückt sie phantasievoll aus. Die phantasievollen Träumer, allem Handeln abhold, bauen ihre Luftschlösser nur in ihren Gedanken auf, wobei die einen sich der Unwirklichkeit ihrer Gebilde halbwegs bewußt

bleiben, andere aber ihnen unkritischer gegenüberstehen, an ihre Realisierbarkeit – wenigstens vorübergehend – glauben und sie auch erstreben. Die pathologischen Schwindler echter Art verlieren in ausgeprägten Fällen die geistige Herrschaft über ihre Phantasien und sind zufolge ihrer eigenartigen Fähigkeit zur Selbstbeeinflussung von ihrer Tatsächlichkeit so überzeugt, daß sie sich selbst und andere täuschen und eben deswegen die angenommene Rolle mit so erstaunlicher Sicherheit und Unbeirrtheit durchführen.

Die Fähigkeit zur schauspielerischen Autosuggestion, die übrigens auch im Alltagsleben des normalen Menschen angedeutet ist, wirkt oft überraschend. Sie gibt dem Hochstapler in Gesicht und Ton der Stimme genau den Ausdruck, welcher seiner Lage, die er vorgeben will, entspricht: mild, weich, liebenswürdig, humorvoll, ruhig, traurig, hart, herzzerreißend. Er vermag alles. Es geschieht wie bei Hamlets Schauspielern: der Ton paßt sich der Gebärde, die Gebärde dem Ton an. Wie der große Mime vergießt er wirkliche Tränen, lacht er von Herzen: alles steht ihm zur rechten Zeit zur Verfügung. Es kann die tiefste Rührung erzeugt werden, als käme sie aus dem lautersten Gemüt. Der Hochstapler lebt wirklich in der Situation, die er vortäuscht. In solchen gegebenen Augenblicken empfindet er wirklich Freude, Schmerz, Kränkung usw. über Dinge, die ihn sonst kalt lassen.

Wie wir sahen, stammen die Hochstapler meist aus den unteren oder mittleren Volksklassen; nur vereinzelt finden sich Gescheiterte der höheren Gesellschaftsklassen, wie jener wirkliche Graf Montgelas, der im Gothaischen Kalender stand und in Paris eine internationale Schwindlerbande befehligte, die sich insbesondere die Ausplünderung von Juwelieren angelegen sein ließ. Der Reiz zum »Aufstieg« ist in den unteren Kreisen begreiflicherweise stärker, hier liegt eine soziale Ursache der Hochstapelei.

Unter Hochstapler versteht man eine Art Gauner, der durch feines Auftreten sich den Anschein der Vornehmheit geben will. Das Wort stammt bezeichnenderweise aus der Gaunersprache selbst und kommt in der einfachen Form Stabuler, d.h. Brotsammler, Bettler, schon im siebzehnten Jahrhundert vor. Dabei findet sich tatsächlich in manchen solchen aus den unteren Schichten stammenden Personen ein gewisser aristokratischer Grundzug ihrer Natur, der sie besonders befähigt, eine Rolle zu spielen, die ihnen in Wirklichkeit nicht zukommt. Zweifellos spielen die Vererbungsgesetze eine merkwürdige Rolle. Wir sehen da einen jungen Mann aus dem Volke mit Gesichtszügen und Haltung eines Edelmannes, oder ein armes, bildhübsches Mädchen, das eine Prinzessin vorstellen könnte. Eigenschaften von Vorfahren, häufig durch uneheliche Zeugung erworben, oder Neigungen der Mütter während ihrer Schwangerschaft kommen zum Vorschein. So erklärt es sich, daß gesellige Talente, aristokratische Bewegungen und Neigungen, Befähigung zu Spiel, Tanz, Sport und gefälliger Unterhaltung angeboren erscheinen, als habe die Natur selbst dem Hochstapler schon im voraus große Elastizität und Gewandtheit, einen scharfen Blick in Erkennung schwacher Punkte, rasche Besonnenheit und Findigkeit verleihen wollen.

Im übrigen sind die Hochstapler wenig fähig zu ehrlicher Arbeit, ja geradezu eine Unfähigkeit zu solcher zeichnet sie aus, Energie und Willenskraft bringen sie nur für ihre Schwindeleien auf. Sie sind genuß- und selbstsüchtig. Aber ihre Genußsucht bewegt sich nur im Animalischen, seien es die Genüsse des Magens oder des Geschlechtslebens. Eine feinere erotische Regung kann nicht aufkommen, die ästhetischen Ansprüche fallen aus. Die Wollust kann bestialisch auftreten. Es fehlt ihnen jeglicher moralischer Mut, kennzeichnend für sie ist im gegebenen Falle ihre Feigheit. Bei der hochstaplerisch-artistischen Handlung selbst können

Keckheit und Verwegenheit verblüffen. Vielfach sind sie keine Schauspieler, sondern nur Artisten und Gaukler. Eitelkeit und Prahlerei sind grenzenlos und geradezu unsinnig die Verschwendungssucht, welche die Beute, die Jahre von Freiheitsstrafe nach sich ziehen kann, an einem Abend, in einer Nacht mit wüsten Gesellen verzecht, verspielt, verhurt. Kein Hochstapler ist reich geworden, keiner hat seine unredlichen Einnahmen dazu verwendet, ein ehrliches Geschäft anzufangen. Ein Dämonisches liegt in diesem ihren Schicksal wie überhaupt über ihrem Wesen. Weil sie das schöne Behagen eines wirklichen Genusses nicht kennen, suchen sie sich durch Schrankenlosigkeit und Wildheit schadlos zu halten. Das gestohlene und ertrogene Geld, hat ein Psychologe gesagt, entläuft dem mit ihm Unbekannten, der es nicht versteht. Die Objekte verlangen würdige Besitzer. Man kann nichts haben, was einem nicht gehört, im tieferen Sinne gehört: es befreit sich von selbst. Es ist eine immanente Gerechtigkeit in den Dingen.

Die Mystik, mit der Glaube und Aberglaube die Gemüter mancher Menschen erfüllen, war für schlaue Betrüger von jeher ein »heiliges« Dunkel, in dem sie ihren eigenen »Zauber« wirken lassen konnten. Auch das Priestergewand hat als heilige Hülle dienen müssen.

Der internationale Betrüger Adrian Gorder, 1843 in Holland als Sohn eines Nachtwächters geboren, zeichnete sich schon in der Volksschule durch Lug und Trug aus. Zunächst für den Handelsstand bestimmt, trat er mit neunzehn Jahren in ein Kloster ein. Wegen mangelhafter Führung zur Ablegung der Gelübde nicht zugelassen, eröffnete er seine Verbrecherlaufbahn. 1872 erlangte er mit gefälschten Papieren eine Pfarrstelle in einer amerikanischen Gemeinde. Nach einem Jahre wurde er entlarvt. Danach reiste er im Mönchsgewand die Pfaffenstraße,

nahm überall Gastfreundschaft in Anspruch, verschaffte sich bares Geld durch Meßintentionen und nahm Darlehen zu Reisezwecken gegen förmliche Schuldscheine auf, die sein Kloster oder der Ordensgeneral einlösen würden. Meist befand er sich auf der Reise von oder nach Rom in Geschäften seines Ordens. Nach Bedarf gefälschte Zelebrate wiesen ihn aus. Bald war er Trappist aus Mount-Mellerey, bald Zisterzienser aus Rasacrea oder von St. Esprit, nach Bedarf auch Dominikaner. Bald nannte er sich Pater Joseph, bald Pater Stanislaus oder Norbert, hier Bruder Augustus, dort Bruder Robert. Bald führte er neben dem Klosternamen den bürgerlichen Namen de Rohan, Krafton, de Rouge, von Egmont, Vicomte de Gortère, Baron de Lamoral, überall durch falsche Adelsbriefe legitimiert. Nachdem er in Frankreich, Amerika und Afrika insgesamt vierzehn Jahre Freiheitsstrafe verbüßt hatte, kam er 1896 nach Deutschland, Österreich und der Schweiz, überall die Klöster und Geistlichen, die er aufsuchte, um Hunderte und Tausende, die er vergeudete, schädigend. Er hatte in allen Orden reiche Personalkenntnis, er wußte über Kirchenmusik und die literarische Tätigkeit der Konventualen zu sprechen. Er zeigte die Photographien hoher geistlicher Würdenträger – seiner angeblichen Freunde – vor. In überzeugender Weise spendete er die Sakramente und las er die Messe. Der Hochstapler auf dem Altar, der die Transsubstantiation beglaubigte! Er hatte Kenntnisse in der englischen, französischen und holländischen Sprache. Nur Latein hatte der gescheiterte Priester nicht nachholen können. Sein mangelhaftes Latein hat ihn in Mainz, wo er zuletzt als Betrüger auftrat und zu drei Jahren Zuchthaus verurteilt wurde, gründlich verraten. Eine ernste, anscheinend gleichförmige Hochstaplergestalt und dennoch in den einzelnen Persönlichkeiten ein wahrhafter Verwandlungskünstler. Zweifellos von einem gewissen religiösen Drange erfüllt, der ihn die einmal angetretene Priester-

laufbahn festhalten ließ. Was er, in Kirchen und Kapellen die Messe lesend und die Sakramente spendend, im Innersten fühlte, danach hat ihn kein Staatsanwalt und kein Richter gefragt. Ein guter Psychologe hätte vielleicht von ihm erfahren, daß mit dem Unerforschlichen, dem er in Kirchen und Kapellen diente, das Geheimnis, in das er sich selber hüllte, nicht ganz im Widerspruch stehe: Geheimnis ist das Ganze!

Etwas lustiger berührt die nachstehende Prälatengeschichte. Er war kein wirklicher Prälat, der ehemalige Monseigneur Ferand August Marie Leroy de Keravel de Rocquancourt, der Ehrenstiftsherr von Karthago und Bischof in partibus von Sina, römischer Graf und päpstlicher Vikar, einstiger Koadjutor des Kardinals Lavigerie. Er war ein Mündel des Grafen von Paris, von dem er eine Reihe von Jahren ein Monatsgehalt bezogen hatte. Trunksucht war die Ursache seines tiefen Falles. Eine teuere Erinnerung an seine kirchliche Vergangenheit bildete ein Koffer mit alten Kleidern des seligen Kardinals. In einem Augenblick der Not fielen ihm diese violetten Gewänder ein. Da aber der Kardinal Lavigerie ein Mann von hoher Statur gewesen war, so mußte eine Hebamme, bei der Rocquancourt gerade wohnte, die Ornate auf sein Maß zusammenschneidern. Und nun begann die neue, pseudokirchliche Laufbahn des Bischofs von Sina. Das erste große Werk, das er unternahm, war der Wiederaufbau der Basilika von Karthago. Der Erfolg war so groß, daß er einige Zeit wieder flott leben konnte. Dann veranstaltete er, von den bekanntesten klerikalen Deputierten unterstützt, in Paris öffentliche Versammlungen, in denen er mit Beredsamkeit das Schicksal der Negerinnen schilderte und zu ihrer Befreiung aufforderte. Zuweilen widerfuhr es ihm, daß er seine Prälatengewänder versetzen mußte. Um einen »Geschäftsgang« zu erledigen, löste er sie dann für eine kurze Zeit wieder ein. Seine

letzte Gründung war die Champagneragentur. Er schuf eine neue Marke, den Champagner Kardinal Lavigerie, für die er den Provinzklerus zu interessieren suchte. Von einem leichtgläubigen Verleger ließ er sich 50.000 prächtige Bilder des Papstes herstellen, die er seinen Kunden als Prämie anbot. Den Gipfel der Tragikomik erstieg aber die hochstapelnde Eminenz in dem Augenblick, als sie die unsterbliche Therese Humbert für die Kirche von Karthago interessierte. Ein Mann, der die größte Schwindlerin des Jahrhunderts beschwindelt hat, war sicherlich kein Gauner gewöhnlicher Art. Das seltene Beispiel eines Hochstaplers aus hohem Hause und mit guter Bildung – danach ein Betrüger, gelegentlich im Kostüm, unter Vorspiegelung hoher öffentlicher und kirchlicher Wohltaten und Interessen, wie er sie von seiner früheren Laufbahn her kannte. Schließlich Champagnerreisender mit päpstlicher Reklame, wieder beim Alkohol angelangt!

Es gibt Hochstapler, die eine historische Berühmtheit erlangt haben. Zu ihnen gehört der berüchtigte Abenteurer Cagliostro. 1743 zu Palermo als Sohn armer Eltern geboren, hieß er eigentlich Joseph Balsamo. Zuerst für die Klosterlaufbahn bestimmt, eignete er sich in der Klosterapotheke der Barmherzigen Brüder zu Cattagirone einige medizinische, chemische und pharmazeutische Kenntnisse an, wurde aber wegen schlechter Aufführung aus dem Kloster gewiesen. Er führte danach als Fälscher, Kuppler und Gauner ein unstetes Leben und trieb sich auf Reisen in Griechenland, Ägypten und Vorderasien umher. Zurückgekehrt, nahm er willkürlich den Namen eines Grafen Alexander von Cagliostro an und erlangte Zutritt in den ersten Häusern Roms und Neapels. Seine Frau, eine bildschöne Gürtlerstochter, Lorenza Feliciani, half ihm bei seinen Schwindeleien und brauchte es mit der ehelichen Treue nicht genau zu nehmen. Er verkaufte verjüngende Lebens-

tinkturen, Universalessenzen, Schönheitswasser, betrieb Goldmacherei und die Auffindung des Steines der Weisen, beschwor Geister und verdiente bedeutende Summen. Kosmetische Artikel wurden in den Händen von Marktschreiern – man denke an die Odolreklame – und Schwindlern immer zu Goldquellen. (In einem südamerikanischen Blatt machte kürzlich ein spanischer Industrieller allen Ernstes bekannt, daß er eine »Pomade« erfunden habe, welche die Fähigkeit besitze, demjenigen, der die Pomade sechs Wochen hindurch an den Hals schmiert, eine prächtige Tenorstimme zu verschaffen.) In Spanien, auch in London bewegte sich Cagliostro in den höchsten Kreisen, machte fürstlichen Aufwand und wurde von den Damen vergöttert. Er wirkte für den Freimaurerorden, gab sich für einen Sendboten des Elias oder Großkophta aus, leitete sein Dasein von der Liebe eines Engels zu einem irdischen Weibe her und wollte gesandt sein, um die Gläubigen durch körperliche und seelische Wiedergeburt zu höherer Vollkommenheit zu führen. Auch in Deutschland, Petersburg und Warschau wurde er glänzend aufgenommen. In Paris wurde er in die bekannte Halsbandgeschichte verwickelt und – anscheinend unschuldig – gefangengesetzt, schließlich aus Frankreich ausgewiesen. 1790 wurde er in Rom wegen Ketzerei zum Tode verurteilt, aber zu lebenslänglicher Freiheitsstrafe begnadigt; Lorenza wurde in ein Strafkloster gebracht. Cagliostro war klein und dick, von gewaltigen Schultern, hatte feuriges, durchdringendes Auge, volle wohltönende Stimme, Menschenkenntnis und Gewandtheit. Soweit er Kosmetiker und Alchimist war, gehörte er zur hochstaplerischen Gruppe der Scharlatane, als Geisterbeschwörer zu den Gauklern. Aber seine Fähigkeiten reichen doch höher hinauf: als Sendbote des Elias und Erneuerer des Lebens der Gläubigen zählt er unter die religiösen Schauspieler. Die Wundersucht des damaligen Jahrhunderts kam ihm entgegen. Armut und

Bedürftigkeit machten ihn in der Jugend zum rücksichtslosen Verbrecher. Danach verfeinerte er sich zum graziösen kosmetischen und alchimistischen Schwindler. Er machte noch eine Wandlung durch, die an seine Jugenderziehung im Kloster anknüpfte. Seine Bekehrungsversuche sind nicht voller Schwindel, sondern aus Trug und Wahrheit gewoben. Niemand kann die Erhebungen und Tröstungen durch die Religion tiefer empfinden, als unter gegebenen Umständen für Augenblicke oder Stunden ein zerknirschter Sünder. Besitzt er hinreißendes Temperament, so kann er gerade deshalb religiöser Bekehrer, Reformer, Fanatiker sein. Dabei verlocken ihn die Versuchungen seines früheren Lebens immer wieder zum Abfall von seiner eigenen Heilslehre. Hieraus entsteht das moralische Zwittergebild seines Seelenzustandes, das ihn bei der Prüfung nicht als echt bestehen läßt. Die immerhin ungewissen Versprechungen der Religion ziehen in so veranlagten Menschen auch andere Versicherungen leicht hervor, die nicht gehalten werden können. Wer die ewige Seligkeit verspricht, von der er sich doch selbst bei besten Geistesgaben keine rechte Vorstellung machen kann, wer sie verspricht und dabei doch für Augenblicke nicht ganz felsenfest von ihr überzeugt ist, der kann in solcher Autosuggestion auch andere Dinge behaupten und zusichern, die er gerade für möglich hält, aber bei nüchterner Betrachtung bezweifelt.

Man kann die hochstaplerischen Grundzüge auch an großen historischen Persönlichkeiten feststellen. Da ist Napoleon Bonaparte, der in seiner Jugend sagte, sein Dasein sei ihm zur Last, weil die Menschen, mit denen er lebe und immer leben werde, ganz anders geartet seien als er. Selbst als Kaiser von Frankreich war der Korse nie ein Franzose, sondern immer ein Fremder, ein Vaterlandsloser, ein Schauspieler. In seiner Arbeit über die Preisfrage der Lyoner Akademie schrieb er, daß die Ehrsucht mit

dem bleichen Antlitz, den verstörten Mienen, dem heftigen Gang, den regellosen Gesten und dem sardanischen Lächeln nicht die Zuflucht des Glückes sei. Aber der Zeitgenosse Malet du Pon nannte ihn einen Knirps mit zerrauftem Haar, den die Rhetoren der Kammer als jungen Helden, als Eroberer Italiens priesen. Er werde sein Marktschreiertum, seine schlechte Aufführung, seine Diebstähle, seine Füsilladen, seine unverschämten Pasquille zu büßen haben. *»Ein Staatsmann muß vollendet lügen können«*, war sein eigener Wahlspruch. So sandte er aus Italien, Ägypten und Rußland seine ruhmreichen Schlachtberichte, zur Veröffentlichung in der Pariser Presse bestimmt. Was die Franzosen nach seiner Meinung brauchten, war Ruhm, Befriedigung ihrer Eitelkeit. Spielzeug müsse man ihnen geben, das genüge ihnen, das unterhalte sie; sie ließen sich willig leiten, wenn man ihnen geschickt verberge, wohin man sie führe. Dieser Korse war ein Schauspieler im prächtigsten historischen Kostüm, ein Verwandlungskünstler, Schriftsteller und Dichter, Monarchist, Republikaner und Despot, Feldherr und Gesetzgeber, Beschützer der schönen Künste, ein Erotiker. Ein ruheloser Abenteurer ohnegleichen mit dämonischer Wirkung, seine begehrliche Hand nach allen Ländern und Schätzen Europas ausstreckend, von dem grotesken Märchentraum erfüllt, der Kaiser der Welt zu werden. Mit Fähigkeiten des Geistes ausgestattet, aber ohne sittliches Gerechtigkeitsgefühl, nur ein Verwirrer, kein Aufbauender, von Eitelkeit und Selbstsucht geblendet, schließlich ein Narr seines Glückes.

Und müssen wir in der Geschichte um ein Jahrhundert zurückgreifen, um solche hochstaplerische Grundzüge nachzuweisen? Hat nicht Poincaré, der 1913 Frankreich mit Rußland zu Kriegszwecken gegen Deutschland verbrüderte, die Lüge von Deutschlands Kriegsschuld erhoben? Schreit er nicht

noch heute diese größte Lüge, die je die Völker verwirrt hat, in die Welt? Hat dieser Weltlügner etwa keinen hochstaplerischen Charakter?

III

HOCHSTAPLERINNEN

Bisher sprachen wir in der Hauptsache von männlichen Hochstaplern. Wie steht es mit den Damen?

Es ist aufgefallen, daß weibliche Hochstapler nicht so leicht und nicht so anhaltend Erfolg haben wie die männlichen. Man behauptet, daß die Hochstaplerinnen sehr bald von den in der Nähe und in Kleinigkeiten – besonders Geschlechtsgenossinnen gegenüber – so scharfen Frauenaugen durchschaut und entlarvt würden. Die männlichen Abenteurer haben, zumal wenn sie von der Natur etwas verschwenderisch ausgestattet sind, gerade bei der Frauenwelt besonders leichtes Spiel. Die geringere Neigung der Frau zur Kriminalität wie zum Abenteuer ganz allgemein, da sie nicht so selbständig im Leben zu stehen pflegt wie der Mann, hält sie auch von der hochstaplerischen Laufbahn zurück. Die großen Täuscher des Altertums und des Mittelalters – Herakles, Odysseus, Cagliostro – waren Männer. Und doch hat die Frau auf dem Gebiete des Betruges in einigen berühmt gewordenen Fällen den Mann überboten.

Während der neuere große Hochstapler, wie wir sahen, zu seinen größten Erfolgen meist des Kostüms bedarf – der Uniform, des Diplomatenrockes, des Priestergewandes, zum mindesten einiger Orden und hochklingender Titel –, arbeitet dagegen die große Betrügerin ohne solches Flitterwerk. Aber die weibliche Kleidung bedeutete, zumal den Männern gegenüber, an sich selbst schon ein Kostüm, welches täuschen, blenden, verwirren kann. Was wir zusammenfassend die weibliche Toilette unter Einschluß der ganzen Aufmachung in Frisur, Parfüm usw. nennen, ersetzt also das Kostüm des Hochstaplers. Die »Dame« ist immer kostümiert.

Nach Auffassung aller Kriminalistenschulen besitzt die Frau überhaupt eine größere Verstellungsgabe

als der Mann. Die Natur hat sie so ausgestattet, so ausstatten müssen, damit sie bei der Liebeswahl dem Manne gefiel. Ihre von der Natur unmutig und harmlos gebildeten Gesichtszüge, die zugleich – man vergleiche die griechische Skulptur, die auch die männlichen Gesichter weiblich bildete! – etwas Weiblich-Typisches enthalten, sind selbst für einen Menschenkenner schwer zu entziffern. Zumal Jugend und Anmut, noch mehr wirkliche Schönheit, verhüllend wirken. Es erscheint beinahe unmöglich, in einem wirklich schönen weiblichen Gesicht auch den Charakter zu lesen. Dabei bedarf das Mädchen- und Frauenantlitz nicht des maskierenden Bartes, den die Natur dem Manne zur Verstellung mitgeben mußte. Der Mann vermag an sich sein Gesicht weniger zu verstellen und bedarf doch gerade in Wandel und Handel der Verstellung viel mehr. Der Bart maskiert den Mann, aber das ganze weibliche Gesicht, kann man in gewissem Sinne sagen, ist Maske, und so täuscht es leichter. Und die neuere Herrenmode der Bartlosigkeit scheint anzuzeigen, daß die Männer nun auch so weit sind und sich imstande fühlen, auch ohne Bart zu täuschen. Das weibliche Gesicht ist der ausdrucksvolleren, beweglicheren Züge weniger fähig, es ist eindeutiger und verrät von den inneren Vorgängen weniger als das bewegliche Mienenspiel des männlichen Antlitzes. Finden wir ein Frauengesicht ausdrucksvoll und bewegt, verrät es ohne weiteres starke Charakterfehler, so erscheint uns ein solches Gesicht männlich.

Auch die Phantasie, deren der große Hochstapler bedarf, ist im Durchschnitt beim Weibe reicher als beim Manne. Die jungen, auffälligen Phantasten, die wir im Eingange kennenlernten, waren Mädchen zum Teil noch in den Kinderjahren. Die Phantasie, auch in der Sprache weiblich, ist eine weibliche Begabung zufolge der starken weiblichen, an sich passiven Eindrucksfähigkeit ihrer Gefühls- und Vorstellungswelt. Und wenn der

Dichter die Phantasie im besonderen Maße besitzt, so ist es eben die weibliche Komponente seiner Veranlagung, die diese Begabung trägt. Das Schreiben von Briefen in den Entwicklungsjahren ist vorwiegend eine weibliche Gepflogenheit, in der die Phantasie ihren ersten Anlauf nimmt, bis sie in solchen Briefen ein zweites Leben beginnt.

Auch darin stimmen alle Kriminalisten überein, daß das Weib zur Unwahrheit neigt. Diese Neigung stammt aus seiner körperlichen Schwäche und seiner zurückgedrängten Stellung im Verkehrsleben. Den Wesen, denen sie die Kraft versagen mußte, gab die Natur zum Ausgleich die Verstellung, die List, die Lüge mit. Der ganzen weiblichen Geistesverfassung eignet weiter nicht das, was wir Objektivität nennen, ihre Angaben sind immer gefühlsmäßig – von Lust oder Unlust betont –, wodurch abermals das Abschweifen in das Unwirkliche, in das nur Gedachte, in das Ersonnene, in das lediglich Gefühlte so naheliegt. Das Weib besitzt gar nicht das abstrakte Gefühl für Wirklichkeit und Wahrheit wie der Mann. Das junge Mädchen lügt mit dem unschuldigsten Augenaufschlag. Wir wollen dem hübschen, dem schönen Gesicht nicht glauben, daß der Mund lügt. Wenn die Lügnerin dabei errötet, deuten wir es lieber als ein sympathisches Zeichen der Schamhaftigkeit. Errötet der Mann, so ist es uns gleich ein Signal, daß er schwindelt. Das Weib leidet zufolge seiner seelisch einfacheren Organisation, die hauptsächlich auf gut funktionierenden Instinkten beruht, auch weniger an Gewissensbissen. Die echte Reue ist ja auch beim Manne eine seltene Erscheinung, aber eine Frau, welche bereut hätte, habe ich überhaupt noch nicht gesehen. Selbst gegenüber den klarsten Beweisen – beispielsweise in einem gegen sie geführten Strafprozesse – bequemt sie sich sehr schwer und langsam zu einem Geständnis; sie hat immer noch etwas einzuwenden. Sie legt sich künstlich die

törichteste Ausrede zurecht und glaubt innerlich an sie, versucht mit allen Mitteln an sie zu glauben.

Endlich wird auch das Oberflächliche des schauspielerischen Wesens, wie es der Hochstapler braucht, unter dem Einfluß der weiblichen Eitelkeit gut entwickelt. Auf keinem Gebiete der produktiven und darstellenden Künste kann sich das Weib mit seinen Leistungen ebenbürtig neben den Mann stellen, außer in der Kunst des Gesanges und in der Schauspielkunst. Die Schauspielkunst liegt also dem weiblichen Geschlecht an sich – aus den verschiedenen, bereits entwickelten Gründen – sehr gut. Alle Straftaten, bei denen Schauspielerei ein Hilfsmittel ist – beispielsweise auch der Giftmord, der geradezu ein weibliches Monopol genannt worden ist –, liegen der Frau. Und der Betrug ist ja immer eine Komödie, die gespielt sein will.

Eine Sonderart des weiblichen Betruges ist der Heiratsschwindel, aber nicht in dem Sinne, wie wir den Mann – unseren Schneider-Grafen mit den bunten Stammtischfähnchen – als Heiratsbetrüger auftreten sahen. Die Frau liebt das schwindelhafte Vermitteln von angeblichen Heiraten, wie wir schon eine Fünfzehnjährige mit solcher Neigung kennenlernten. Ein Stück des kupplerischen Wesens, welches dem Weibe, fast jedem Weibe eignet, kommt dabei mit zum Ausdruck.

In den achtziger Jahren des vorigen Jahrhunderts errichtete in Paris eine Madame Demortier unter dem Namen einer Baronin de la Rochette ein Heiratsbureau. Jeder Klient, der eine reiche Frau begehrte, mußte vorher eine Provision erlegen. Ältere Damen in eleganter Toilette spielten die Mutter der Braut, die von einer jungen, liebreizenden Engländerin dargestellt wurde. Die Braut trat als junge Witwe, als geschiedene Frau oder als reiches Mädchen »mit einem kleinen sittlichen Makel« auf. Der

Heiratskandidat mußte der Braut einen teuren Schmuck schenken oder eine Loge in der Oper bezahlen, in der er die Braut mit ihrer Mutter – aber nur aus der Entfernung – sitzen sehen durfte. Oft war er nicht der einzige, der die Loge bezahlt hatte: es waren ihrer zuweilen mehrere, aber keiner wußte vom anderen. Oder der Heiratskandidat mußte Mutter und Tochter zu einem kostspieligen Souper einladen, ja selbst zu einer Reise mit beiden Damen nach London ließen sich einige bestimmen.

Ein ähnliches schwindelhaftes Heiratsbureau in der Person mehrerer Inhaberinnen und Inhaber wurde 1922 in Leipzig verurteilt. In diesem Falle wurde der vornehme Bräutigam ausgeboten, den der eine Inhaber bald als Offizier, Baron oder Graf, bald als nur bürgerlichen Herrn darstellte. Angelockt wurden junge oder ältere heiratslustige Mädchen und Frauen, welche die Vermittlungsgebühr zahlen mußten. Der »Bräutigam« besaß falsche Ausweispapiere für eine ganze Reihe von Persönlichkeiten. So glaubte eine Leipziger Dame allen Ernstes Gräfin von Einsiedel zu werden. Die Ehe wurde vor dem zuständigen Leipziger Standesbeamten geschlossen und vor einem wirklichen Notar ein besonderer Ehegütervertrag. Man sieht in der Ausbildung dieser Spezialität den Fortschritt unseres Jahrhunderts. Zu wirklichen Trauungen ließ sich Madame Demortier nicht hinreißen! Der angebliche Graf von Einsiedel legitimierte sich eben auf Grund gefälschter Papiere. Da er an sich verheiratet war, machte er sich – wohl wider Willen und Wissen – außer des Betruges auch der Doppelehe schuldig. Der Herr Graf, ursprünglich Darlehensvermittler, wurde vor der Trauung in einem ersten Leipziger Salon rasiert, frisiert, manikuriert. Es wurde ihm ans Herz gelegt, bei der Zeremonie so wenig als möglich zu sprechen, damit er sich nicht durch seinen Dialekt verrate. Das geistige Oberhaupt war eine Frau, die in einem Salon den aristokratischen

Bräutigam mit den heiratslustigen Damen bekannt machte. Es waren förmliche Preisverzeichnisse vorhanden: über Barone, Grafen, bürgerliche Herren usw. Kurzum, in unseren beiden Fällen eine vollständige Komödie mit verteilten Rollen. Die bekannte Kompliziertheit des weiblichen Verbrechens – gegenüber dem vielfach einfacheren des Mannes – kommt schon hier zur Erscheinung. Solche Komödien werden von Frauenhänden gern veranstaltet.

Einen Rekord auf dem Gebiete des Betruges hat das Weib in neuerer Zeit in dem Berliner Falle der Martha Kupfer geschlagen. Die Tatsachen sind noch in aller Erinnerung. Frau Kupfer stieg aus dem Dunkel einer von kleinen Sorgen und Geldnöten erfüllten Vergangenheit und konnte sich in dem zweifelhaften Ruhm einer Millionenschwindlerin sonnen. Was tat sie? Sie »gründete« – gründete die beiden Unternehmungen, deren Zwecke für den Krieg und die Heimat die wichtigsten waren: die »Nahrungsmittel- und Kriegsbesorgungsgesellschaft«. Mit rund 400 Mark fing sie an, einige Pfund Kunsthonig waren das erste Warenlager. Frau Kupfer hatte eine Hand wie der sagenhafte König Midas: was sie berührte, wurde zu Gold. Das Geld kam stromweise geflossen und keine Gesellschaftsschicht, die nicht unter den stillen »Teilhabern« der Frau Kupfer vertreten war. Frau Kupfer fälschte und zeigte ihren Geldgebern einen Gesellschaftsvertrag vor, der eine Reihe Herren von hochtönenden Namen – Exzellenz Kirchbach, Graf von Rhoden – als ihre angeblichen Teilhaber nachwies. Sie fälschte den notariellen Stempel dieses Gesellschaftsvertrages, fälschte Auftragsscheine über Bestellungen für Lazarette. Sie erzählte ihren Geldgebern, der Kommandierende General des 19. Armeekorps, von Laffert, sei persönlich zur Abnahme von Lieferungen in Berlin anwesend, er solle im »Hotel Adlon« wohnen, aber als man hinkam, war er nicht da. Die stillen Teilhaber waren in hohem Maße befriedigt, denn die Einlagen

brachten bis ein-, ja bis zweihundert Prozent. Man hatte gar nichts zu tun, als seine Zinsen und Gewinne einzustreichen. Es war alles so mühelos. Bei Frau Kupfer häufte sich der goldene Berg. Schließlich hatte sie – freilich nur auf dem Papier – einen Umsatz von zehn Millionen erzielt; aber sie besaß ein Bankkonto, ein wirkliches, von etwa einer Million.

Frau Kupfer erzählte vor Gericht von ihrer Vergangenheit, daß sie mehrere zum Teil aufgeführte Dramen geschrieben hat, in der Untersuchungshaft schrieb sie ein Filmschauspiel. Sie hatte Verkehr mit Schauspielern und Sängern. Hier liegt offenbar ein psychologischer Zusammenhang mit der Befähigung zur Inszenierung der großen Schwindelkomödie. Sie besaß ein gewisses dramatisches und schauspielerisches Talent, das sie zur Geltung brachte. Eine Komödie, in der sie über hundert zum Teil interessante Personen auftreten ließ, das Zusammenspiel eine Zeitlang erfolgreich leitete und die Inszenierung des Milieus geschmackvoll zu gestalten wußte! Daher auch die Phantasie, deren sie bedurfte, um die gewünschten Illusionen zu erwecken. Andere Triebfedern waren Genußsucht und Eitelkeit. Sie führte ein lebhaftes Haus, es wurde bei ihr recht gut gegessen. Bei ihr lagerten im Keller die besten französischen und deutschen Sekte, die feinsten Weiß- und Rotweine, die kostbarsten Marken Kognak, die teuersten Zigarren und Zigaretten. Nicht minder reich war die Ausstattung der beiden Damen, der Mutter und der Tochter Gertrud Kupfer, auf deren Namen die Firma lautete. Ober- und Unterkleidung aller Art in den kostbarsten Seiden- und anderen Stoffen, Wäsche, Hüte, Schleifen und Bänder ohne Zahl, über tausend Paar Strümpfe, Mengen von Schuhen für alle Jahreszeiten und Gelegenheiten. Daß in diesem schwülen Luxus auch die Erotik eine Rolle spielte, kann nicht bezweifelt werden. Während der Verhandlung vor dem

Schwurgericht lächelte Frau Kupfer nach Frauenart fortwährend in den Zuschauerraum hinein und fühlte sich als Heldin eines interessanten Prozesses. Scheinbar entwickelte sie ein Geschäftsgenie, wie es auf solidem Boden noch von keiner Frau je betätigt worden ist. Sie regierte ihre vielverzweigten Geschäfte und die Unsummen nur durch ihr glänzendes Gedächtnis und ein winziges Notizbuch. Sieht man näher zu, so bestand eben die Begabung hauptsächlich im Schwindeln. Auf solidem Boden hätte Frau Kupfer nie ein solches Riesenunternehmen erfolgreich leiten können. Ihre früheren soliden Unternehmungen, ein Handel mit alkoholfreien Getränken, mit Lebensmitteln, mit Margarine, alle blühten in keiner Weise und gingen ein. Die Geschworenen verneinten die Schuldfrage nach Betrug und gaben damit ihre Meinung zu erkennen, daß die Geschädigten sich selbst durch ihre Leichtgläubigkeit und Gewinnsucht gern getäuscht hätten. Gleichwohl gehört Frau Kupfer zum Typus der großen Hochstaplerinnen. Charakteristisch ist, daß sie ganz allein ohne männliche Helfershelfer die verwickelten Fäden ihres Lügengewebes in ihrer einzigen Hand hielt, bis sie zerrissen. Die Kompliziertheit der ganzen Betrugshandlung erweist die weibliche Hand. Im übrigen war Frau Kupfer ein Zeichen der Zeit. Sie war Ausdruck und Kulisse jener Schicht von Zeitgenossen, für die der Krieg ein nahrhaftes Gewerbe war, aus dem sich für sie nicht Ströme Blutes ergossen, sondern Geld.

Frau Kupfer hat eine ganze Reihe Vorgängerinnen, so die berühmte Therese Humbert in Paris, die mit einer angeblichen Erbschaft von nicht weniger als 110 Millionen jahrelang die Mitwelt genasführt hat. Ebenfalls eine Komödie mit Masseninszenierung nach echter Frauenart. Man erinnert sich auch der Gaunergeschäfte der sogenannten Dachauer Bank in München, deren Begründerin Adele Spitzeder eine häßliche und für die

Bühne nicht talentierte Schauspielerin war. Sie annoncierte in den Zeitungen, daß sie Darlehen zu hohen Verzinsungen aufnehme. Schon ihr wurde das Geld nur so zugetragen, denn alle Welt wünschte seine Gelder bestens anzulegen. Mit den neu eingehenden Geldern zahlte sie die fälligen Zinsen, bis ihr die Sache über den Kopf wuchs und alles zusammenbrach.

Der folgende Fall scheint uns wieder in das Märchenland zu versetzen. Henriette Pauline Wilke war ein Berliner Kind oder vielmehr aus Charlottenburg gebürtig. Armer Leute Kind – der Vater war Hausdiener gewesen –, hatte sie früh Vater und Mutter verloren. Eine angesehene Familie, bei der ihre Großmutter als Wirtschafterin diente, nahm sich ihrer an, sie erhielt eine Erziehung, die über ihren Geburtsstand hinausreichte. Sie ging von einem Familiengliede zum anderen über, überall mehr als Pflegetochter denn als Dienstbote behandelt. Eine Zeitlang war sie Erzieherin in einer Bankiersfamilie, schließlich zog sie zu einer ihr schon von früher her bekannten siebzigjährigen hochachtbaren und unverheirateten Dame, einem Fräulein Niemann, Tochter eines Kriegs- und Domänenrates, die an ihr Patenstelle vertreten hatte. Pauline erzählte der Niemann alle ihre Erlebnisse, von den Herrlichkeiten in dem reichen Bankiershause, von schönen Spazierfahrten und interessanten und vornehmen Bekanntschaften. So habe sie die Bekanntschaft der Fürstin Luise von Radziwill gemacht, der Tochter des Prinzen Ferdinand von Preußen, die in Berlin lebte. Die Fürstin wolle sich der Waisen annehmen und habe versprochen, ihr bei einer auf Staatskosten zu errichtenden Schulanstalt eine Anstellung zu verschaffen. Hierzu sei aber ein gewisser Fonds erforderlich; vielleicht gebe die Niemann für ihre Pate einen Betrag. Es geschah. Die Niemann übermittelte durch Pauline selbst 500 Taler. Die fürstliche Wohltäterin setzte sich nun mit Fräulein Niemann

in brieflichen Verkehr. Alle diese Briefe schrieb Pauline selbst. Die Fürstin teilte mit, daß der König Friedrich Wilhelm III. von Preußen bei ihr die Bekanntschaft Paulines gemacht habe, den Unternehmungsgeist des jungen unschuldigen Kindes bewundere und wünschte, daß der Schulfonds um weitere 400 Taler erhöht werde; er lasse fragen, ob Fräulein Niemann bereit sei, dem Staat zu diesem Unternehmen auch diese Summe noch auszuzahlen. Die vertrauensselige Dame gab auch diesen Betrag, in Staatspapieren wie früher, an Pauline zur Ablieferung. Danach schickte der Staatsminister Monßen eine angeblich eigenhändig vollzogene Quittung. Weiter schrieb die Fürstin, sie befinde sich augenblicklich selber in einer traurigen Lage, sie brauche zu einer Prozeßführung mit ihrem Bruder, dem Prinzen August, 700 Taler. Die gute Niemann half der Prinzessin gern aus der Verlegenheit. Schließlich schrieb auch der König Friedrich Wilhelm an die alte Dame. Es sei seine Absicht, von einigen seiner Untertanen ein Kapital aufzunehmen, um die sonst nötige Erhöhung der Abgaben zu vermeiden. Seine Majestät erwarte von ihrem bekannten loyalen Charakter, daß sie nicht zurückstehen werde. Pauline wußte das alles übrigens auch aus des Königs eigenem Munde und hatte es ihrer Pate schon mündlich angedeutet. Die Niemann gab – selbstverständlich durch Pauline –, aber der König brauchte immer mehr Geld. Nachdem die Niemann alle ihre Staatspapiere und Pfandbriefe – zusammen 12.000 Taler – hingegeben hatte, wurde sie durch den König bzw. Pauline bestimmt, auf ihr Haus in Charlottenburg zuerst 4000, dann noch 3000 Taler aufzunehmen. Die versprochene Zurückzahlung wurde dann leider durch verschiedene widrige Umstände immer verzögert. Schließlich aber wurde sie doch bewirkt, freilich in eigenartiger Weise. Die Niemann erhielt vom König durch Pauline eine verschlossene Mappe mit dem dazugehörigen Schlüssel zugestellt. Zugleich empfing sie aber die

Weisung, die Mappe nicht eher zu öffnen, als der König bestimme. Er werde zu diesem Zwecke den Kammergerichtsrat Ballhorn zu ihr schicken. Pauline erzählte, der König habe ihr Vertrauen königlich belohnt, in der Mappe würden sich gegen 50.000 Taler in Papier finden. Die Alte widerstand der Versuchung und öffnete nicht. Die Schwindlerin spann die Fäden immer noch weiter. Der Möbelhändler Schröder, bei dem Pauline Wilke bedeutende Einkäufe gemacht und bar bezahlt hatte, hielt sie für reich und fragte sie, ob sie ihm nicht 5000 Taler gegen Zinsen leihen könne. Sie erklärte, ihre mütterliche Freundin sei bereit, das Geld zu geben, es liege aber in Pfandbriefen gegen aufgenommene 500 Taler irgendwo deponiert. Wenn er diese Auslösungssumme vorstrecke, könne er die Pfandbriefe haben. Nachdem Schröder dieses Geld gegeben hatte, verlangte die Wilke noch zweimal je 500 Taler, da sie sich über die Pfandsumme geirrt habe. Als er endlich das versiegelte Paket in die Hand bekam, das sich im Gewahrsam der Niemann befand, und es öffnete, fanden sich darin keine Pfandbriefe, sondern nur mehrere Bogen leeres Papier. Alles erschwindelte Geld hat die Wilke in großem Aufwand verlebt und vergeudet. Sie fuhr in der elegantesten Equipage durch die Straßen Berlins, anfänglich hatte sie Pferde und Wagen gemietet, später fuhr sie im eigenen Geschirr. Zuletzt wohnte sie in einer ganzen Villa am Tiergarten, die sie auf das vornehmste ausgestattet hatte. Sie hielt einen Livreebedienten, einen Kutscher, Köchin, Dienstmädchen und Gesellschafterin. Sie trug die teuerste Kleidung, war die gefeiertste Kundin aller Geschäftsinhaber und besuchte im Winter fast alle Abende das Theater. Sie war der Gegenstand der öffentlichen Aufmerksamkeit, man drängte sich um ihren Wagen, wenn sie aus- oder einstieg. Man rühmte ihr Liebenswürdigkeit und Wohlwollen noch, man sprach von ihren Reisen nach Brüssel, London und den böhmischen Bädern. Im Volksmunde hieß sie – es war in den Jahren

1835 und 1836 – die Goldprinzessin. Sie war nicht schön. In den gewöhnlichen Zügen ihres sonst regelmäßig hübschen Gesichts lag nichts von einem ungewöhnlichen Zauber. Aber sie hatte einen blendendweißen Teint und ins Rötliche streifende blonde Haare. So kam sie wohl zu dem Namen Goldprinzessin. Sie war damals 21 Jahre alt. Der Niemann, der ihr Aufwand ja schließlich auffallen mußte, log sie vor, sie sei mit dem brasilianischen Grafen Villamor verlobt, der seinen Reichtum über sie ausgieße. Die Niemann glaubte alles und verlor ihr ganzes Vermögen.

Ihre Beweggründe waren nicht Habsucht, Eigennutz, Rachsucht oder eine starke Sinnlichkeit. Sie wurde bei der Untersuchung als unbefleckte Jungfrau befunden. Die Genußsucht war ihr Nebensache, sie hatte das Bedürfnis und die Lust zu scheinen. Sie hatte keine Lust, in Stellung zu gehen, sie hatte nach ihren eigenen Worten den Hang, als große Dame in der Welt zu leben. Sie war wie ein Schmetterling, der im Sonnenschein spielte und von einer Blume zur anderen flatterte. Nach einem Polizeibericht soll sie von Jugend auf ein höchst lügenhaftes und freches Mädchen gewesen sein. Andere Zeugen aber bekundeten, sie sei eine stille und ruhige, sehr gutmütige Person gewesen. Bei der Bankiersgattin, wo sie früher Erzieherin gewesen war, ging sie auch später aus und ein. Ihre Erzählungen und Berichte unterhielten und entzückten. Sie gab sich als die heimliche Braut eines Grafen Cäsar von Dankelmann aus; sie selbst sei eine uneheliche Tochter des Herzogs von Modena. Sie werde von Freiern umschwärmt. Ihr besonderer guter Freund sei der Herzog Karl von Mecklenburg-Strelitz, der ihr zum Geburtstag sein Schloß Monbijou geschenkt habe. Der Prinz August von Preußen habe bei ihr geschlafen. Die von ihr geschriebenen Briefe der Fürstin Rodziwill und des Königs Friedrich Wilhelm atmen den Romanstil der damaligen Literatur. Man könnte bei der Wilke an

eine verlorengegangene Romanschreiberin denken. Auch der ihr vom Volksmunde beigelegte Name »Goldprinzessin« hat einen romanhaften, vielleicht auch märchenhaften Einschlag. Die Briefe an die Niemann begannen: »*Unserer treuen, vielgeliebten Niemann unseren herzlichen, herzlichen Gruß!*« Als der König wieder um Geld bittet, schreibt er: »*Gott soll mich strafen, wenn ich böse Absichten hegen wollte, nein, ich bin ein guter König und bin gerecht.*« Er unterzeichnete: »*Euer Euch wohlgewogener König Friedrich Wilhelm.*« Der Fall ist ein Schulbeispiel ausgezeichneter Art. Die Wilke ist die geborene Phantastin, die das Märchen realisieren und einen Roman ausleben will. Ihre Anfänge sind harmlos. Man erkennt den Mutwillen eines jungen, eitlen Dinges, das sich im Aufschneiden gefällt und zunächst ohne besondere Zwecke unsinnige Prahlereien vorbringt. Je mehr ihr geglaubt wird, um so Tolleres und Abgeschmackteres kommt aus ihrem Munde. Die große Inszenierung und die Einkleidung des Schwindels in Briefform sind wieder echt weiblich.

Einzig in der Kriminalgeschichte steht der berühmte Juwelenbetrug da, der in den siebziger Jahren des vorigen Jahrhunderts an einem der ersten Pariser Juweliere verübt wurde. Eine elegante Dame stellte sich ihm als Gattin eines berühmten Irrenarztes in Paris vor, dessen Tochter sich gerade mit einem reichen französischen Aristokraten verlobt hatte. Es war Stadtgespräch, der Juwelier wußte davon. Er legte die kostbarsten Sachen seines Warenlagers vor, schließlich wollte die Dame die schwierige Wahl ihrem Gatten überlassen. Ein Angestellter fährt mit ihr nach dem Sanatorium des Arztes, die Gattin trägt die kostbaren Schmuckstücke ihrem Mann in das Sprechzimmer, kommt aber nicht zurück. Nach einer Viertelstunde klopft der Angestellte schüchtern an der Tür des Sprechzimmers, tritt hinein und trifft den Irrenarzt, dem er in nervöser Hast die Geschichte vom Grunde

seines Hierseins erzählt. Der Arzt redet ihm sanft zu, ohne auf die Juwelengeschichte näher einzugehen. Als der Angestellte dann in zunehmender Erregung sich heftig und zudringlich zeigt, schreit und tobt, läßt ihn der Psychiater in eine Zwangsjacke stecken und einsperren. Die Hochstaplerin hatte dem Arzt von ihrem unglücklichen Sohne erzählt, der seit Wochen von der Wahnidee befallen sei, daß man ihm kostbare Juwelen entwendet habe. Der Sohn warte im Vorzimmer, und der Arzt solle ihn in Behandlung nehmen. Sie zahlte auch gleich Vorschuß für eine Anstaltsbehandlung. Dann bat sie den Psychiater, sie durch eine andere Tür des Sprechzimmers zu entlassen, da es ihrem Mutterherzen tiefen Schmerz bereiten würde, dem bedauernswerten Sohne nochmals zu begegnen. Mit den Juwelen verschwand sie. Es handelte sich um das Bravourstück einer aus kleinen Anfängen hervorgegangenen, durch die Übung schließlich zur Virtuosin erwachsenen Schwindlerin mit darstellerischer Begabung.

Ein besonderer Typus ist die erotische Hochstaplerin. Sie geht darauf aus, Männer in ihre Netze zu ziehen und auszubeuten. Sie ist eine Geschlechtslüsterne, die ihre Reize verkauft, verschenkt und gelegentlich aufrichtige Neigung heuchelt. Sie hat die Sucht, die große Dame zu spielen, und ist unfähig zur ehrlichen Arbeit. Oft ist sie zugleich Diebin oder Erpresserin. Schon erschreckend früh können sich solche Neigungen entwickeln. Im Juli 1905 faßte die Pariser Kriminalpolizei eine Hochstaplerin und Erpresserin im hoffnungsvollen Alter von 13 Jahren ab. Seit ihrem elften Jahre führte das früh entwickelte Mädchen einen höchst frivolen Lebenswandel. Mit 12 Jahren hatte sie bereits einen Anbeter, der ihr eine kostbare Wohnungseinrichtung schenkte, und von nun an trat sie als Marquise von Grandville auf. Später spielte sie die Rolle einer Lady Beaugrand. Die großsprecherischen Namen sind charakteristisch. Das Geld, das sie zu ihrem glänzenden Lebensunterhalt

brauchte, beschaffte sie sich auch teilweise dadurch, daß sie Männer anlockte und dann Erpressungen gegen sie beging, indem sie ihnen drohte, sie wegen Sittlichkeitsverbrechen anzuzeigen, wenn sie ihr nicht große Summen opferten.

Die Variationen sind zahlreich. Eine fein gekleidete Dame, die durch reichen Brillantschmuck und einen Blumenstrauß die Aufmerksamkeit auf sich lenkte, gehörte in stark besuchten Weinlokalen in Berlin in der Regel zu den Personen, die vor der Telephonzelle ein Weilchen anstehen mußten. Der große Blumenstrauß, den sie in der Hand trug, führte dann regelmäßig zur Anknüpfung eines Gespräches mit einem Herrn. Sie gab sich als Schloßherrin aus, als die einzige Tochter eines in Böhmen reichbegüterten Fürsten von Kinski und dessen künftige Alleinerbin. Von einer Südamerikareise zurückgekehrt, hatte sie nach und nach ihre flüssigen Geldmittel aufgebraucht und nahm dankbar an, was ihre Verehrer ihr im Hinblick auf die künftige eheliche Verbindung und die Erbschaft vorschossen. Ein Herr, der sie zu heiraten beabsichtigte, opferte so etwa 60.000 Mark. Bei ihrer Verhaftung entpuppte sie sich als früheres Dienstmädchen und spätere Friseuse. Ihre Brillanten erwiesen sich als unecht. Sie ist ein weiblicher Heiratsschwindler, den wir in dieser Gestalt, die sich neben den üblichen männlichen Berufskollegen stellt, noch nicht getroffen haben. Das ehemalige Dienstmädchen tritt mit Erfolg als Fürstentochter auf. Wir erwähnten schon, daß es Mädchen aus unteren Kreisen gibt, die in ihrer Erscheinung und in ihrem Auftreten von Natur einen aristokratischen Zug zu haben scheinen. Sieht man näher zu, so zeigen aber Sprache, Anschauungen und Bildung schnell, daß die aristokratische Abstammung trügerisch ist. Freilich, es gibt Aristokratinnen, deren Gesamterscheinung schließlich wenig »fürstlich« stimmt. Man sagt der aus unteren Schichten in die Aristokratie durch Verheiratung

aufgestiegenen Frau nach, daß sie niemals ihre Herkunft verleugnen könne, was dem Manne leichter gelingt. Die Frau ist nicht so anpassungsfähig wie der Mann und auch deshalb zur Hochstaplerin nicht so befähigt wie er.

Es gibt noch andere Heiratsschwindlerinnen. In den Gerichtsarchiven von Taunton (englische Grafschaft Somerset) findet sich ein Bericht vom Jahre 1746, demzufolge eine Frau Mary Hamilton angeklagt war, weil sie sich, als Mann verkleidet, mit vierzehn verschiedenen – Frauen hatte trauen lassen. Ihre letzte »Gattin«, Mary Price, ließ sie verhaften; sie wurde »als ungewöhnlich ruchlose Schwindlerin« zur öffentlichen Auspeitschung und zu sechs Monaten Kerker verurteilt. Nach Mantegazza wurde 1777 in London eine Frau zu Kerker verurteilt, die sich, als Mann verkleidet, dreimal mit verschiedenen Frauen »verheiratet« hatte.

Zu den erotischen Hochstaplerinnen rechne ich auch eine Dame meiner eigenen ehemaligen staatsanwaltschaftlichen Praxis. Margarete S., Tochter eines bekannten Professors E. in Dresden, war nach der Bekundung ihres eigenen Vaters eine sehr gute Tochter bis zu ihrem 24. Lebensjahre. Gleichwohl war sie, im Auslande geboren, erblich belastet. Ihre Großmutter war eine schwer hysterische Frau. Eine Tante mußte in sehr frühem Alter in eine Privatirrenanstalt gebracht werden und deren Sohn befand sich ebenfalls in einer Irrenanstalt. Zwei mißratene Ehen zogen das Nervensystem der geschiedenen jungen Frau in Mitleidenschaft. Ihr hysterischer Einschlag zeigte sich darin, daß sie dem Gerichtsarzt, der sie körperlich untersucht hatte, und auch mir erotische Absichten in bezug auf ihre Person unterschob. Ihre Hochstapeleien bestanden darin, daß sie unter ihrem richtigen Namen in allen möglichen Geschäften teure Stücke für ihre Toilette auf Kredit entnahm, ohne die Mittel zur Bezahlung zu besitzen.

Ebenso begab sie sich wochenlang auf Reisen, wohnte und lebte sehr gut in ersten Hotels, bis sich ihre Zahlungsunfähigkeit herausstellte. So kam sie in erster Instanz zur Verurteilung wegen Betruges, später auch wegen Erpressung und versuchter Nötigung. Der Gerichtsarzt erklärte sie für entartet. Sie leide an außerordentlicher Selbstüberschätzung und sei von ihrer Unwiderstehlichkeit den Männern gegenüber fest überzeugt. Ihren Charakter und Geist kennzeichneten Mangel an Wirtschaftlichkeit, Verschwendungssucht, Unfreundlichkeit, außerordentliche Undankbarkeit, Mangel an ethischem Empfinden und Urteilsschwäche. Sie betonte wiederholt, daß sie eine anständige Frau sei und nichts dafür könne, daß sie schön, schick und temperamentvoll sei. Ihre Schönheit habe sie in Dresden sogar um eine Stellung im Zentraltheater als Schauspielerin gebracht. Der Direktor habe ihr erklärt, daß sie mit ihrer Schönheit alle Kolleginnen in den Schatten stellen würde, weshalb er sie nicht engagieren könne. Die Ärzte erklärten sie zunächst nur für vermindert zurechnungsfähig. Auf ihre Berufung hin aber wurde sie freigesprochen, weil die Ärzte mit der Zeit doch die Überzeugung gewannen, daß ihre Zurechnungsfähigkeit zweifelhaft sei. Mit diesem Freibriefe in der Hand setzte bei Margarete S. eine neue Betrugsperiode ein. In den ersten Geschäften Dresdens stattete sie sich aufs neue vornehm aus, kaufte auf Kredit seidene Kleider, Samtmantel, Strümpfe, feinste Unterwäsche usw. *»Schicken Sie die Rechnung an Herrn Staatsanwalt Dr. Wulffen, er bezahlt für mich alles!«,* war ihre Erklärung in den Modeläden. Und prompt erhielt ich alle Rechnungen über diese schönen Dinge von den Geschäften zugesandt. Dazwischen bombardierte sie mich mit duftenden Briefen, in denen sie mich, ohne mich ihrer Gegenliebe zu versichern, sehr energisch aufforderte, sie, die ich durch meine fehlgeschlagenen Anklagen so stark kompromittiert habe, vor der Welt zu rehabilitieren

und endlich zu heiraten. Sie schrieb auch einen Brief an den damaligen Deutschen Kaiser; er möchte ein Machtwort sprechen und mich veranlassen, mich von meiner Frau scheiden zu lassen und ihr die Hand fürs Leben zu reichen. Schließlich trieb sie es ganz toll. Sie reiste in den deutschen Großstädten umher und lebte sehr kostspielig in den ersten Hotels, so beispielsweise im »Russischen Hof« in München usw. Sie bezahlte nicht, sondern brachte es fertig, den Hoteldirektor glauben zu machen, daß der Dresdener Staatsanwalt Dr. Wulffen die Hotelrechnung begleichen werde. Dies begründete sie folgendermaßen: Der Staatsanwalt habe gegen sie eine Reihe verfehlter Anklagen erhoben, schließlich sei sie mit Recht als unschuldig freigesprochen worden. Die sächsische Staatskasse sei verurteilt worden, die Kosten zu tragen, folglich auch die Kosten der Vergnügungsreise, die sie zur Beruhigung ihrer Nerven habe unternehmen müssen, um sich von dem ihr aufgedrängten Strafverfahren und der erlittenen Untersuchungshaft zu erholen. Noch erstaunlicher aber als diese Kühnheit der Behauptung war der Erfolg: einige Direktoren erster Hotels ließen mir tatsächlich die großen Rechnungen mit der näheren Begründung zugehen und baten um Begleichung!

Damit sind wir bei den psychopathischen Hochstaplerinnen angelangt, unter welchen die hysterischen eine hervorragende Rolle spielen. Mit der Hysterie – kurz gesagt einer Erkrankung mit verschiedenen körperlichen und seelischen Ausfallserscheinungen – pflegen Übertreibungen, unbewußte und bewußte Erinnerungsfälschungen, Lügenhaftigkeit und theatralische Neigungen verbunden zu sein. Die Voraussetzungen für phantastische Schwindeleien sind also ohne weiteres gegeben.

Die dreiundzwanzigjährige hysterische Cölestine Wurm litt seit ihrem siebenten Lebensjahre an Geschwüren

und Wunden und war fast immer an das Bett gefesselt. Als die religiöse Ökonomsfamilie Korn an ihrem Schicksal Anteil nahm und sie beschenkte, beschloß Cölestine unter Beistand ihrer Eltern, diese Güte gründlich auszunutzen. Sie erzählte Korns, deren verstorbene Tochter Ursula sei ihr im Traume erschienen, habe über ihr Leiden im Fegefeuer geklagt und gebeten, die Eltern Korn möchten ihr Opfer bringen und ihre Aussteuer, die ja auf Erden nicht zur Auszahlung komme, in den Himmel nachsenden. Der gläubige Vater Korn übergab Cölestine 1000 Mark Bargeld zur Übermittlung an Ursula. Cölestine vermittelte im Fortgange zwischen Korns und dem Himmel einen regelrechten Briefwechsel, im ganzen fünfzig Briefe Ursulas an ihre Eltern und dreißig Briefe dieser an ihre verstorbene Tochter. Diese »Himmelsbriefe« schrieb alle Cölestine selbst auf schönen, goldgeränderten Briefbogen, die ihre schlaue Mutter zu diesem Zwecke einkaufte. So dankte Ursula für die ihr gesandte Photographie ihrer Schwester Lina; im Himmel sei das Bild dreimal so groß wie auf der Erde. Ursula sicherte zu, auch ihr Lichtbild gelegentlich schicken zu wollen. Dann teilte sie aus dem Himmel mit, daß sie dort ein Knäblein geboren habe und bat um Geld und Ausstattung. Weil gerade »zwei wunderschöne Bettstättlein mitsamt den Betten und zwei prachtvolle goldene Kannen« für den Spottpreis von zehn Mark im Himmel zu haben wären, möchten die Eltern das Geld durch Vermittlung Cölestines schleunigst schicken. Der Engel Joseph Förster, Ursulas himmlischer Gatte, von dem sie sehr bald zum zweiten Male Mutter wurde, dankte aus dem Himmel für gesandte Kartoffeln, die ausgezeichnet geschmeckt hätten, und für die Kindertrompete, welche die Großeltern geschickt hatten. Später dankte auch Mutter Maria eigenhändig in einem Briefe für gespendete 2500 Mark. *»Wir haben Euch wieder vor einem großen Unglück beschirmt, denn es wären Euch zwei Kühe zugrunde gegangen, wenn ich nicht sofort fünfzig*

Engel ausgesandt hätte.« Schließlich schrieb sogar Jesus Christus an Korns. Auch er bat regelmäßig um Geld. Dafür gab er allerhand Zusicherungen. Er gelobte, dem Hermann Korn beizustehen, damit er nicht zu den Soldaten käme. Ein andermal schrieb er: *»Oh, liebe Stellvertreter Gottes auf Erden, ich habe es wohl gehört, wie Ihr so traurig zu der kranken Cölestine gesagt habt, wenn nur erst die alte Großmutter einmal sterben möchte. Lasset den Mut nicht sinken, ich werde die Großmutter einmal unverhofft holen!«* Die Eheleute Korn, die als sehr beschränkt galten, wurden auf diese Weise um 8000 Mark betrogen. Die Eheleute Wurm wurden deswegen im Jahre des Heils 1898 vom bayrischen Landgericht Kempten wegen Betruges und Hehlerei verurteilt. So aktenmäßig getreu berichtet und dargestellt. Charakteristisch ist, wie die hysterische Veranlagung bei Cölestine den Zusammenhang mit dem Religiösen und Sexuellen findet, in welchem ihre Phantasien geradezu schwelgen. Der Vergleich mit Gerhart Hauptmanns armseligem Bettelkinde Hannele Mattern (»Hanneles Himmelfahrt«) liegt auch hier nahe. Hannele träumt in ihren Fieberträumen, daß sie mit dem Lehrer Gottwald, der in der Christusgestalt erscheint, verlobt ist. Auch Hannele ist ein hysterisches Mädchen. Auch in diesem Falle als echt weiblich das Ausleben der Phantasien in einem Briefwechsel und das theatralische Spiel mit einer ganzen Reihe Personen. Das Ausleben ihrer religiösen und versteckt sexuellen Phantasien war für Cölestine auf ihrem Schmerzenslager der Hauptbeweggrund ihres Treibens. Welchen Gedanken hätte sich die Kranke anders hingeben sollen, als an ihre freudlose unerotische Mädchenschaft und der Erwartung künftiger himmlischer Freuden? Obwohl sie den Glauben an die ewige Seligkeit besaß, stand sie doch nicht an, diese mit Unwirklichkeiten zum Zwecke des Betruges auszufüllen. Dabei wäre es aber nicht unmöglich, daß sie sich in ihrer Einfalt dic Seligkeit so, wie sie in ihren Briefen sie

beschrieb, vorgestellt hätte. Vielleicht hoffte sie auch, im Himmel gefreit zu werden und Mutterfreuden zu genießen. Das Schwelgen in solchen Phantasien verschönte ihr das Krankenlager.

Auch das »Blumenmedium« Anna Rothe, die hysterische Frau eines Kesselschmieds, ist hier zu nennen: 1902 in Berlin entlarvt und 1903 wegen Betruges in 48 Fällen zu einem Jahr und sechs Monaten Gefängnis verurteilt. Professoren und Doktoren behandelten sie mit Ehrfurcht, Gräfinnen und Fürstinnen haben sie geduzt und geküßt. Sie überschüttete die Teilnehmer ihrer spiritistischen Sitzungen mit wahrem Blumenregen. Sie tat einen schnellen Griff in die Luft und hatte eine Apfelsine in der Hand. Einer Spanierin, die Früchte aus ihrer Heimat verlangte, überreichte sie einen Eukalyptusstrauch, je einen Meter breit und hoch. Einmal ließ sie Zwingli erscheinen; er war ein korpulenter Mann im hellen Sommeranzug mit Jackett. Ein andermal apportierte sie Glieder einer Kette, angeblich aus den ägyptischen Königsgräbern stammend; es war aber eine Kette, wie man sie in der Leipziger Straße in Berlin damals für fünfzig Pfennig kaufte. Ein Zeuge konnte sehen, daß die Rothe die Blumen, die sie erscheinen ließ, an Bindfäden in den Unterkleidern um den Leid gebunden hatte. Sie trug einen Unterrock tütenartig um den Leib. Als sie in einer spiritistischen Sitzung von Kriminalbeamten entlarvt und an beiden Händen festgehalten wurde, leistete sie erstaunlichen Widerstand. Es gab einen wohl zwanzig Minuten währenden Kampf. Sie rief: *»Faßt mich nicht an, es kann mein Tod sein!«* Man fand in ihrem Unterrocke versteckt 153 Blumen und ein Dutzend Apfelsinen. Ihr Ehemann, der der Impresario der Schwindlerin war, meinte: Seine Frau habe gewiß keine Blumen bei sich gehabt, die seien ihr nur bei der Verhaftung in der Todesangst gekommen. Anna Rothe war halb überzeugte Spiritistin und besaß die Fähigkeit, zu jeder Zeit in Halbtrancezustand zu verfallen.

Sie war eine abnorm veranlagte Person, eine Hysterca. In ihren Trancezuständen trat eine nicht gerade tiefe Trübung ihres Bewußtseins ein, sie will in Trance auch Visionen gehabt haben. In ihren Trancereden kam ihr ihre poetische Ader zustatten, sie reimte aus dem Stegreif usw. Infolge ihrer hysterischen Veranlagung und der Gläubigkeit, die sie überall erweckte, hat sie schließlich nicht mehr ein reines und volles Bewußtsein ihrer Betrügereien besessen. Sie wurde letzten Endes eine gutgläubige, begeisterte Betrügerin. Es mag sein, daß die Mediumeigenschaft gewisse Wirkungen hervorzubringen vermag. Jedenfalls sind die medialen Kräfte nicht immer gleichmäßig auf der Höhe, das Medium nicht immer in Stimmung. Da immer »Wunder« von ihm verlangt werden, entschließt es sich zu kleinen und später zu größeren Tricks, die es schließlich neben seinen eingebildeten oder tatsächlichen Kräftewirkungen nicht für verboten hält. Nachdem die Rothe auch nur einige Male geschwindelt hatte, konnte sie von diesem Wege nicht wieder abkommen. Selbstverständlich spielte auch die geschäftliche Seite eine große Rolle; die Rothe verdiente viel Geld. Eine Phantastin, eine Gauklerin, eine Taschenspielerin, eine Durchführung vollständiger Komödien in allerlei Gestalt.

VI

HOCHSTAPELEI
und Literatur

Wiederholt streiften wir die Berührungspunkte, welche die Psychologie des Hochstaplers mit der künstlerischen Betätigung, zumal mit der dichterischen und schauspielerischen, aufweist.

Es besteht ganz gewiß eine psychologische Verwandtschaft zwischen dem dichterischen Vermögen und der hochstaplerischen Veranlagung. Der Dichter steht dem Menschen und der Welt fremd gegenüber, aber sein Geist und seine Seele ringen darum, sie zu begreifen, zu erschließen, zu erklären. Gerade hierin besteht seine höchste Poetenaufgabe. Die Natur gab ihm die Fähigkeit mit, sich in die Menschen aller Art einzufühlen und anscheinend unverständliche Ereignisse auszudeuten. Behilflich dabei ist ihm seine Phantasie, die ihm tastend neue Pfade zeigt und Abbilder der Menschen und Nachbildungen von Begebenheiten vorzaubert. Er kann sich nicht immer an das Reale, was schon einmal geschehen ist, halten, er muß tausend Möglichkeiten und scheinbare Unmöglichkeiten aufsuchen, entwerfen und darstellen. Nur auf diesem Wege kommt er dem großen Geheimnis von Seele und Welt näher. Und diese phantastischen tausend Möglichkeiten und Unmöglichkeiten sind es, die ihn seitwärts der Wirklichkeit führen, genau wie den Hochstapler seine Phantasien und Illusionen auf die Wege des Schwindels, des Betruges. In der höheren Aufgabe des Poeten liegt es, die Charaktere der Menschen, die ihm zum Vorbilde dienen, und die Begebenheiten, die er darstellen will, nach seinem inneren Plane zu verändern, abzuwandeln, umzugestalten. Etwas ähnliches unternimmt der Schwindler. So wird Goethes Wort, das er in »Wahrheit und Dichtung« über sich selber als kindlichen Märchenerzähler ausspricht, vollkommen beglaubigt, zumal wenn er hinzufügt: *»Betrachtet man dieses Getriebe (Luftgestalten und Windbeuteleien nennt er es kurz vorher), so möchte man in ihm diejenige Anmaßung erkennen, womit der Dichter selbst das Unwahrscheinlichste gebieterisch*

ausspricht und von einem jeden fordert, er solle dasjenige für wirklich erkennen, was ihm, dem Erfinder, auf irgendeine Weise als wahr erscheinen konnte.« Es ist nicht auffällig, daß eine so wertvolle Betätigung mit einer minderwertigen in äußersten Punkten sich so nahe berührt. Auch Genie und Irrsinn haben bekanntlich Grenzgebiete.

Auch andere Künste, zumal die darstellenden, grenzen in ihrem Tasten, in ihren Phantasien an das Unechte, an den Schwindel gelegentlich an. Vielleicht kann man sagen, wer überhaupt Innerstes in der Darstellung veräußerlichen will, wird zuweilen die leichten Pfade des Schwindlers wandeln müssen. Wer ist ganz echt? Goethe fast immer. Schiller vielfach nicht; er »schillert« fast immer. Ist Rafael stets ganz echt in bezug auf Innerlichkeit? War es etwa Praxiteles? Es wird nicht alles in den erhabensten Schaffensstunden vollendet, es folgen Ermattungen, Versagungen. Nur die ganz Großen suchen sich rein und echt zu erhalten und setzen das Werk darüber zurück. Die Künstler mittlerer und kleinerer Art wünschen vor allem das Werk, um dessentwillen verändern sie sich selbst, verfälschen sie sich. Da leidet die Echtheit. Man betrachte unter den Malern die Expressionisten, vor allem die vom Impressionismus Übergelaufenen. Sind sie etwa echt? Verfälschen sie sich nicht? Schwindeln sie nicht? Gehört schließlich solches »Schwindeln« nicht dazu, um neue Bahnen der Kunst zu finden? Steht es so fest, daß bei der tiefsten und reifsten Kunst nicht doch ein Hauch Schwindel dabei sein kann? Es gibt Schauspieler, die das Publikum zu Tränen rühren und selber im Innersten kalt bleiben, ja ihren Partner mit Witzen aus dem Text zu bringen suchen. Man sieht auch hier, höchste Kunst kann sich mit dem »Schwindel« berühren.

Friedrich Nietzsche hat gesagt, daß der Dichter eine *»Nachbarschaft zum Verbrechen«* hat. Die Tatsachen

scheinen ihm recht zu geben. Das Kunstwerk steigt aus den Urtiefen des Unterbewußten, wo die menschlichen Urtriebe, zum Verbrechen immer bereit, gebändigt liegen, nächtlich herauf. Der Sturm der Leidenschaft, die Gewalt der nach Ausdruck ringenden Kraft reißt an diesen Ketten und sprengt sie, so daß Schaffender und Verbrecher unheimlich nebeneinander herschreiten können. Wir erinnern uns der Bilderfälschungen einer begabten Dichterin, Lena Christ, die mit Selbstmord endete. Wie leicht vermag die ungebändigte Phantasie des Künstlers die Schranken des Gesetzes zu überspringen. Pietro Aretino ist ein *»Fürst der Diebe«* genannt worden, weil er mit seinen literarischen Erpressermethoden den Großen das Geld aus der Tasche zu ziehen verstand. Das literarische Verbrechen der Fälschung liegt dem Dichter nahe. Man kennt die berühmt gewordenen Fälle, die zu Vermögensvorteilen ausgenutzt wurden, wie Macphersons »Ossian« und des jungen Chattertons Dichtungen, die er für Arbeiten mittelalterlicher Mönche ausgab. Und wie steht es mit den großen Entlehnern? War Shakespeare etwa keiner? Und der Komponist Georg Friedrich Händel? Sein Biograph Chrysander hat nicht weniger als fünf Bände von Kompositionen veröffentlicht, denen Händel tributpflichtig war. Chrysanders Nachfolger, Max Seifert, fügte noch Keisers Oper »Octavia« hinzu, aus der Händel mit großartiger Unbedenklichkeit ganze Seiten in seine eigenen Werke, wie immer ohne Quellenangabe, herübergenommen hat. Und »musikalischer Diebstahl« galt schon damals, auch in London, als unehrenhaft. Daß Händel seine Vorgänger mit Vorbedacht und mit System benutzt hat, ergeben die von ihm selbst geschriebenen Notenbücher, die nichts als Abschriften fremder Kompositionen enthalten, welche zum großen Teil in Händels Werken sich wiederfinden. Um nicht entdeckt zu werden, benutzte er fast ausschließlich Unbekanntes und Ungedrucktes. Taylor und Nevman nehmen geradezu an, daß Händel an

»musikalischer Kleptomanie« gelitten und daß es ihn gekitzelt habe, auch ohne Zwang fremdes Eigentum als eigenes Erzeugnis auszugeben. Wie weit war der große Händel vom Hochstaplertypus entfernt? Wissen wir ferner nicht schon längst, daß die große Gelehrsamkeit allein keine neuen wissenschaftlichen und technischen Entdeckungen und Erfindungen hervorruft, daß hierzu vielmehr die Phantasie ihre beflügelte Hilfe leihen muß? Sie trägt die Ideen, Theorien und Hypothesen des Erfinders und Entdeckers, die anfänglich phantastisch anmuten, bis sie nach manchen Irrwegen, die der forschende Geist tastend wandelt, zu dem geahnten Ziele leiten. Auf diesen Irrwegen kann uns der Menschengeist zuweilen als Schwindler erscheinen, der die Welt der Wirklichkeit verläßt. Ja, gerade das leichte, phantastische Schwindeln vermag das Ergebnis hervorzulocken. Der große Liebig hat von sich selbst gesagt, daß ihn seine Eingebung, seine Phantasie geführt hat. Wer denkt nicht an Caesare Lombroso? Seine Gegner behaupten von ihm sogar, er sei mit seinen Forschungen gelegentlich im Reiche des Schwindels steckengeblieben!

Den Vorgang, wie dichterisches Schaffen in strafbares Behaupten übergeht, kann man recht gut bei Friedrich Hebbel studieren. In seinen Tagebüchern erzählt er mancherlei Geschichten, die nicht so vorgefallen waren, wie er berichtet. So erzählt er beispielsweise, er habe einen Bekannten des Ehebruchs beschuldigt und von ihm gesagt, daß er den Ehebruch mit der Krankheit der Frau entschuldigt habe. Hebbel bemerkt hierzu: *»Der Bekannte hat nie dergleichen gesagt, doch wer ihn kannte, wird mir zugeben, daß schwerlich etwas Erschöpfendes gesagt werden könnte.«* Mit anderen Worten, Hebbel meinte, nach dem Charakter des Bekannten wäre es möglich gewesen, daß er sich so geäußert oder daß er seinen Ehebruch in dieser Weise entschuldigt hätte. Indem also Hebbel, nicht etwa aus Bosheit oder Lust an der Lüge, sondern als

Dichter die Begebenheit und den Charakter des Bekannten ausdeutete, streifte oder überschritt er schon im bürgerlichen Leben die Grenze der verleumderischen Beleidigung. Der Übergang vom Dichten zum Strafbaren kommt hier, wie gesagt, recht deutlich zur Erscheinung.

Man denke ferner an das Gedicht »Der Schulgenosse« von Gottfried Keller, das die vergleichenden Linien in geradezu klassischer Weise zeichnet:

»Wohin hat dich dein guter Stern gezogen, O Schulgenoß aus ersten Knabenjahren? Wie weit sind auseinander wir gefahren, In unserm Schifflein auf des Lebens Wogen! Wenn wir die Untersten der Klasse waren, Wie haben wir treuherzig uns betragen, Erfinderisch und schwärm'risch uns belogen Von Aventuren, Liebschaft und Gefahren! Da seh ich just beim Scheine der Laterne, Wie mir gebückt, zerlumpt, ein Vagabund Mit einem Häscher scheu vorübergeht –! So also wendeten sich unsre Sterne? Und so hat es gewuchert, unser Pfund? Du bist ein Schelm geworden – ich Poet!«

Gerade Gottfried Keller konnte in diesem Gedichte ein Selbstbekenntnis ablegen. Wie er in seinem Werke »Der grüne Heinrich« berichtet, kannte er den Zusammenhang und die Verwandtschaft von Lüge und Dichtung sehr genau. Er hat die Pseudologia phantastica in seinen Kinderjahren an sich selbst beobachtet. In dem genannten Roman spricht der etwa siebenjährige Heinrich Lee beim Spielen einige unanständige Worte vor sich hin, deren Sinn ihm selbst unbekannt ist. Zur Rede gesetzt, von wem er diese Worte gehört habe, nennt er, »einen Augenblick nachsinnend«, die Namen einiger älterer Schulkameraden, mit denen er kaum gesprochen hatte. Vor dem Lehrer leugnen die Knaben. Heinrich, befragt, wo er die Worte von

ihnen vernommen habe, ist sogleich wieder im Zuge und antwortet unverweilt mit trockener Bestimmtheit: *»Im Brüderleinsholze!«* Er beschreibt die Art, wie die Knaben ihn zum Spaziergang verführt haben, er beschreibt den Weg. *»Sogleich liegt derselbe deutlich vor seinen Augen und, angefeuert durch den Widerspruch und das Leugnen eines Märchens, an welches er nun selbst glaubt, da er sich sonst auf keine Weise den wirklichen Bestand der gegenwärtigen Szene erklären kann, gibt er nun Weg und Steg an, die an den Ort führen. Er kennt denselben nur vom flüchtigen Hörensagen, und obgleich er kaum darauf gemerkt hatte, stellt sich nun jedes Wort zur rechten Zeit ein.«* Er erzählt nun in allen Einzelheiten das Abenteuer. *»Noch nie hat man in der Schule eine solche Beredsamkeit an Heinrich bemerkt wie bei dieser Erzählung. Es kommt niemand in den Sinn, etwa bei seiner Mutter anfragen zu lassen, ob er eines Tages durchnäßt und nächtlich nach Hause gekommen sei. (Er hatte erzählt, er sei in einen Bach gefallen.) Dagegen bringt man mit seinem Abenteuer in Zusammenhang, daß der eine oder andere Knabe nachgewiesenermaßen die Schule geschwänzt hatte, gerade um die Zeit, welche Heinrich angab. Man glaubte seiner großen Jugend sowohl wie seiner Erzählung; diese fällt ganz unerwartet aus dem blauen Himmel seines sonstigen Schweigens.«* Die Knaben wurden streng bestraft. Heinrich war das angerichtete Unheil vollständig gleichgültig. *»Er fühlte eher noch eine Befriedigung in sich, daß die poetische Gerechtigkeit seine Erzählung so schön und sichtbarlich abrundete, daß etwas Auffallendes geschah, gehandelt und gelitten wurde und das infolge seines schöpferischen Wortes.«*

Die Verwandtschaft des Hochstaplers mit Dichter und Darsteller hat auch sonst ihren Niederschlag in der Weltliteratur gefunden. Man denke an Homers Heldengedicht von dem listenersinnenden, erfindungsreichen Odysseus. Da ihn ein

Orakel vor Beteiligung an dem Zuge nach Troja gewarnt hatte, stellte er sich vor der Abfahrt wahnsinnig; aber Palamedes überlistete und entlarvte den Simulanten. Er war der Held von nimmer verblühender Jugend. Er war der Blender des einäugigen Riesen Polyphem, dem gegenüber er sich schlauerweise den Namen »Niemand« beigelegt hatte, so daß der Cyklope seinen zu Hilfe eilenden Riesengenossen im höchsten Schmerze nur zurufen konnte: *»Niemand hat mir mein Auge geblendet!«* Als Meister im Erzählen von Abenteuern und Schicksalen steht Odysseus vor der Königstochter Nausikaa und beim Gastmahle der Phäaken vor ihrem Vater, als wahnsinniger Bettler endlich im Kreise der dreisten Freier seiner treuen Gemahlin Penelope.

Odysseus war ein griechischer Nationalheros, nicht nur weil durch seine List des hohlen hölzernen Pferdes Troja erobert worden war. Die Griechen hatten an dem Erfindungsreichen, an dem Listenersinnenden eine geradezu völkische Freude: diese Eigenschaften waren dem griechischen Volkscharakter selber eigentümlich. Das Volk liebte diesen Weltensegler, diesen Abenteurer, den großen Verwandlungskünstler mit Verstellung und Verkleidung. Auch deshalb seine Verherrlichung im Heldenlied!

Auch die deutsche Dichtung hat eine Freude an der großen Täuschung. Wir denken an die gegenseitige Überlistung der Riesen und Zwerge in der Nibelungensage, an Wotans List und Vertragsbruch, an Siegfrieds unsichtbar machende Tarnkappe. Auch im deutschen Volksmärchen findet sich dieser poetische Niederschlag. Betrüger und Gauner werden gefeiert und verspottet. Der Müllerssohn Hansjörge alias Graf von Karabas mit seinem Helfershelfer, dem gestiefelten Kater, ist der Typus eines Hochstaplers. Als der König mit seiner Tochter spazierenfährt, fragt er, wem alle die prächtigen Wiesen, Felder und Wälder gehören.

Die Bauern antworten: *»Dem Grafen Karabas!«* Denn der gestiefelte Kater war vorausgeeilt und hatte diese Antwort den Leuten eingeschärft. Dann gilt es, ein schönes Schloß zu gewinnen, dessen Besitzer ein Zauberer ist. Der Kater schmeichelt ihm, seine Verwandlungskünste zu zeigen. Da verwandelt der Zauberer sich in einen Löwen. Danach soll er sich zur Gegenprobe auch in eine Maus verwandeln. Der Schloßherr tut es, und der gestiefelte Kater frißt ihn. Hansjörge wird Schloßherr und heiratet die Königstochter. Eine Hochstaplernatur ist auch der Wolf, der die sieben Geißlein fressen und sich deshalb für die alte Geiß ausgeben will. Er kauft sich Kreide, verzehrt sie und bekommt davon eine feine Stimme. Das würde unter Umständen heute ein Hochstapler auch fertigbringen. Vom Bäcker läßt er sich Teig über den Fuß streichen und vom Müller weißes Mehl darüberstreuen. Also eine Art Verkleidung, um den Geißlein eine weiße Pfote zeigen zu können. Und Reineke Fuchs endlich, den das volkstümliche Tierepos und Goethes Nachbildung verherrlicht, ist ein Betrüger und Gauner von Meisterschaft, der eine glänzende Phantasie und unübertreffliche Fähigkeit zum Lügen besitzt. Der Zustand des pathologischen Schwindlers, der seinem Lügenstrom schließlich selbst keinen Einhalt mehr zu gebieten vermag, der in lauter Lügenlust schwelgt, erfaßt den verschlagenen Fuchs, der über seine Feinde triumphiert. Und der volkstümliche Dichter hat seine eigene Freude an dieser Lügenerzählung.

Die volkstümliche Lust am Schwindeln kommt auch in den dem Volksmärchen nachgebildeten wunderbaren Reisen und Abenteuern des Freiherrn von Münchhausen auf und zu Bodenwerder zu gewissermaßen klassischem Ausdruck. Die Lust am Fabulieren erfüllt auch diesen Helden, der sein an der Kirchturmspitze am Halfter aufgehängtes Pferd herabschießt, indem er mit seinen Kugeln den Halfter durchlöchert, der auf halbem Rosse reitet

und auf Kanonenkugeln fliegt. Münchhausens Aufschneidereien sind als die sogenannten Münchhausiaden geradezu sprichwörtlich geworden. Wie nachgewiesen worden ist, finden sie sich zum Teil schon in älteren Büchern, denen er sie entlehnte, vor. Man kann die deutschen »Lügendichtungen« bis auf Münchhausen herauf verfolgen. Diese Dichtungsart verdankt ihre Entstehung geradezu der völkischen Freude am Schwindeln. Es kommt darauf an, so toll und faszinierend wie möglich zu schwindeln, so daß der verwirrte Leser vorübergehend die Lügen glaubt, sich also selber der Geistesverfassung des Schwindlers und Hochstaplers nähert.

Aus der neueren Literatur wären Alphonse Daudets »Wunderbare Abenteuer des Herrn Tartarin aus Tarascon« zu erwähnen. Tartarin hat seine Vaterstadt Tarascon nie verlassen, aber er lebt in seiner Phantasie nur in Jagd- und Kriegsgeschichten und hat zahlreiche Reise- und Jagdbeschreibungen aus fernen Ländern immer wieder gelesen. Beinahe bekam er einmal eine Anstellung in einem Handelshause in Schanghai, wo man mitunter den Überfall der Tartaren zu gewärtigen hat. Er malt sich das dortige Leben mit solcher Lebhaftigkeit aus, daß er schließlich selbst glaubt, er sei in Schanghai gewesen. »*So erzählte er denn auch mehr als hundertmal den Angriff der wilden Stämme und wie er sie verjagt hätte; seine Geschichte schloß regelmäßig mit den Worten: ›Und nun ließ ich alle meine Kommis bewaffnen, hißte die Konsulatsflagge auf, und dann ging's los. Piff, paff, puff – so wurde immer munter aus den Fenstern auf die Tartaren geschossen.‹ Als er sich dann notgedrungen darauf vorbereitet, in Algier auf die Löwenjagd zu gehen, liest er Schriften über die Löwenjagd und erzählt mit halbverhaltener Stimme von den Gefahren, die ihm da unten in Afrika einmal drohen könnten. Es kann sein, daß er nach der allzu häufigen Erzählung seiner künftigen Jagden und Abenteuer schließlich wirklich glaubte, er habe sie*

schon überstanden und erzähle Erlebtes.« Und in Verspottung des Südfranzosen heißt es an anderer Stelle: *»Es gibt keine Lügner im Süden – weder in Marseille, noch in Nimes, weder in Toulouse, noch in Tarascon. Der Südländer lügt eben nicht, er – irrt sich nur; er ist stets in einer eigentümlichen Selbsttäuschung befangen. Er sagt nicht immer die Wahrheit, das ist richtig – aber er glaubte doch immer, daß er sie sagt.«* Hier wird also der Versuch gemacht, die phantastische Selbsttäuschung geographisch zu erklären. Sie ist »eine ganz merkwürdige Naturerscheinung ... der tarasconische Typus ist im Grunde genommen nichts als der französische Charakter in vergrößertem Maßstab«.

In ähnlicher Weise stellt Henrik Ibsen seinen Helden Peer Gynt als aus dem nordischen nationalen Boden herauswachsend dar. Peer Gynt ist die neueste umfassende Dichtung vom unbändigen Phantasten und seinen Schicksalen. Er stammt von einer geistig abnormen Mutter und entbehrt der Erziehung und Bildung. Sein Übermaß an Phantasie läßt ihn die Wirklichkeit der ihn umgebenden Verhältnisse nie richtig einschätzen, weshalb er mit ihnen in Widerstreit gerät. Wie er die anorganische Natur belebt, so wird ihm eine Hirtin mit zerrissenem Rock zur Prinzessin, er spielt sich als Prinz auf und sieht ihren Vater als Dovrekönig. Seine phantastischen Vorstellungen werden für ihn wirkliche Erlebnisse. Aus der Heimat vertrieben, der er als arbeitsscheuer, verlogener und großprahlerischer Bursche gilt, will er im Auslande König oder Kaiser werden. Weil er aber zu solchem Zwecke gewissenlose und unsittliche Mittel wählt, wandelt er den Weg zum vollkommenen Egoisten. Dabei strebt er ins Ungeheuerliche, ins Absurde; er will die Sahara in ein Meer verwandeln. Als er schließlich vollkommen Schiffbruch leidet, kehrt er, in seinem Wirken vernichtet, zur verlassenen Geliebten zurück, die alt wie er selber geworden ist, und

erkennt, daß einfach-menschliche Verhältnisse auch ihn einzig beglückt hätten. Peer Gynt, wohl Ibsens bedeutendstes Werk, ist eine klassische Tragödie des überphantastischen Menschen; sie zeigt, wohin ein Übermaß an Phantasie den Menschen führt, wenn es sich nicht, wie beim Dichter und Künstler, in ein Kunstwerk zu entladen vermag, sondern sein reales Empfinden, Denken und Handeln beeinflußt. Die vergleichenden Linien zur Psychologie des Hochstaplers sind besonders auffällig und von hohem Interesse. Auch er ein »Märtyrer« seiner Phantasie oder vielleicht ein larvierter Poet mit weitem Gewissen.

In der dramatischen Literatur ist ein Meister als Verwandlungskünstler Shakespeares Richard III., der sich selbst den Monolog spricht:

»Kann ich doch lächeln und im Lächeln morden Und rufen – schön! zu dem, was tief mich kränkt. Die Wangen netzen mit erzwungnen Tränen Und mein Gesicht zu jedem Anlaß passen. Ich will mehr Schiffer als die Nix' ersäufen, Mehr Gaffer töten als der Basilisk; Ich will den Redner gut wie Nestor spielen, Verschmitzter täuschen als Ulyß gekonnt, Und, Sinon gleich, ein zweites Troja nehmen. Ich leihe Farben dem Chamäleon, Verwandle mehr als Proteus mich und nehme Den mörderischen Macchiavell in Lehr!«

Richard zählt selbstgefällig seine Verwandlungskünste auf. Und als Prinzessin Anna, deren Vater und Gatten er ermordete, auf offener Straße an der Leiche ihres jugendlichen Gemahls wehklagt, da wirbt Richard Gloster heuchlerisch um ihre Liebe und wird – nicht abgewiesen. In seiner Liebeswerdung weiß er alle Töne anzuschlagen – glühende Leidenschaft, Sinnlichkeit, Schmeichelei, Schmerz, Reue, Treuherzigkeit, Witz und Brutalität –, so daß durch die dämonische

Mischung aller dieser Äußerungen Prinzessin Anna in ihrem Urteil über ihn verwirrt wird. Ein klassischer – freilich blutiger – Hochstapler und Heiratsschwindler auf dem Wege nach der Königskrone mit Zügen so körperlicher und seelischer Entartung wie Genialität, begreiflich und glaubhaft, wenn er gespielt wird, wie Friedrich Mitterwurzer ihn spielte, von dem seine Partnerin, Alice Politz, als Prinzessin Anna den Eindruck empfing: *»Bei ihm verstand man Anna – er war die Schlange, der die Unselige bannte wie ein Vöglein. Mir selbst wurde es heiß und eiskalt, und ich zitterte am ganzen Körper, mein Gesicht war mit roten Flecken bedeckt – ich war wie im Fieber.«*

Es gibt auch einen dichterisch-schauspielerischen Verkleidungstrieb, der bei keinem so deutlich wird wie bei Goethe, der sich in alle Gestalten zu hüllen und in allen Sprachen der Seele zu bekennen liebt. Ist er nicht selbst der schwankende Liebhaber im Weißlingen, im Clavigo, Werther und Fernando? Nicht selber der leichtfertige Politiker im Egmont? Nicht Orest, Tasso, Wilhelm Meister und Faust mit zwei Seelen in der Brust? Hüllt er sein Leben nicht in den Schleier von Wahrheit und Dichtung? Nimmt er nicht allerlei äußere Gestalt an, um, innerlich immer derselbe, sich voll und ganz auszuleben? Sind seine Helden nicht Masken und Vortäuschungen seines Geistes?

Ist in dem nämlichen Sinne nicht Richard Wagner selber Rienzi, der Holländer, Tannhäuser, Lohengrin, Tristan, Hans Sachs und Walter Stolzing, Wotan und Siegfried, schließlich auch Parsifal?

Und Friedrich Schiller, der dem Kriminalistischen immer sehr nahestand, hat er nicht in zwei dramatischen Entwürfen die Psychologie des großen Betrügers geschildert? Zuerst im falschen Demetrius, der im guten Glauben an seine fürstliche

Abkunft die ihm angetragene politische Mission übernimmt und, als er auf der Höhe seiner Macht und seines Glückes erfährt, daß ihn ein anderer über seine Herkunft getäuscht hatte, nunmehr, wie es die Umstände im Zusammenwirken mit seinem Charakter gebieten, beschließt, die Täuschung wissentlich aufrechtzuerhalten und die einmal übernommene Rolle bis zum tiefen Fall durchführt. Hierauf drängt sein innerster Lebenswille. Was bisher Glaube, Wahrheit, Vertrauen war, wird nun Zweifel, Betrug, Lüge. Seine heroische Kraft zur Durchsetzung wächst ins Große und Grausige. Hat hier Schiller nicht dem Motiv eines Betrügers eine ungeheure Tragik zu verleihen gewußt? Noch deutlicher vielleicht im Fragment Warbeck, das den letzten und gefährlichsten der Usurpatoren zum Helden haben sollte, die als angebliche, den Mörderhänden Richards III. entronnene Königssöhne das Thronrecht Heinrichs III. anzufechten suchten. Es sollte ganz so aussehen, daß der Betrug ihm nur den Platz einräumte, zu dem die Natur selbst ihn nach seinen äußeren und inneren Gaben bestimmt zu haben schien. Er sollte kein gewöhnlicher Betrüger sein, sondern eine geborene Herrschergestalt, die ihren natürlichen Machtanspruch gegen die Legitimität durchsetzen will. Warbeck ist, ohne daß er es weiß, königlicher Abkunft, in seinen Adern fließt Yorksches Blut. Eine dunkle Ahnung hiervon steigt mächtig aus seinem Unbewußten herauf. Er ist ein falscher Prinz, sein deutliches Bewußtsein verdammt ihn, aber ein dunkles Gefühl rechtfertigt ihn in seinen inneren Konflikten. Wollte da Schiller nicht einen dem Hochstapler verwandten Charakter verherrlichen?

So finden wir im nüchternen Leben wie in der Dichtung ein Reich des schönen Scheins, in das wir Menschen, in das ganze Völker sich flüchten. Dem Menschen ist gegeben, nicht nur zu sein, auch zu scheinen. Er trägt eine ewige Sehnsucht in sich, zu scheinen, anders und mehr zu scheinen, als er in seiner

Armseligkeit zu sein vermag. Deshalb regiert auch der Schein als in gewissem Sinne unabänderliches Gesetz das Leben und die Welt. Seit Jahrhunderten, seit Jahrtausenden in Geschichte und Welt immer Masken, immer Gestalten, die vorgegeben werden. Fürsten und Priester, der Staatsmann, Soldat und Beamter, der Arzt und Gelehrte, der Kaufmann und Künstler, alle geben sie etwas vor, was sie in Wirklichkeit nicht sind. Wer dürfte die Hand aufs Herz legen und beteuern, er sei immer ganz echt? Viele geben sich Mühe – es ist wahr – der Verkleidung, die Zwang, Gelegenheit, Zufall, innerer Drang sie wählen ließ, gerecht zu werden. Aber keiner kann mit der Maske einen anderen Menschen anlegen. Jeder verfolgt in der täuschenden Hülle, oft unbewußt, seine eigenen kleinlichen Zwecke. Dann gibt es andere, kaleidoskopische Seelen, Vexiergemüter, Proteusgestalten, Chamäleonnaturen, durch ihre Veranlagung klafft ein Riß. Mit der glänzendsten Darstellungsgabe verbindet sich die Unfähigkeit, auf dem Mummenschanze des Daseins sich dauernd zu behaupten. Sie reden dazwischen, sie verraten sich selbst, sie gestehen ein, was andere, Minderbegabte, vermeiden. Da reißt ihnen der Marschall die Maske vom Gesicht – und zwischen diesen allen steht der Hochstapler mit seiner schillernden Begabung, der aus seinem Wörterbuche so gern das Wort »unmöglich« gestrichen hätte. Sucht zu glänzen, werfen wir ihm vor, zu blenden, im Golde zu wühlen, im Lichtermeere von Juwelen zu wandeln, durch äußeren Schein zu täuschen, ohne innere Berechtigung hohe Personen und Aufgaben vorzugeben. Ist er damit nicht ein Kind der Zeit? der Welt? der Geschichte? *»So wie ich bin, seid ihr alle!«*, ruft er uns zurück. *»Die Goldleidenschaft will euch die Sinne verwirren, wahrt eure Seelen und eure Vernunft! Der Hochstapler, der Schelm, hat seine Mission, der Hochstapler, der Schelm, hält euch den Spiegel vor!«*

Zwischen
spiel

»Eine Zierde der kriminologischen Weltliteratur«

Zu Leben und Werk Erich Wulffens von Thomas Böhm

»Wer übrigens mit einer anderen Person an nicht gesichertem Abhange steht, wird vorübergehend den Gedanken vom Hinabfallen, vom Hinabgestürzt werden und auch vom tätigen Hinabstürzen nicht immer vermeiden. So nahe grenzen latente kriminelle Gedanken an das Bewußtsein an. Wir sprechen gradezu von kriminellen Eingebungen.«[1]

In dieser Passage seiner »Kriminalpsychologischen Plauderei« entwickelt Erich Wulffen den Gedanken, dass jeder Mensch *»etwas latent Kriminelles«* in sich trägt, jeder Mensch zum Verbrecher werden kann. Mit dieser Auffassung setzte sich Wulffen ab von der bis ins 20. Jahrhundert verbreiteten Theorie des Verbrechers als einer Abart des normalen Menschen. Wulffens einzigartig reiches kriminalpsychologisches, literarisches und literaturtheoretisches Werk beruht dagegen auf der These der grundsätzlichen Gleichheit von Verbrecher und Nichtverbrecher. Ihn interessierte, was beide gemeinsam haben, um aus dieser Gemeinsamkeit heraus ein Verständnis des Verbrechers zu gewinnen.

1 Erich Wulffen: »Kriminalpsychologische Plauderei«, in: Seul, J. und von Olenhusen, A.G.: *Erich Wulffen – Zwischen Kunst und Verbrechen. Kriminalpsychologische Aufsätze und Essays*, Berlin: 2015, S. 56–63, h. S. 59.

Wulffen gelangte zu dieser Betrachtungsweise insbesondere – wie er es in einer Lebensskizze selbst nannte – durch einen *»Umweg über die Dichter«* [2]. Der am 3. Oktober 1862 in Dresden als Sohn eines Druckereibesitzers und Verlagsbuchhändlers und einer Gutsherrentochter geborene Wolf Hasso Erich Wulffen geriet auf diesen *»Umweg«*, als wiederkehrende Krankheiten im Kindesalter nur einen unregelmäßigen Schulbesuch erlaubten. Ans Bett gefesselt, beschäftigte sich Wulffen schon früh mit Shakespeare, Schiller und Goethe, deren Figuren und Stoffe Wulffens Wirken durchziehen.[3]

Den Wunsch, Literatur zu studieren und eine Laufbahn als Privatgelehrter einzuschlagen, gab Wulffen einem väterlichen Rat folgend auf. Er strebte stattdessen eine juristische Beamtenlaufbahn an, vertiefte zugleich seine literarische Arbeit und absolvierte eine Schauspielausbildung im Fach des jugendlichen Liebhabers.

1888 schloss Wulffen sein Studium an der Universität Heidelberg mit dem Titel eines *doctor iuris utriusque* ab (eines »Doktors beider Rechte«, gemeint sind das Zivilrecht und das kanonische Kirchenrecht) und trat im gleichen Jahr ein Engagement am Stadttheater Stralsund an, wo er den jugendlichen Liebhaber u.a. in den Rollen des Mortimer in Schillers *Maria Stuart* und als Brackenburg in Goethes *Egmont* spielte. Das Stadttheater Stralsund inszenierte zudem das von Wulffen verfasste Stück *Wolfgang Goethe. Genrebild in einem*

2 Erich Wulffen: »Mein Umweg über die Dichter«, in: Seul/von Olenhusen, a.a.O., S. 156–159.

3 Zu Shakespeare verfasste Wulffen gleich zwei Monographien: *Shakespeares große Verbrecher: Richard III., Macbeth, Othello.* Berlin: 1911 und *Shakespeares Hamlet: Ein Sexualproblem.* Berlin: 1913.

Aufzuge, dessen Bearbeitung unter dem Titel *Tasso* in Darmstadt an zahlreichen Bühnen übernommen wurde und im Jubiläumsprogramm des Hamburger Thalia Theaters zu Goethes 150. Geburtstag 1899 aufgeführt wurde[4], dem Jahr, in dem Wulffen seine Ernennung zum Staatsanwalt in Dresden erhielt. Seine Wahl war auf diese Tätigkeit gefallen, weil er im Aufbau eines Strafprozesses etwas Dramatisches sah, das sich, so Wulffen, im *»Schicksal des Schuldigen zu etwas Tragischem zu steigern vermochte, und auch die Rolle des öffentlichen Anklägers erinnerte an die Szene sowie an den Dichter, der das Schicksal eines Helden ethisch wertet«.*[5] Wulffen hatte nicht nur das theatrale, performative Element des Gerichtsprozesses für sich entdeckt, sondern auch den Erkenntniswert der Literatur für die Arbeit des Juristen: *»Jetzt sah ich, dass im Strafverfahren sehr wohl gefordert werden konnte, Innenleben und Charakter, Verbrechensmotive und Umwelt des Täters klarzulegen, darzustellen und zu verwenden und fand, dass die großen Dichter in ihren mir so bekannten tragischen Verbrechergestalten (...) dem Staatsanwalt gradezu Schulbeispiele der kriminalpsychologischen Analyse boten.«*[6]

Eine weitere prägende Erfahrung machte Wulffen in den ersten Jahren seiner Dresdener Tätigkeit: Er lernte die Notwendigkeit und Bedeutung popularisierender Darstellungen kennen. Als im Jahre 1903 die deutsche Landesgruppe der noch jungen Internationalen Kriminalistischen Vereini-

4 Vgl. Dingeldey, Hugo: »Erich Wulffen«, in: *Festschrift zu seinem siebzigsten Geburtstag,* Berlin: 1932, S. 12–40, h. S. 15.

5 Wulffen, *Umweg,* S. 159.

6 Wulffen, *Umweg,* S. 158.

gung (I.K.V.) ihre Versammlung in Dresden abhielt, wurde Wulffen aufgefordert, für eine Dresdener Zeitung eine Artikelserie über die wenig bekannten Ziele der Vereinigung zu schreiben – mit dieser Serie begann Wulffens populärwissenschaftliches Publizieren. Die Vereinigung berief sich auf die Erkenntnisse der Psychologie und der Soziologie und forderte, im Strafverfahren nicht allein den Tatbestand zu beurteilen, sondern *»den Täter in seiner ureigensten Persönlichkeit aus seiner Veranlagung, Erziehung und aus seiner Lebenswirklichkeit zu erfassen, zu verstehen und entsprechend bei der Urteilsfindung und im Strafvollzug zu behandeln«*[7].

Veranlagung, Erziehung, Schicksal – das mit diesen drei Begriffen abgesteckte Arbeitsfeld ist immens, wie sich selbst an der hier vorgelegten, kleineren Schrift über den Hochstapler ablesen lässt. Das Themenfeld umfasst schlichtweg die gesamte Menschheitsgeschichte, beginnend in den Frühstadien der Evolution, in der der Selbsterhaltungstrieb zur Ausübung von Gewalt gegen andere Lebewesen führt.

In seiner *Psychologie des Verbrechers* verdeutlicht Wulffen die Untrennbarkeit von Menschheitsgeschichte und Verbrechen anhand der Bibel. Vom Diebstahl bis zum Brudermord, vom Menschenhandel bis zum Ehebruch *»geben schon die ersten vierzig Kapitel Mosis ein von ihrem Dichter sicherlich nicht absichtlich gezeichnetes Bild der Verbrechensentwicklung im Laufe der Kultur«.*[8]

7 Wulffen, *Umweg*, S. 158.

Wobei der Reformansatz der I.K.V. differenziert zu betrachten ist, wie Monika Frommel ausführt: *»Ihr Ziel war eine Differenzierung der Sanktionen nach täterspezifischen Ge sichtspunkten. Die Mehrzahl der wegen geringer Verstöße Verurteilten sollte vor dem Gefängnis verschont werden, dafür aber wollte man bei der Gruppe der mehrfach Rückfälligen streng vorgehen: Zurückdrängung kurzer Freiheitsstrafen, ›Besserung‹ der Besserungsfähigen und Sicherung vor sogenannten gefährlichen Gewohnheitsverbrechern war das Programm. (...) Die Bemühungen der Strafrechtsreformer führten nicht nur in der Theorie, sondern langfristig auch in der Praxis der Gerichte zu einer Polarisierung der Strafen. Zunächst wirkte sich die liberale Seite ihres Programms aus. (...) Aber das kriminalpolitische Schlagwort vom Gewohnheitsverbrecher beherrschte, insbesondere in Deutschland, die Diskussion, und es war eine Frage des politischen Klimas, wie es eingesetzt wurde.«* Frommel, Monika: »Internationale Reformbewegung zwischen 1880 und 1920«, in: Schönert, Jörg (Hg.): *Erzählte Kriminalität. Zur Typologie und Funktion von narrativen Darstellungen in Strafrechtspflege, Publizistik und Literatur zwischen 1770 und 1920.* Hamburg: 1991, S. 467–496, h. S. 467.

Immer wieder findet man in Wulffens Texten derart »ketzerische« Gedanken, die weniger als provozierende Überspitzung denn als entlarvende Feststellung daherkommen. So auch wenn er zur Psychologie der Hochstapelei ausführt, dass Kinder in den alltäglichen Verhaltensweisen ihrer Eltern mannigfaltige Vorbilder für den Betrug finden.[9]

In der Behandlung krimineller Kinder lag ein besonderes Reformbestreben Wulffens. Statt das Kind *»mit trockener Pedanterie«* zu bestrafen, plädierte Wulffen für ein Verständnis des Kindes als *»endlos Werdendes«*. Das Fehlverhalten von Kindern und Jugendlichen war für ihn kein Ausdruck ihrer angeborenen verbrecherischen Persönlichkeit, sondern eine Art Kinderkrankheit: *»Da wird gestohlen und betrogen. Da wird Feuer gelegt und geschlechtlich gefehlt. Wird diese Kriminalität als Krankheit behandelt, ist ihr schon oft Heilung beschieden gewesen.«*[10] Wulffens schlagender Beweis: *»Es sitzt mancher in Amt und Würden, der als Kind nicht nur einmal gestohlen hat.«*[11]

Da das Elternhaus und der auf die Ausbildung der intellektuellen Fähigkeiten angelegte Schulunterrichtet nicht ausreichen, um die ethische Befähigung des Kindes zu fördern, forderte Wulffen *»elementaren Rechtsunterricht«* in der Schule. Die Forderung ist zwar bis heute nicht erfüllt – wie umfassend und einflussreich Wulffens Reformvorschläge jedoch waren, belegt eine Passage aus der Festschrift zu seinem 70. Geburtstag im Jahre 1932: *»Was er auf den einzelnen Gebieten des*

8

Wulffen: *Psychologie des Verbrechers*, S. 40.

Eine Beobachtung, die bereits Voltaire fulminant formuliert, wenn er in der »Predigt der Fünfzig« der Bibel *»all die Verbrechen gegen die Unschuld, die Mildtätigkeit, die Ehrlichkeit, die Gerechtigkeit und die allgemeine Vernunft«* vorhält, *»die man dort nicht nur in jedem Kapitel finden kann, sondern die, Gipfel des Grausens, dort auch geheiligt werden«*. Voltaire: »Predigt der Fünfzig« in ders.: *Der Fanatismus oder Mohammed*, Berlin: 2017, S. 7-34, h. S. 11f.

9

Vgl. im vorliegenden Buch, S. 13ff.

10

Erich Wulffen: »Zur Kriminalpsychologie des Kindes«, in: Seul/von Olenhusen, a.a.O., S. 77-84, h. S. 81.

11

Ebd.

Rechts als Forscher, Mahner und Wegbereiter gelehrt, vorausgesehen, gefordert hat, ist heute zum größten Teil schon erfüllt. Seiner Anregung und seinem Eintreten sind wesentlich mit zu danken die Heraufsetzung des strafmündlichen Alters auf das vollendete 14. Lebensjahr, die Einführung der Jugendgerichte, die Zubilligung von Bewährungsfristen, die Senkung zu hoher Strafmindestmaße, die Milderung der Strafen, die Ausdehnung der Geldstrafe und die Abschaffung der kurzzeitigen Freiheitsstrafen, der Ersatz der Schwurgerichte durch große Schöffengerichte, die gemeinsame Beratung der Richter und der Geschworenen über Schuld- und Straffrage, die Übernahme des Strafvollzugs auf die Justiz.«[12] So sehr Wulffen mit etlichen seiner Gedanken seiner Zeit voraus war und sie prägte, so sehr war er ihr an anderer Stelle verhaftet. So insbesondere in seiner auch im Zusammenhang mit der Hochstapelei durch Frauen zum Ausdruck kommenden Auffassung von weiblicher Kriminalität. Jedes von einer Frau begangene Verbrechen war für Wulffen auf sexuelle Faktoren zurückzuführen, *»weil bei dem Weibe die meisten kriminellen Auswirkungen aus naheliegenden psycho-physiologischen Gründen in irgendeinem näheren oder entfernteren Zusammenhang mit seinem Geschlechtsleben stehen.«*[13]

Aus dieser – auch von anderen Forschern der Zeit geteilten – Ansicht sollte jedoch nicht vorschnell auf eine grundsätzlich frauenfeindliche

12 Dingeldey, *Erich Wulffen,* a.a.O., S. 36. Wobei aber einschränkend vermerkt sein muss, dass Wulffen bei diesen Reformen mitgewirkt hat, sie ihm aber kaum allein zuzurechnen sind. Er ist weniger als eine *»zentrale Figur des juristischen Reformwesens«* zu betrachten, spielte vielmehr eine *»wichtige Rolle als populärwissenschaftlicher Vermittler der Kriminologie«.* Vgl. Schönert, Jörg: Bilder vom ›Verbrechermenschen‹ in den rechtskulturellen Diskursen um 1900: Zum Erzählen über Kriminalität und zum Status kriminologischen Wissens«, in: Schönert (Hg.), a.a.O., S. 497–532, h. S. 500.

13 Erich Wulffen: *Das Weib als Sexualverbrecherin. Ein Handbuch für Juristen, Verwaltungsbeamte und Ärzte.* Berlin: 1923, S. 4.

Haltung Wulffens geschlossen werden. Dem widerspricht insbesondere Wulffens Einsatz für die Zulassung von Frauen zum Schöffenamt.[14]

Wie sehr im allumfassenden Versuch, das Verbrechen zu erklären – überraschende Erkenntnis – Fehlschluss und Fantasmagorie nebeneinanderliegen, zeigen Wulffens späte Forschungen im Bereich der »Kosmisch-magnetischen Wirkungen um den Verbrecher«, die sich u.a. auf das Verbrechen in Shakespeares Werken beziehen; das dort anzutreffende Konzept von Mikrokosmos und Makrokosmos, die miteinander verschränkt sind. So ist der Aufruhr der Elemente zu Beginn von *Macbeth* Widerhall des Krieges wie auch der aufgewühlten Psyche Macbeths. Diesem Konzept folgend, stellt Wulffen fest, dass zum Beispiel der Turnus der Sonnenflecken auf empfindsame Menschen wirkt und zu Verbrechen, Krankheit und Krieg führt, das Verbrechen mithin ein »kosmischer Ausdruck« ist. Diese These ist sicher kühn, doch die Untersuchung von Umweltfaktoren als Verbrechensursache führten Wulffen auch zu Einsichten, denen man heute kaum noch widersprechen wird: *»Zur Nervosität der Großstädter trägt der unaufhörliche Lärm mit bei. (...) Lärmbekämpfung (...) hat auch die Bedeutung krimineller Vorbeugung.«*[15]

Dass Wulffens »Bekennermut« und die Vielzahl seiner Reformvorschläge Gegner provozierte, ist absehbar. Als er 1913 die Unvollkommenheiten

14 Vgl. Dingeldey, a.a.O., S. 22.

15 Wulffen, *Plauderei*, S. 60.

des Strafgesetzes, die Unzulänglichkeiten der psychologischen Ausbildung der Juristen und die Mängel des Strafvollzugs als Material für einen Roman nutzte, wurde ihm das zum Verhängnis. Dresdener Juristenkreise sahen in *Frau Justizias Walpurgisnacht* einen Schlüsselroman. Kurz nach seinem Erscheinen wurde Wulffen von Dresden nach Zwickau versetzt, was in der Öffentlichkeit als »Strafversetzung« interpretiert wurde.[16]

Wulffen wusste die Zwickauer Zeit zu nutzen. Weil es während des Weltkriegs schwierig war, wissenschaftliche Werke zu veröffentlichen, begann er mit einer Reihe von Kriminalromanen, von denen *Der Mann mit den sieben Masken* die größte Bekanntheit erlangte: die Geschichte eines Hochstaplers, der sich unter anderem als Ministerialrat in hoher Mission ausgibt, als Husarenoffizier, Dominikanermönch, Schauspieler, Tischlergeselle, Erzherzog und Wettertuchfabrikant. Der Roman wurde später *»als dreiaktiges Schauspiel und auch im Film vorgeführt«* und trug Wulffen den Rang des ersten deutschen Juristen ein, dessen Werk verfilmt wurde.[17] Wulffen griff bei der Darstellung der Hauptfigur auf seine Erfahrungen in Gerichtsprozessen zurück wie auch auf den umfangreichen Briefwechsel, den er mit dem international bekannten rumänischen Hoteldieb, Heiratsschwindler, Hochstapler und Meisterdieb Georges Manolescu geführt hatte.[18] Manoslescu war nicht das einzige »Studienobjekt«, mit dem Wulffen im persönlichen Austausch stand. So korrespondierte

16 Vgl. Dingeldey, a.a.O. S. 23.

17 Ebd. S. 24.

18 Dieser Briefwechsel war auch Grundlage von Wulffens Studie »Manolescu und seine Memoiren«, Berlin 1907.

Wulffen mit Gerhart Hauptmann, der für ihn »an erster Stelle« der Dichter stand, deren Werke sich mit kriminalistischen Problemen und pathologischen Geisteszuständen befassen und die *»in tiefem sittlichen Ernste ihre Dichtungen dem modernen naturwissenschaftlichen Geiste erschlossen haben«*. 1908 erschien Wulffens Monografie *Gerhart Hauptmanns Dramen vor dem Forum der Kriminalpsychologie und Psychiatrie* – vier Jahre vor der Auszeichnung Hauptmanns mit dem Literaturnobelpreis.[19]

Ebenfalls in persönlichem Kontakt stand Wulffen mit Karl May, jedoch unter anderen Vorzeichen. In seiner *Psychologie des Verbrechers* erwähnt Wulffen einen *»noch lebenden sehr bekannten deutschen Schriftsteller, bei dem sich der feine psychologische Zusammenhang zwischen seinem ehemaligen Verbrechertum und seinem Schriftstellertum aktenmäßig nachweisen ließe.«* Gemeint waren damit die Vorstrafen Mays als Hochstapler, die jedoch vier Jahrzehnte zurücklagen. May fühlte sich von der *»Folterpsychologie jenes sächsischen Staatsanwalts«* zutiefst getroffen, wandte sich an Wulffen und verlangte die Streichung der betreffenden Textstellen.[20] Dazu kam es nicht. Allerdings vollzog Wulffen nach Mays Tod eine Wandlung seiner Haltung, die in dem Aufsatz »Der Läuterungsgedanke bei Karl May« gipfelte, der mit den Worten endet, dass *»das Scherbengericht«*, das über Karl May gehalten wurde, *»verständnislos, ungerecht, unsittlich«* war.[21]

19

Die zwischen Literatur und Kriminologie entstehende Wechselwirkung um das Jahr 1900 beschreibt Jörg Schönert als *»Spiegelkabinett der wechselseitigen Verweise«: »Durch die Verweise auf den Erkenntniswert der ›dichterischen Behandlung des Verbrechens‹ im kriminologischen Diskurs, durch den Einbezug aktuellerkriminal-anthropologischer Theorien in die zeitgenössische Literatur werden immer mehr konkrete und direkte Beziehungen zwischen den literarischen und den »wissenschaftlich« entwickelten Bildern vom Verbrecher und vom Verbrechen hergestellt.«* Schönert, a.a.O., S. 507.

20

Vgl. Seul, J. und von Olenhusen, A.G.: »Über Erich Wulffen« , in: dies.: *Erich Wulffen – Zwischen Kunst und Verbrechen.* Berlin: 2015, S. 28

21

Erich Wulffen: »Der Läuterungsgedanke bei Karl May« , in: Seul/von Olenhusen, a.a.O, S. 160–168, h. S. 168.

1919 kehrte Wulffen nach Dresden zurück, vom sächsischen Justizminister zum Landgerichtsdirektor benannt, worauf bald die Berufung als »vortragender Rat« in das sächsische Justizministerium folgte. Die neuen Positionen ermöglichten ihm das Vorantreiben seiner Reformen, zumal seine inter- wie nationale Vernetzung beständig intensiver wurde, wozu nicht zuletzt eine rege Vortragstätigkeit beitrug. Bis zu seinem Ruhestand 1928 veröffentlichte Wulffen noch zahlreiche Werke, die eine stetig wachsende Leserschaft fanden, wandten sie sich doch wie der Untertitel der zweibändigen *Kriminalpsychologie – Psychologie des Täters* eben nicht nur an Menschen wie Polizisten und Justizbeamte, die von Berufs wegen mit Verbrechern zu tun hatten, sondern dezidiert an »Gebildete aller Stände«.

Der bis heute wirkende Reiz von Wulffens 1923 erstmals erschienener Studie über die Psychologie des Hochstaplers besteht – neben ihren kriminalpsychologischen Einsichten – in der Schilderung der großen Betrügerfiguren des 19. und frühen 20. Jahrhunderts, in der sich bei aller Neutralität immer wieder auch ein Lächeln über das Allzumenschliche zeigt. Es begleitet die phantasievollen Formen, die die Hochstapelei annehmen kann, wie auch das Ausmaß der Arglosigkeit aufseiten der Betrogenen. Diese sind für Wulffen nicht nur bloße Opfer; ihre Einfalt kommt den Machenschaften der Hochstapler entgegen. Und ihre Mitschuld reicht von der Eitelkeit – haben sie sich nicht vom Umgang mit dem Hochstapler selbst ein wenig Glanz ver-

sprochen? – bis zur Profitgier, aus der heraus sie sich auf die unseriös-lukrativen Geschäfte der Betrüger einlassen.

Den vergleichsweise kurzen Text über den Hochstapler zeichnet alles aus, was die Zeitgenossen an Wulffens Büchern schätzen: den *»blendenden Stil«*, ihre *»gradezu glänzende Darstellungskraft«* und Wulffens *»ungewöhnliche Beredsamkeit«*. Sie sind, wie es in der Festschrift zu Wulffens 70. Geburtstag heißt, *»eine Zierde nicht nur der deutschen kriminalistischen Literatur, sondern der kriminalistischen Weltliteratur«*.

Wenn es, bei *»heiklen und schwierigen Themen«*, darauf ankam, zeigte Wulffens Texte *»Würde und Ernst«*, wie zum Beispiel in seinem Buch *Der Sexualverbrecher*, das bei seinem Erscheinen von der Tages- wie der Fachpresse als *»Leistung von unvergänglichem Wert«*, als *»Quellenwerk ersten Ranges«*, als *»Meisterwerk«* gefeiert wurde.[22] Die Nazis ließen dieses Buch im Februar 1933 beschlagnahmen. Nachdem Wulffens Verlag vorübergehend erfolgreich gegen die Beschlagnahmung vorgegangen war, wurde das Buch wie auch *Das Weib als Sexualverbrecherin* 1936 auf die Liste über *»schädliches und unerwünschtes Schrifttum«* gesetzt. Um weitere Schwierigkeiten mit den Behörden zu vermeiden, übergab Wulffens Verlag alle in seinem Besitz befindlichen Wulffen-Werke dem Landeskriminalamt, das sie einstampfen ließ. Diesen Vorgang erlebte Wulffen, der am 10. Juli 1936 verstarb, nicht mehr mit.[23]

22 Vgl. Dingeldey, S. 17.

23 Vgl. Seul, J. und von Olenhusen, A.G.: »Über Erich Wulffen«, S. 16.

Dass das Werk Wulffens nach dem Zweiten Weltkrieg kaum noch wahrgenommen wurde, lässt sich zum einem mit der Neufassung des Rechtswesens der Bundesrepublik erklären. Auch der stete Bezug zum Kanon der bürgerlichen Literatur, der Wulffens Texte auszeichnet, wird in dem Maße zu ihrem Vergessen beigetragen haben, in dem eben dieser Kanon selbst einen Bedeutungsverlust erfuhr. Schließlich mag es aber auch Wulffens Grundthese gewesen sein – *»Jeder Mensch hat die Anlage zum Verbrecher«* –, die nach den Jahren des kollektiven Verbrechens verdrängt wurde, war sie doch allzu deutlich belegt worden. Dass Wulffens Texte zeitlose Qualitäten haben, zeigt seine Analyse der Motive und des Auftretens von Hochstaplern, die nichts von ihrem Erkenntnisgewinn verloren hat, wie zahllose Prozesse und hochstaplerische Persönlichkeiten bis in die Gegenwart hinein belegen.

Neben den Schlagzeilen machenden Fällen lässt sich, so Wulffen, die Hochstapelei in der Konsumgesellschaft erfahren. In ihr finden sich *»fortgesetzt Gesinnungen, welche der Absicht des Betruges nicht fernliegen. (...) Die Reklame spielt eine enorme Rolle. (...) Die Rechtsauslegung des Betrugsparagraphen gestattet dem Verkäufer, wenn der Käufer nicht ausdrücklich danach fragt, gewisse Verschweigungen, sofern nur nicht positive Unwahrheiten zugleich behauptet werden. Industrie und Handel machen sich dies in allen Bereichen zunutze. (...) Solche Manipulationen laufen auch bei Firmen mitunter, die in gutem und besten Ansehen stehen.«*[24]

24 Wulffen, *Psychologie des Verbrechers*, S. 59f.

Dem zu widersprechen und zu widerlegen ruft eine Gegenfigur des Hochstaplers auf den Plan: den ehrbaren Kaufmann.

125>

IMPRESSUM

Die vorliegende Ausgabe erschien erstmals 1923 unter dem Titel *Die Psychologie des Hochstaplers* bei Dürr & Weber m.b.H., Leipzig.

Titelbild:
Wanted Poster
Leo Koretz, gefasst im November 1924
in Halifax.
© Dalhousie University Archives

ISBN 978-3-946990-10-9
1. Auflage 2017
»mis en bouteille au château«

Korrektorat: Astrid Treusch, Berlin
Gesamtgestaltung: studio stg / 2×Goldstein+Fronzcek
Gestaltung und Satz: studio stg, Berlin
www.studio-stg.com

Der Verlag Das Kulturelle Gedächtnis und der Druck dieses Buches wurden ermöglicht und unterstützt von Jeff und Andrew Goldstein, Philipp Graf, Heinz Hörner, Kathrin Kunkel-Razum, Moritz Rauchhaus, Oliver Razum, Janine Stratmann, Beate Swoboda, den Gesellschaftern des Verlages sowie einigen Ungenannten, die im Dank eingeschlossen sind.

Mehr zum Verlag auf: www.daskulturellegedächtnis.de